渐行渐远的背影

王张应◎著

合肥工業大學出版社

图书在版编目(CIP)数据

渐行渐远的背影/王张应著．—合肥:合肥工业大学出版社,2018. 8
ISBN 978 - 7 - 5650 - 4097 - 9

Ⅰ. ①渐…　Ⅱ. ①王…　Ⅲ. ①散文集—中国—当代　Ⅳ. ①I267

中国版本图书馆 CIP 数据核字(2018)第 196258 号

渐行渐远的背影

王张应　著　　　　责任编辑　王钱超

出　版	合肥工业大学出版社	**版　次**	2018 年 8 月第 1 版
地　址	合肥市屯溪路 193 号	**印　次**	2018 年 12 月第 1 次印刷
邮　编	230009	**开　本**	710 毫米×1010 毫米　1/16
电　话	人文编辑部:0551 - 62903915	**印　张**	13
	市场营销部:0551 - 62903198	**字　数**	208 千字
网　址	www. hfutpress. com. cn	**印　刷**	安徽昶颉包装印务有限责任公司
E-mail	hfutpress@ 163. com	**发　行**	全国新华书店

ISBN 978 - 7 - 5650 - 4097 - 9　　　　定价: 39. 00 元

自序：追逐一些背影

在我的视野尽头，总有一些背影飘飘忽忽，若隐若现。多年来，我一直追逐某些背影。

年少时醉心读诗，读古诗，也读新诗。字里行间，读出一些背影来。读古诗印象最深的是读杜甫和苏轼，新诗爱读徐志摩，后来还有木心。古今背影，相伴而行，或朦胧，或清晰，在我眼前飘忽，挥之不去。

少年想去蜀地，拜谒杜甫草堂。想起来简单，做起来可不容易，足足期待了三十年，人到中年才到四川。

在四川的几天时间，主要活动地点在成都。以杜甫诗句“万里桥西宅，百花潭北庄”为坐标，于西郊浣花溪畔找到了杜甫草堂。在草堂里盘桓了半日，瞻杜甫塑像，看介绍图文，寻找当年浮现于少年眼前那个吟哦“朱门酒肉臭，路有冻死骨”的悲情背影。

在成都，还去过九眼桥附近望江楼公园，公园里有薛涛纪念馆；去过北郊新都区桂湖公园，公园里有纪念明代文学家杨升庵的升庵祠；去过锦江区沙河堡，那里有写过《死水微澜》的现代作家李劼人“菱窠”。离开成都，去了眉山，那里有苏东坡故居三苏祠。岂止三苏祠，到了眉山，才知道眉山原是东坡的眉山，城里城外东坡影子无处不在。

除了四川，近几年还到过浙江和江苏一些地方。在浙江，首选之地是绍兴。绍兴去过两次，两次去了鲁迅故里。前次是为鲁迅，后次则主要为周作人。除鲁迅故里，当然还去了沈园。到沈园才知道，沈园虽是沈家园林，主人却是陆游，园林里到处洋溢着陆游和唐婉的气息，耳边一直响着“错错错”“莫莫莫”的幽怨之声。

其次是杭州。去了西湖边上大慈山，那里有个虎跑寺，当年李叔同在此出家。如今寺庙不存，虎跑寺改成了李叔同纪念馆。还去了杭州火车站对面马坡巷，巷子里有个小米园，园子里便是清代诗人龚自珍纪念馆。

除杭州、绍兴，还有桐乡。桐乡也去过两次，一次为茅盾，一次为丰子恺。为茅盾去了乌镇，却意外地收获了木心。许多人去乌镇，是为木心。为丰子恺去了大运河边吴越交界处的石门湾，那里有后来复建的丰子恺故居缘缘堂。

到江苏，去了扬州和泰州。在扬州，去了扬州八怪纪念馆，去了欧阳修的平山堂，且于安乐巷里找到了朱自清故居。还到了扬州辖内高邮湖畔，寻访了以秦少游为主题的文游台，且于文游台下人民路上找到了竺家巷，那里有现代作家汪曾祺故居。故居目前尚是民居，由汪曾祺妹妹妹夫居住。那天见了汪曾祺77岁小妹妹和84岁妹夫金先生，从金先生口中了解到许多有关汪曾祺及其作品最珍贵的背景情况。

在泰州，去了泰州辖下兴化市，在小城里找到了郑板桥纪念馆和郑板桥故居。先在郑板桥纪念馆看到郑板桥一副对联：“室雅何须大，花香不在多”。后到了郑板桥故居，才真正理解了这副对联。郑家宅小，厨房尤小，一个人进出还须贴墙走。

这些年，北至黑龙江，南到广东、海南，追随背影还去过许多地方，恕不一一列举。

所到之处，总有感触，都是围绕那些背影生发。每次寻访归来必写若干文字，积攒下来便形成了这本集子，权以“背影”为集子命名。他们越走越远，环顾四周再也不见他们，故曰《渐行渐远的背影》。

是为序。

王张应

2018年7月29日写于合肥

目　录

杜甫在草堂

成都是一个去了还想去的地方。多年前去过一次，去年秋天又去了一次。两次去成都，两次去了杜甫草堂。

一再拜谒杜甫草堂，自是怀有朝圣之心。杜甫原本诗圣，成都杜甫草堂已然一座文学的圣殿。

第二次到杜甫草堂，在杜甫铜像前静默良久，思考着如是问题：当年，杜甫是怎样搭建了草堂？杜甫在草堂日子过得如何？铜像上的杜甫特别清瘦，难道诗人命该如此？带着这些问题，在杜甫草堂里，边走边看，边看边听，寻寻觅觅，希望找到有关杜甫在草堂生活的只鳞片羽。

杜甫与成都结缘，看似偶然，其实必然。唐代有句俗话：扬一益二。扬是扬州，益是成都。意思是说，当年在长安洛阳之外，大唐王朝最繁荣的城市除了扬州之外就算成都了。扬州在版图的东方，离长安太远。成都在西，离长安稍近。蜀地为天府之国，物产丰富，商贾往来，云集成都，成都已是一座十分富庶的城市。杜甫诗写成都，“城里十万户”，足见当年成都的繁华程度。

公元759年，安史乱起，人心惶惶，大片田地荒废，加上严重旱灾，中原地带民不聊生，惊现人相食的惨烈现象。西蜀具有独特的地理位置，四面群山阻隔了战乱，且又连年风调雨顺，才保持了相对的安定。唐玄宗一度率领群臣由洛阳逃至成都，普通百姓流亡到成都附近者则不计其数。

杜甫于公元759年岁末携眷入蜀，住在成都西郊外浣花溪寺庙里。在寺庙里没住多久，杜甫便在城西七里浣花溪畔找到了一块荒地，开辟出一亩大小的地方，于一棵古老的大树下搭盖了一座并不十分坚固的茅屋。杜甫赤手空拳而来，在这人生地疏的地方，盖几间茅屋，绝不是轻而易举的。不过，杜甫不幸中有幸，他想盖房了立即找到了土地，而且还是在风景如画的浣花溪畔。那时的土地远没有后来金贵，盖房子无须花钱购买土地，无主之地谁占谁用。倘要买地，杜甫肯定无法在成都立足，成都便无杜甫草堂了。别说杜甫无钱，就算杜甫有钱，他也无法居住在浣花溪畔。

那年代盖房子简单，速度快。经过二三个月的苦心经营，杜甫草堂终在公元760年的暮春时节落成了。杜甫欣喜异常，有家难归的日子里，在这异地他乡得到了安身之所，深感欣慰。杜甫草堂落成，不光他本人心情愉悦，他发现就连附近的飞鸟雨燕们也跟着他轻松愉快起来。它们追随杜甫安居乐业，在那美丽的浣花溪边，甚至就在他的茅屋墙上、顶上筑起了新巢。当年的杜甫一定不会想到，大树底下那几间朴素简陋的茅屋，在他身后竟然长期繁荣，成为中国文学史上的一块圣地。后来人提起杜甫，并不一定记得杜甫的出生地在哪，哪儿是他的终老之地。关于杜甫在成都曾经住过的草堂，几乎无人不晓。其实，杜甫住过的草堂还不止成都一处，在四川阆州曾经有杜甫草堂，在重庆奉节也有杜甫草堂。只是，另外两处草堂，杜甫居留的时间极短，留下的诗文也少，它们远没有成都草堂名气大。后世人说起杜甫草堂，皆指成都草堂。

历史上的成都杜甫草堂究竟坐落在何处？如今只能去杜甫诗中去寻找了。“浣花溪水水西头”“万里桥西一草堂，百花潭水即沧浪”“背郭堂成荫白毛”“时出碧鸡坊，西郊向草堂”“万里桥西宅，百花潭北庄”“草堂石笋西”“结庐锦水边”“西岭纡村北”……从杜甫诸如此类众多的诗句中，可以大致推测出草堂位置：背向成都郭，在少城碧鸡坊石笋街外，百花潭北，万里桥及浣花溪水之西，临近锦江，西北侧可以望见山巅终年积雪的西岭。大概，也就在如今的成都草堂博物馆那一带吧。

杜甫很知足。住进了草堂，他特别开心。心情愉快的杜甫，受草堂周边环境的影响和启发，短时间内写出了大量歌咏自然的诗作。那时节，在杜甫眼里，花木特别惹人怜：“杨柳枝枝弱，枇杷对对香”（《田舍》）；飞鸟游鱼怡然自乐：“细雨鱼儿出，微风燕子归”（《水槛遣心》）；就连春夜的雨，都似乎通晓人性，随人心愿：“随风潜入夜，润物细无声”（《春夜喜雨》）；至于月夜的幽静，非心静之人则无从体验：“云掩初弦月，香传小树花”（《遣意》）。写于草堂时期的这些诗句，与杜甫先前“国破山河在，城春草木深。感时花溅泪，恨别鸟惊心”的诗句，在意境上有着天壤之别。

不过，这类诗句还只是反映了杜甫在草堂生活的一个方面。诗人杜甫可不是那种好了伤疤忘了痛的浅薄之徒，在他生活安稳之后，他并没有就此沉醉于明媚的春光里，把民众的痛苦与国家的灾难抛却到九霄云外。如今，在成都杜甫草堂博物馆里，那几间后来复制的茅屋前，立有一块石碑，碑上镌刻了杜甫于无眠的长夜里吟唱出来的诗作《茅屋为秋风所破歌》。这首诗记载了杜甫入住草堂后，遭遇一次巨大的天灾。那是八月的一天，秋风怒号，把草堂顶上三重的茅草都给卷走。来自屋顶的茅草，有的挂在林梢，有的沉入塘坳。黄昏时风虽定了，黑云又压顶而来，雨紧锣密鼓地下了一夜，屋里漏得没有一块干土。杜甫由自己遭受灾难，想到了天底下千千万万流离失所的人们，料定他们漂泊在外的日子也一定非常难过。杜甫诗曰："自经丧乱少睡眠，长夜沾湿何由彻？安得广厦千万间，大庇天下寒士俱欢颜，风雨不动安于山！呜呼，何时眼前突兀见此屋，吾庐独破受冻死亦足！"为了天下的寒士免于饥寒，他宁愿自己多受点罪，哪怕在雨夜里冻死！这就是杜甫，在草堂时期，生活安定之后依旧忧国忧民的杜甫！心宽才能体胖。难怪铜像上的诗人那么消瘦！

诸如此类的诗作很多。杜甫于田园里发现一些饱受病苦和忧郁之患的事物，便联想到了民众的疾苦。杜甫由一株病橘，想到了天宝年间给杨贵妃输送鲜荔枝的情形："忆昔南海使，奔腾献荔枝。百马死山谷，到今耆旧悲！"（《病橘》）。杜甫看见被刀斧砍伐的枯棕，便想到了万千民众被官家层层盘剥揭皮割肉致死的惨状："有同枯棕木，使我沉叹久。死者即已休，生者何自守？"（《枯棕》）。

当然，杜甫在成都草堂时期的生活，总体来说还算安稳，而且丰富、快乐。"田父要皆去，邻家闹不违。地偏相识尽，鸡犬亦忘归。"（《寒食》）。住在草堂，杜甫很快跟邻居们打成一片。虽然他们多是田夫野老，跟杜甫并不是一路人，但他们为人真诚、朴实，彼此没有嫌猜，给人以温暖，让身在异乡想念家乡亲人的杜甫感到了极大的安慰。

尤其让杜甫感到快乐的，还是几位不忘旧情的老朋友，不时从城里来到乡下，光临草堂，让杜甫感觉到蓬荜生辉。

高适到过草堂。暂时代理成都尹的高适，曾到草堂拜访过杜甫。杜甫自愧没有鲑菜招待客人，只是劝高适多多喝酒。不过，那酒呢，还不是杜甫自备待客的，是人家高适作为见面礼带来送给杜甫的。杜甫劝酒很会找理由——"白头恐风寒"，让人无法拒绝。由于高适比杜甫年长，满头都是白发，杜甫便劝他多饮几杯，以防风寒。如此关心对方作为劝酒的理由，对方想不接受都难。

严武做过一段成都尹，他一向十分欣赏杜甫的才华，是杜甫交往多年的好朋友，杜甫来到成都主要是投靠严武。严武心中记挂杜甫，在任期间，多次到访草堂。他时常带着小队人马，走出郊外，来到浣花溪边，拜访杜甫。有时还亲携酒馔，竹里行厨，花边立马，制造了非常难得的野炊欢乐场面。严武一来草堂，杜甫总是开心快乐好一阵子。

然而，好景不长。玄宗和肃宗先后死去，代宗即位后，严武即被召入朝。严武一离开成都，杜甫立刻感到孤单和失落，一时断了主心骨，甚至他都不想留在成都了。没过多久，杜甫真的弃草堂而去，离开了成都，顺江而下，打算由江入淮然后北上，返回中原故土。可惜，杜甫最终未能回到中原。他于贫病交加之中，客死在由潭州去往岳阳的一条小船上。

杜甫自 760 年春天于浣花溪畔筑草堂而居，至 765 年离开草堂，前后不过五年半时间，再减去杜甫中途离开草堂去梓州及阆州的一年又九个月，他在草堂真正居留还不满四年。因为这不到四年的时间，世人却对杜甫草堂崇敬怀念了千百年。

第二次到成都拜谒草堂时，在草堂书店里买了两本书。一本是现代作家冯至的《杜甫传》，一本是《杜甫草堂诗集》。读过两本书，再回想在杜甫草堂里的所见所闻，对于杜甫在草堂时期的生活，便多了一层了解。

草堂时期，是杜甫一生中最不该忽略的一段时光。目前能见到的杜甫存诗仅有千余首，其中写于草堂的就有二百四十首。如果有机会通读杜甫全部诗作，便会发现杜甫多数脍炙人口的诗篇，皆出自草堂时期。杜甫在草堂时，其诗歌艺术已经达到炉火纯青的地步。可见，没有成都草堂，便没有中国文学史上的诗圣杜甫了。

由此，对于成都草堂的传承便不难理解了。当年杜甫盖的那几间破茅屋，在他离开后很快坍塌泯灭，踪迹也难寻。后世人却一建再建，一修再修，在千百年后竟然演变成为如今古木参天、蓊蓊郁郁的百亩园林，被历代文人墨客视为神圣的精神家园。

在成都，杜甫草堂不是平常意义上的名人故居，已然是一座令人肃然起敬的文学殿堂。

2017 年 5 月 13 日写于合肥

望江楼下读薛涛

成都旧时东门外，锦江南岸，九眼桥的对面，有个倚江而建的岸边公园。隔江望去，一片林木森然，绿意阑珊，那就是望江楼公园。园中最高的那座楼阁，名叫望江楼，也叫崇丽阁。望江楼气势雄伟，蔚为壮观。游人至此，未见公园，会先见到望江楼。公园之名因楼而起，真正让公园闻名于世，招致游人趋之若鹜的，还不是这幢楼，而是园中的古迹，望江楼公园里保存的唐代女诗人薛涛遗迹。

去年冬天，有机会到成都，在四川大学培训。恰好，望江楼公园与四川大学仅一墙之隔。从四川大学东门出来，向北步行 200 余米，便到了望江楼公园大门口。

利用了一个午休时间，走出校园，来到了院墙外的望江楼公园。与当下许多开放式公园不一样，望江楼公园进门须买门票，票价 20 元。有了收费的门槛，也没有挡住脚步的冲动，到了门口还是毫不犹豫地购票进门。

早在少年时代，就从唐诗中熟悉了女诗人薛涛之名，且一直记得她的那首《春望词》：“花开不同赏，花落不同悲。欲问相思处，花开花落时。”年少之时，人总是显得格外聪敏。读到这种抒写相思幽怨情怀的诗句，竟也怦然心动，替古人悲喜了好一阵。早年的阅读记忆最为牢靠，几十年后，这样的诗句，还能随口吟出。这次到了成都，突然发现身边存有记忆深处的那位唐代女诗人的影子，即便仅仅出于好奇，也会逮空去公园里访古探幽，看看这位为当时及后代文人墨客所追捧的才女诗人，她到底是一个什么样的人，曾经有过什么样的人生经历。

进了公园，迎面一片郁郁葱葱的翠色竹林。林的边缘，立有一方公园平面图展板，图上文字号称园中有竹万株，竹子的品种足有两百多种。此刻才知道，整个望江楼公园，其实就是一个竹的公园，或曰竹子博物馆。远望园中的蓊郁，那还不是树木，而是大片竹林。园里多竹，不会平白无故，自有来由。薛涛爱竹，曾经赞颂竹子“虚心能自持”“苍苍劲节奇”。恋爱中的薛涛，还发现了竹子的实用价值，以竹子为原料造纸，再添加些芙蓉树皮，亲手制作出适宜于写诗的桃红色小稿笺，曾为一时之尚，让人效仿，后人称之为“薛涛笺”。在望江楼公园里，一看到那片茫茫竹林，便会立刻想到薛涛笺，想到薛涛。

踏上竹林中一条小道，潜行在竹的清香中，缓慢地将竹林穿透。出了竹林，光线突然明亮起来，一群旧派建筑物闯进视野，有耸立于锦江之滨的楼阁，也有掩映于绿树丛中的古宅院。

古建筑群里，核心部分是薛涛纪念馆。这所庭院的派头并不大，亦如薛涛本人，算不上大家闺秀，充其量只是块小家碧玉。而且，这块碧玉还不一定为公众普遍认可，因为它曾经误坠红尘，沾染了尘烟之色，玉的身上便有瑕疵了。走进薛涛纪念馆，沿着蜿蜒迂回的诗廊，欣赏墙上那些惟妙惟肖的壁画，独自追踪薛涛富于诗意的人生履迹。

唐代那场著名的“安史之乱”过后，原本在京城为官的陕西人薛勋与妻子裴氏，于兵荒马乱之中南下迁往蜀地。不久，裴氏生下一女，取名薛涛，字洪度。“洪度”之字，定有寓意，是否告诉世人这个孩子是在惊涛骇浪中“度”入人世的？来历不凡，自然不会庸常。薛涛自小聪明伶俐，很早就会吟诗联对。八岁那年，其父以院中一株梧桐树为题，父女二人联句吟诗。父亲先起句：“庭院一古桐，耸干入云中。”幼女薛涛不假思索，信口就接上：“枝迎南北鸟，叶送往来风。”为父大骇，瞬间脸色由喜变忧，认为这“迎送”“往来”之词定是不祥之兆。果不其然，很不幸，父女俩一诗成谶！薛涛 14 岁时，父亲因病去世。为维持生计，少女薛涛无奈之下出入幕府，作了诗乐娱客的歌妓。凭借自己超群美貌和绝世才华，她很快成了名妓红角，在蜀都周围声名远扬。一时间，大唐王朝的公子王孙，纷纷慕名而来，众星捧月。

一些著名的诗人也曾经对女诗人薛涛钦慕不已，欲睹薛涛的芳颜，远道而至，与薛涛交友，一起吟诗作乐。当时，跟薛涛交好的诗人很多，有元稹、白居易、张籍、王建、刘禹锡、杜牧等等，留下了很多彼此唱和的诗作。其中，诗人王建给薛涛献殷勤的一首诗《寄蜀中薛涛校书》最为有名，流传甚广。诗曰：“万里桥边女校书，枇杷花里闭门居。扫眉才子知多少，管领春风总不如。”薛涛的“女校书”之美称，随着这脍炙人口的诗句，不胫而走，让天下人尽知，至今犹存。

提起“女校书”，有一个人不能不提。薛涛的人生轨迹和他有深度交集，想绕都绕不过去。他叫韦皋，时任剑南西川节度使。当初，薛涛正是因为被韦皋看中，召令其赋诗侑酒，才入了乐籍，从而名声大噪。韦皋十分爱慕薛涛的美貌和才华，想找一个适当的借口将她长期留在身边，给自己增加一道用于佐酒的美味佳肴。韦皋曾经拟文奏请朝廷给薛涛授以秘书省校书郎的官衔，无奈，格于旧例，朝廷未予恩准。世人不管这些，照样称之为“女校书”，直至今日，望江楼公园里西北之隅，薛涛墓碑上的铭文，依旧保留这“洪度校书”之称谓。

按说，韦皋是薛涛的大恩人。这个恩人，先前的做法的确让薛涛感动，后来的做法却让薛涛很无奈，也让世人觉得他这个大恩人做得极不光彩。韦皋对于薛涛的帮助，出于私心，用以公权，谋求的完全是一己私利。在与薛涛交集上，韦皋这个人，典型的小人嘴脸，欲将薛涛的才色据为己有，不达目的他就翻脸不认人，反目为仇。

当年的才女诗人薛涛，正值花季，多愁善感，满怀一腔梦想。同那些才华横溢的大唐诗人一起吟诗唱和，语声悦耳，眉目传情，你来我往，时日一久，难免心旌旗荡漾，柴干火旺。其中，与元稹进展最快，情感最深，几乎到了难舍难分、无法自制的地步。对此，薛涛曾经作诗《池上双鸟》以抒情怀：“双栖绿池上，朝暮共飞还。更忆将雏日，同心莲叶间。”诗中写的貌似只是一对野鸭子，在水里嬉戏的情景，很容易让人感受到，“双鸟”其实就是两人，不是别人，正是薛涛和元稹。字里行间，浓情蜜意，流露出女诗人薛涛与男性诗人元稹双宿双栖的愿望，何其迫切。

自古以来，诗人难免天真，薛涛也不例外。她忘记了自己的身份，都不知道自己是谁了。她万万没有想到，她与那些男性诗人们的交际，尤其是与元稹火速产生热恋，会让她背后的某人忍无可忍。直到韦皋的一纸贬遣之书送到了她的面前，薛涛才幡然悔悟，这才意识到自己玩得过火了。清醒之后，她终于明白，自己在诗歌艺术上声名再大，也还是韦皋捧出来的。至于那些蚊蝇般在她耳边乱飞乱叫的王公子弟，那些对她的肉麻的赞美奉承或者留恋，其实都很苍白无力，只不过是些过眼烟云，转眼之间，他们就会绝尘而去，销声匿迹。真正能够帮助自己改变命运，甚至，可以完全能够决定自己生死的，还是那个名叫韦皋的男人。

于是，在被贬赴西部高原边陲之地松州的途中，薛涛不断地念想韦皋的好，反思了自己的不是，写下了十首刻骨铭心的离别诗，差人送到了韦皋手上，名义上是向韦皋告别，实际上是向韦皋告白。譬如，第一首《犬离主》：“驯扰朱门四五年，毛香足净主人怜。无端咬著亲情客，不得红丝毯上眠”。诗中在表达感恩的同时，也有自责和自恨。十首诗都是这样，分别以犬、笔、马、鹦鹉、燕、珠、鱼、鹰、竹、镜来自比，直截了当地把韦皋比作自己所依附的主、手、厩、笼、巢、掌、池、臂、亭、台。只因为犬咬亲情客、笔锋消磨尽、名驹惊玉郎、鹦鹉乱开腔、燕泥汗香枕、明珠有微瑕、鱼戏折芙蓉、鹰窜入青云、竹笋钻破墙、镜面被尘封，所以引起了主人的不快，而致被厌弃。诗中，忏悔之情，溢于言表。实事求是地说，那十首诗就是一部十分深刻的认罪书。

就诗论诗，薛涛的这十首离别诗，在今天读来，仍觉构思新颖精巧，情节曲折动人，叙述如泣如诉，读后感人至深。难怪，当年韦皋一见到这十首诗，立刻派人上路，快马加鞭，追赶上了发配前往边地途中的薛涛，将她截住，拽了回来。两人重回卿卿我我，和好如初。常言道，一日“夫妻”百日恩，浪子回头是个宝。官员身份的韦皋自必明白这个道理。其实，这样的离别诗，写给谁，谁都会感动不已，除非他是铁石心肠。何况那时的韦皋，也只是一气之下使出了损招，想教训教训薛涛，内心里面并没有真的放弃薛涛。

走出诗里，来到诗外。如同后来的大多数人一样，并不欣赏薛涛的这十首离别诗。觉得这些诗句，虽然情真意切，但其中奴颜媚骨的味道太过浓重了，让薛涛丧失了一个诗人应有的气节，甚至起码的人格尊严。不过，回过头来设身处地想一想，乐籍中人薛涛，成为才女诗人以后，照样还是弱女子一枚，她根本无力跟自己的命运抗争，无力跟她面前的整个世界抗争。当时，摆在薛涛面前让她选择的路径只有两条，要么低头就范，要么一死了之。果真以死相拼，她就是一位名垂青史的“烈女”了。这显然与薛涛的身份不符，她毕竟只是一名沦落乐籍的歌妓。否则，她就不会加入乐籍了。所以，低头就范便是薛涛的必然选择。

不过，中年以后的薛涛，还是参透了人生，看破了红尘。功名利禄之心，男女情爱之欲，一概离她远去。她卸下了一身沉重的幽怨和哀愁，换上了素净的粗布道衣，以一介寡欲清心的道家女子形象示人。面对一天天逝去的岁月，薛涛心平气和地接受红颜凋落的事实，快快乐乐地去享受斜阳之下的另外一道美丽的风景。这个曾经风花雪月、让人爱慕的女子，最后竟选择了终身不嫁，独居一庐。晚年的薛涛，居住在一个名叫碧鸡坊的地方，建了一座吟诗楼，与三五位同道好友一起，终日以吟诗为乐，在唱和联对中走完了她诗意盎然的人生之旅。

如今，在成都望江楼公园里，还真的有一座楼名叫吟诗楼，它就坐落在薛涛纪念馆的东北方向百余米处。不过，那不是薛涛当年兴建的那座吟诗楼。此楼一楼三叠，四面轩敞，是清朝光绪年间的仿造建筑，它在此点缀着锦江玉垒的秀丽风光。

吟诗楼的西侧，便是望江楼，它是这座公园里的标志性建筑。站在望江楼下，近观眼前的薛涛井，想象着当年的薛涛，细步纤纤而来，弯下腰来从井里汲水，用于造纸制笺，烧水泡茶，蒸米酿酒。她那浑身香汗淋漓的劳作情景，似乎近在眼前。转身眺望，波澜不惊的锦江，不知从何处来，亦不知向何处去，它就那般时刻不停地缓缓蠕动，逶迤致远。

此情此景，自然让人想起一句老话，逝者如斯夫，岁月如流水。一个人，跟这锦江水里的一滴小小水珠，几乎没有什么两样。水流不息，只是一眨眼的工夫，一滴水珠便不知道流到什么地方去了，再也觅不见它的踪影。

薛涛，这滴在当年曾经闪亮着迷人光芒的水珠，却在不息的历史长河中留了下来，长久地居留在美丽的锦江岸边，成为锦江之滨一颗耀眼的明珠，成了一道令人瞩目、惹人移步的风景。

站在望江楼下，吟诵着薛涛清新爽口的诗句，品赏着几幅与薛涛有关的楹联。于不知不觉之中，把薛涛读成了写在桃红色的薛涛小笺上一行凄美动人的诗句。

2017 年 1 月 15 日写于合肥

在扬州访寻“文章太守”

早年读过欧阳修的词《朝中措·平山堂》：“平山栏槛倚晴空，山色有无中。手种堂前垂柳，别来几度春风？文章太守，挥毫万字，一饮千钟。行乐直须年少，尊前看取衰翁。”书上注解说是欧阳修于扬州平山堂为友人刘敞送别之作。“文章太守，挥毫万字，一饮千钟”，乃欧阳修对刘敞的赞美之词。我对刘敞了解不多，无法将“文章太守”与刘敞关联，倒是觉得“文章太守”挺合适欧阳修自谓。于是，在我的印象里，“文章太守”便是那位做过扬州知州的北宋文坛领袖欧阳修。

很早我就有个想法，有机会去扬州，一定要在扬州古城里寻访近千年前那位“文章太守”的旧踪。于心里盘桓了多年的愿望，终于在丁酉年仲秋得以兑现。

到了扬州，我径直去了位于扬州西北郊蜀岗山里的大明寺，找到了欧阳修词中的平山堂。宋仁宗庆历八年，欧阳修离开了他笔下“环滁皆山也”的滁州，迁至扬州。在扬州，欧阳修继续推行他一以贯之的施政理念：“宽简”。“宽”即戒绝苛政，“简”是去除烦琐。到任不久，欧阳修新官上任三把火，三下五除二，大刀阔斧将原本喧嚷的官署治理得井然有序，宛若僧舍般宁静。他治下的扬州地方呈现出大好局面，黎民百姓安居乐业，大小官员自得其乐。一生好饮酒行游的欧阳修，有了空闲便寄情山水，交朋结友，饮酒赋诗。一次，欧阳修出城到蜀岗山上拜访大明寺，意外发现此地清幽古朴，是修身养性读书会友的好地方。欧阳修在此流连忘返，随后于此筑起一堂。堂在山上，扬州古城匍匐于山脚下。坐此堂上，江南诸山，历历在目，似与堂平，故取“平山”为堂名。

我到平山堂，未进堂门，先见门前一株古柳。立刻想起了欧阳修词中一句："手种堂前垂柳"，那便是传说中的"欧公柳"。据说还有一株"薛公柳"，是欧阳修之后一位名叫薛嗣昌的官员任扬州知州时，在"欧公柳"的对面加种了一棵，且自命名为"薛公柳"，意欲与"欧公柳"并列。可惜世人不买账，他一转背那柳树便被人伐倒了。我在平山堂门前自然未见到"薛公柳"，只是听到有此一说。

进了堂门，仰望通堂式敞厅之顶，见题有"平山堂"三个大字的匾额高悬其上。整座平山堂，坐北朝南，硬山式屋顶。堂前筑有围以栏杆的石台，开阔敞亮，古意横生。堂厅里，居中摆了一张八仙桌，两把太师椅，试坐上去，面南而望，果有"平山"之感。堂内陈设简单，屋檐上、楹柱上、堂壁上，见缝插针挂满匾额，皆为历代名流之作，字字珠玑，蔚为大观。站在堂前石台上，面前的庭院清幽俊秀，书香文雅气息扑面而来。

从前的平山堂是文人雅士吟诗作赋的场所。当年，欧阳修时常呼朋引伴到此聚会宴饮。那帮文人饮酒方式与众不同，常叫人去山下邵伯湖里采摘荷花千余朵，分插于百盆中，放在客人之间。然后让侍女取花传给客人，依次摘其瓣，谁轮到最后一片花瓣则饮酒一杯，且赋诗一首。这游戏类似于后来的击鼓传花，玩起来热热闹闹。一帮文人饮酒吟诗往往玩到深夜，披星戴月，尽兴而归。你看，悬在堂上的"坐花载月""风流宛在"之匾额，是后世人因追怀欧公趣闻轶事而题写。解说员说完，抬手指指墙上牌匾，让大家看看匾上文字有无异样。原来，"风流"的"流"字右边头上少了一点，"宛在"的"在"字右下方多了一点。据说这两个故意写错的字，错得颇具匠心，旨在警示后来人应该少一点风流，多一点实在。听了这个解释只是淡然一笑，心里并不苟同。后来人的"实在"其实够多了，唯在赋诗作文上的"风流"，真的没有几人能赶上欧阳修！

穿过平山堂后面一道短廊，走向另外一堂——谷林堂。元祐七年，苏东坡由颍州徙知扬州，为纪念恩师欧阳修，乃在平山堂后另建一堂，并从自己"深谷下窈窕，高林合扶疏"的诗句中汲取出两字，题名"谷林堂"。到了谷林堂前，一行人在几株老梅、天竹和古松跟前停步了。据说，这是后来人栽植的岁寒三友，意在象征欧阳修和他的得意门生苏东坡傲世风骨、坦荡襟怀以及师生之间深厚情谊。当年，平山堂建成后，苏东坡多次到访，且为平山堂留下了不少诗词杰作。抬头读墙上苏东坡的词作《西江月·平山堂》："三过平山堂下，半生弹指声中。十年不见老仙翁，壁上龙蛇飞动。欲吊文章太守，仍歌杨柳春风。休言万事转头空，未转头时皆梦。”足以想见，欧阳修离开扬州后，苏东坡再访平山堂时，眼前人去堂空，苏东坡心情失落至极，感慨万分，发出了万事皆空、人生如梦之喟叹。

离开平山堂，回到扬州市区，在市中心文昌中路上找到了琼花观。此去琼花观，目的是访无双亭。在平山堂里，偶然想到了欧阳修的一首诗：“琼花芍药世无伦，偶不题诗便怨人。曾向无双亭下醉，自知不负广陵春。”读诗便能想到，琼花观里有一座无双亭，欧阳修任扬州知州时，曾在琼花观里无双亭下观赏琼花，趁着广陵好春光，尽诗酒雅兴。

扬州琼花闻名遐迩。北宋至道二年，时任扬州太守、北宋初期著名诗人王禹偁来观赏琼花，见琼花叶茂花繁，洁白无瑕，一时诗兴大发，作《后土庙琼花诗》曰：“谁移琪树下仙乡，二月轻冰八月霜。若使寿阳公主在，自当羞见落梅妆。”且作序言：“扬州后土庙有花一株，洁白可爱，且其树大而花繁，不知实何木也，俗谓之琼花云，因赋诗而状其异。”庆历五年春天，以资政殿学士身份出任扬州知州的官员韩琦到了琼花观，也留下了惊叹琼花之美的诗句：“维扬一株花，四海无同类。”后来，欧阳修到任扬州，发现琼花观是个难得的好去处，了解到有关扬州琼花的美好传说，欧阳修盛赞扬州琼花是世间独一无二的奇葩。遂在琼花观建起一座亭台，且以“无双”为亭命名。

如今，琼花已是扬州市花，琼花观亦被视为扬州标志性的名胜古迹。扬州人爱说“不到琼花观，到了扬州也不算”。我到扬州，寻访琼花观，也算顺理成章了。在“琼花观”公交站下车，走到琼花观前，首先看到坐落于文昌路北边，一座貌似华表四柱三间门楼式花岗岩牌坊。左右两根石柱，柱身上圆下方，中间横梁上嵌有一方石额，上有楷书“蕃釐观”三个大字。“蕃釐”即指琼花，出自《汉书·礼乐志》，“惟泰元尊，媪神蕃釐”，意为多福。历经岁深月久的风吹雨打，牌坊的石柱上斑驳陆离，古旧之意盎然。

进了大院门，先到三清殿。从标牌上发现，琼花观园林大院如今还是扬州市文联办公活动场所呢，羡慕扬州艺术家们格外有福。三清殿墙上挂满了书画作品，大殿已作展厅用。过了三清殿，便到了琼花观。在琼花观门前，因门边一副对联而停步。上联是“明月三分州有二”，下联是“琼花一树世无双”。无心欣赏联文的深意和书法的厚功，眼里只有对联最后两个字：“无双”。

进得门去，才发现琼花观没有想象大，可谓小而精。站在门内，一眼便可看遍观内全景。正对大门处是一个不大的花台，呈八角形，以石砌成，花台附近有轩、桥、亭，一小片水面。四周是依墙而建的环廊，廊壁上嵌有众多的图文石雕，介绍扬州历史和琼花典故。花台正中一株不算古老的琼花树孑然而立，台侧石额上镌刻有“琼花台”三个隶书大字，却洋溢着古意，令人生发些许怀古幽思。一时有些遗憾，我到琼花观，来得不是时候，错过了琼花花期，眼前只能看到琼花树，无缘亲见琼花开放的盛景。琼花原本为灌木，琼花台上这株却高大如树，枝繁叶茂，与乔木无异，实在罕见。

琼花台东北面有一座假山。在假山之上果然筑有一亭，造型精巧别致。亭檐上有一匾额，上书“无双亭”三个大字。走进无双亭里，极目四望，琼花观里，青翠之中点缀着红黄，秋意阑珊。琼花台上那株琼花树，没有开出雪白的花朵，倒是结出了丛丛小红果。走近琼花树，细看小红果，极似生于南国的红豆，仿佛每颗豆大的籽粒里面都孕育着一个冰清玉洁的小精灵。在那个秋天的下午，在和暖的阳光下，面对见果不见花孤零零地立于琼花台的一棵树，心里陡然生出一种穿越千年的孤独感。

离开无双亭，走出琼花观，扬州之行随即画上句号。那一刻，忽然想起一个问题，欧阳修任职扬州不过一年时间，扬州人念念不忘欧阳修，千百年来，世世代代扬州人一直怀念欧阳修，这是为什么呢？在扬州古城，欧阳修的踪迹轻易可寻，风流宛在，仿佛他正行走于广陵古城街头熙熙攘攘的人群之中。那位文名盛于官名的“文章太守”，千年“无双”，却不孤独。

2017 年 11 月 12 日写于合肥

在黄州怀想东坡当年

到了黄州，不能不想起一个人，不能不去一个地方。这人便是苏东坡，这地方则是东坡赤壁公园。

去过黄州，仅仅一次，完完全全冲着苏东坡而去。到了黄州，直奔东坡赤壁公园。几乎把关于黄州的所有行程，全浓缩在东坡赤壁公园里。在公园里走走停停，看看想想。先谒东坡雪堂，再访二赋亭，而后登酹江亭，一路追踪苏东坡当年在黄州的生活情景。

少年时代阅读记忆中，有一首少见的六言诗，印象特别深刻，是苏东坡《自题金山画像》：“心似已灰之木，身如不系之舟。问汝平生功业，黄州惠州儋州。”自那时起，便知道黄州是苏轼人生旅途中特别重要的一站。

北宋时期，坐落在长江中游北岸的黄州，相对于京城汴州而言，还是一处偏远蛮荒之地。苏轼与黄州结缘，不是偶然，而是命中注定。人如一枚棋子，冥冥之中一股力量牢牢地将其摆布在命运的棋盘之上。苏轼的一生，不幸沦为北宋新旧两个党派之争的一枚重要筹码。以王安石为代表的朝廷当权派，因妒忌苏轼才华，担心苏轼有朝一日会被皇帝重用，可能对他们既得利益构成威胁，便视苏轼为眼中钉肉中刺，欲借皇帝之手，名正言顺地打压苏轼，甚至企图去掉苏轼。于是，苏轼人生轨迹上才有了黄州，还有更加偏远的惠州，以至远在天涯海角的儋州。苏轼被谪贬流放，一次比一次更加边远，最后一次，真的远到了天边。

苏轼来到黄州，是因为莫名其妙地遭遇了“乌台诗案”。苏轼为官以来，不断给皇帝上表，反映民间疾苦，阐明自己政见。皇帝十分欣赏苏轼才华，每次看了他的表章，总是大加赞赏。因此，皇帝身边侍臣中有了那么一帮小人对苏轼怀恨在心，一心想给苏轼治罪，公然或者背后千方百计搜罗捏造苏轼的“罪名”和“罪证”。

元丰二年三月，苏轼调任太湖之滨湖州。到任后，苏轼在例行谢恩奏章上说了几句大实话，却惹恼了朝廷权贵。元丰二年六月，御史台一名官员把苏轼谢恩表中几句话挑出来作为罪证，以他蔑视朝廷为罪名，开始弹劾他。随即，御史台派人去湖州，免去了苏轼官职，押解他入京受审。神宗皇帝相信苏轼无罪，一心想保护苏轼，却没有理由说服身边侍臣。既然案子依法控告，神宗皇帝便顺水推舟，不妨让御史台充分调查一番，弄个水落石出，苏轼果真有罪就该受到惩罚，无罪也好还苏轼一个清白。

苏轼被收监后，神宗皇帝派了一名宦官，装作囚犯，深夜潜入苏轼所在监舍，躺在苏轼身边，暗中观察苏轼在狱中的反应。苏轼旁若无人，没心没肺地整夜呼呼大睡，根本不知道身边何时来了一位“不速之客”。天不亮宦官轻推苏轼，附在苏轼耳边说：“恭喜你！过关了！”随即离开监狱返回朝廷，将其所见报告皇上。神宗皇帝说：“我就知道，他心中无事，他这个人一向无愧于心。”由此，苏轼才得以宽恕，被贬谪到黄州。依照御史台的意见，苏轼必死无疑。

元丰三年正月初一，苏轼在长子苏迈陪同下，离开京都，启程由陆路前往谪居之地黄州。圣谕明确规定，苏轼到黄州，官位降低，仅充团练副使，不得擅离该地区，无权签署公文。

初到黄州，苏轼居住无所，临时借住在一座名叫定惠院的小寺院里，与僧人一起同吃同住。苏轼很喜欢寺院的周围环境，让人心静神怡。黄州地处大别山南麓余脉，山峦起伏，林木茂密，树荫掩映下溪流淙淙。如画的风景，时常让苏轼诗意盎然，情不自禁，他想不写诗都不行。

三个月后，苏轼的家眷到达黄州，一家人终于团圆，生活似乎安定下来了。此时，苏轼已经囊中羞涩，家用无着落成为首要难题。在黄州，他是个戴罪之官，不能正常领取薪水，接下来的日子将面临无米下锅的状况。好在黄州徐姓太守为人厚道，对苏轼施以礼遇，常常雪中送炭，以解苏轼燃眉之急。比如住房，家眷未到时，苏轼尚且寄居于寺院，家眷来了，再住寺院便不合适了，太守安排苏轼一家住在一处驿亭，名叫临皋亭。驿亭临江而建，窗外便是滚滚东流的长江，风景绝美。苏轼移居其间，兴奋了好一阵子。在给一位朋友信中，苏轼写道：“寓居去江无十步，风涛烟雨，晓夕百变。”

再美的风景，只能赏心悦目，不能让人饱腹。填饱肚子才是苏轼无法回避的实际问题。彼时的苏轼，早已放下了读书人的斯文架子，忘却了自己的士大夫身份。他想学陶潜，甚至，他相信自己简直就是陶潜再世。他和陶潜的某些想法，达到了惊人的一致。黄州的土质以黏性黄土为主，晴天飘扬黄尘，雨天遍地是黄泥，适宜种庄稼的田地不多。苏轼想找一块荒地，躬耕陇亩，自给自足，自然难以如愿。有了黄州太守的支持，苏轼才梦想成真，获得了黄州城东一块坡地的临时使用权，那是一处废弃的军营地。因为这块坡地，苏轼才有了一个响彻千秋之名——“东坡居士”。此后，人称苏轼多称东坡。

对于苏东坡在黄州的农耕生活，他本人曾有文字记述。《东坡八首》那组诗前面的小序说：“余至黄二年，日以困匮，故人马正卿哀予乏食，于郡中请故营地数十亩，使得躬耕其中。地既久荒，为茨棘瓦砾之场，而岁又大旱，垦辟之劳，筋力殆尽。释耒而叹，乃作是诗，子愍其勤。庶几来岁之入，勿忘其劳焉。”彼时，东坡居士已然一介农夫，自己动手开垦荒地种植粮食养活自己。如果说黄州的东坡与农夫还是有所区别，那就是东坡除了耕作还会写诗。他从黄泥地里归来，洗净身上泥浆，放下农具，提笔写字，他又摇身一变，由农夫还原成一位诗人。

不仅乐业，东坡还做了在黄州长居久安的准备。在他所耕种的城东那块坡地上，东坡盖起了几间草房。房子是在雪天里竣工的，加上阳光下的茅草屋顶，白亮耀眼，很像覆盖了一层厚厚的积雪。东坡一时兴起，将草房命名为“雪堂”。如今“雪堂”尚存，是东坡赤壁公园里一处最为重要的景观。游人到了东坡赤壁公园，无不去东坡雪堂。在后世人的心目中，雪堂是东坡故居，起码是他在黄州的故居。

雪堂落成后，曾经被时人视为文学艺术殿堂。当时的大山水画家米芾曾到雪堂拜访苏东坡，与苏东坡论画。大约在苏东坡去世七十年后，诗人陆游跋山涉水来到黄州寻访雪堂。陆游留有记述：雪堂正中间挂着一幅苏东坡像，像上所画东坡身着紫袍，头戴黑帽，手持藤杖，倚石席地而坐，如田夫小憩。

陆游的文字，证实了谪居黄州的苏东坡已是一名地地道道的农夫，在他身上士大夫派头已无影无踪。东坡本人亦有存诗佐证了陆游的文字：“去年东坡拾瓦砾，自种黄麻三百尺。今年刈草盖草堂，日炙风吹面如墨。”

除了勤于耕作，东坡还喜欢动手做菜。他是有名的美食家，善于享受生活。东坡惊喜地发现，黄州猪肉极贱，“富者不肯吃，贫者不解煮”，他颇引为憾事，认为黄州人辜负了天赐美味。他想出了一个炖猪肉的办法，简单易行，效果又好。即用很少的水煮开之后，用文火炖上数小时，放上适量的酱油。炖出来的猪肉，嫩如豆腐，柔滑爽口，适合大众口味。这道菜生命力强，经久不衰，从宋朝一直流传下来，如今大小饭馆里，甚至家庭餐桌上，这道菜的身影依然寻常可见。由于是东坡发明，菜名就叫“东坡肉”。

东坡在黄州享受着自给自足的农耕之乐，完全抛弃了仕途失意的烦恼。回想走过的弯路，东坡才意识到自己醒悟得太迟。元丰六年，东坡之妾朝云产下一子，起名遁儿。在婴儿三朝举行洗礼时，苏东坡作诗一首，借以自嘲：“人皆养子望聪明，我被聪明误一生。唯愿我儿愚且鲁，无灾无难到公卿。”看东坡给新生儿所起的名字以及他为儿子写下的诗句，不难发现谪居黄州的苏东坡，心里“遁”与“隐”的意识越来越浓厚。

东坡的“遁”和“隐”绝非消极厌世，而是另外一种积极入世。在从事农耕劳作的同时，东坡对自己的人生进行了深刻的反思，儒释道三家哲学思想，正在逐步深入地影响苏东坡的人生观。

元丰五年三月七日，东坡于沙湖道中遇雨。“同行皆狼狈，余独不觉。”不久天晴，东坡作词《定风波》：“莫听穿林打叶声，何妨吟啸且徐行，竹杖芒鞋轻胜马，谁怕？一蓑烟雨任平生。料峭春风吹酒醒，微冷。山头斜照却相迎。回首向来萧瑟处，归去，也无风雨也无晴。”此时的苏东坡，内心沉稳安静，不为外界所动，业已修炼到了“也无风雨也无晴”的境界。莫说当年，就算今天，又有几人真能做到“也无风雨也无晴”？

人生哲学的巨大变化，带来了苏东坡文学艺术上的重大飞跃。作为伟大文学家的苏东坡，他的主要成就集中在黄州，绝大部分代表作写于黄州时期。

元丰五年，苏东坡前后两次来到黄州赤壁矶，写下了名垂千古的前后赤壁赋。前次是在七月十六日仲夏之夜，东坡与友人一道荡舟江上，欣赏夜景。清风在江面上缓缓吹来，水面平静如镜。东坡与友人于舟中饮酒吟诗。不久，一轮明月跃出东山，白雾笼罩江面，月光水色与雾气相谐。小舟浮于白茫茫的江面，东坡一时分不清自己是在天上还是在人间，他和友人一起，手拍船舷，放声歌唱：“桂棹兮兰桨，击空明兮溯流光，渺渺兮余怀，望美人兮天一方。”

友人极善吹箫，借着酒兴，面对良辰美景吹起箫来，东坡跟着哼唱，二人完全沉浸于忘我的状态之中。箫声奇悲如怨如慕，如泣如诉，余音袅袅，细如游丝，撩人心弦，令人感动。小舟旁边另外一艘船上一位寡妇闻之而泣，水中的鱼似乎也通人性，皆为之感动，纷纷游笼到小舟边，浮至水面，立定不动，倾听箫声。

东坡和友人不约而同地想起了千年以前在这片水域里发生的那场著名的水战。二人都以为黄州是历史上赤壁之战发生地。这场战争决定了魏蜀吴三国的命运，改变了天下格局。江流依旧，当年的英雄，而今安在？二人同时感慨，人啊不过是沧海之一粟，粟入沧海，瞬息之间，便消失得无影无踪。宇宙之中，物各有主，人把身外之物据为己有，又有何用？还不如多多享用江上之清风，山间之明月，就像今夜。想到这里，东坡和友人相视一笑，碰杯饮酒，饮至酒酣而眠，不知东方既白。一觉醒来后，东坡下笔如有神，《前赤壁赋》一气呵成。

三个月后，已是秋冬之交，天气有些寒凉。还是月明之夜，东坡和两个朋友一起，自雪堂漫步经过临皋亭，走向赤壁矶。路经黄泥坡，见地有白霜，树无青叶，人影在地，明月在天。一行人兴高采烈，边走边吟唱。出门时，东坡不忘从家里带了一坛妻子亲手酿造的老酒。有个朋友傍晚时分在江里捕到了几条鱼，巨口细鳞，好像是鲈鱼。有酒有鱼，一群朋友去赤壁之下泛舟夜游，饮酒吟唱，岂不其乐融融。

是夜，比七月十六日夜，江水回落了不少，一群巨大的岩石，原先没在水里深藏不露，现在终于沉不住气了，纷纷露出水面，面目狰狞，怪兽一般。东坡记忆中的赤壁矶离水很近，似乎触手可及。此时的赤壁矶显得高高在上、咄咄逼人，抬眼望去，岸然高耸，令人生畏。不过几个月的工夫，赤壁风光已大为不同，几乎不能辨认了。东坡攀爬到赤壁矶上，立在一块巨大的岩石顶上，面对江流大声吼啸，四周小山谷纷纷回应。东坡一时忘却了自己身在何处，毫无理由地悲从中来。东坡顿觉此地不可久留，遂下到水边，回到舟中，解开缆绳，任凭小舟顺水漂流。

夜游归来，东坡兴致勃发，再次给赤壁作赋。因已作有一赋，故有前后之分，前次所作为《前赤壁赋》，后次所作为《后赤壁赋》。前后赤壁二赋，再加上此间所作的《念奴娇·赤壁怀古》，标志着苏东坡在词赋创作上已达到了登峰造极的新高度。

大约是在作前、后赤壁赋那个时间段，苏东坡还写了一篇极短的月下游记——《记承天寺夜游》。全文如下："元丰六年十月十二日夜，解衣欲睡，月色入户，欣然起行。念无与为乐者，遂至承天寺寻张怀民。怀民亦未寝，相与步于中庭。庭下如积水空明，水中藻、荇交横，盖竹柏影也。何夜无月，何处无竹柏，但少闲人如吾两人者耳。"简短的文字却赋予其极丰富的内涵。结构严谨，层层推进，环环相扣。文章起头平实，结尾却戛然。千百年来，《记承天寺夜游》一直被视为散文小品中的精品。

元丰七年，在黄州谪居了四年多，已经习惯于享受农耕之乐的苏东坡，不得不离开黄州赴汝州任职。是年，苏东坡49岁。本已无心为官，但圣旨不可违抗，皇恩不能不领。一年后，东坡以礼部郎中被召还朝，且连连擢升，直至翰林。而后，又被一贬再贬，才出现了苏东坡人生轨迹上的另外两个重要节点——惠州和儋州。最后，遇赦返京，年迈体弱、身心疲惫的苏东坡实在无力返回京师，途中，病死于常州。

那天，在黄州东坡赤壁公园，盘桓了一整天，追寻东坡踪迹，怀想九百年前苏东坡在黄州的生活状况，遥想他的整个人生。从前，一直认为苏轼的一生是不幸的。到了黄州，才知道当年的苏轼是幸运的，命运之神将他带到了黄州。黄州是苏轼的谪居之地，也是苏轼的一块福地。假若没有黄州，或者苏轼无缘到达黄州，世间一定没有苏东坡，只有苏轼，苏子瞻。黄州亦有幸，这块曾经的贫瘠蛮荒之地，由于接纳和承载过一代文豪苏轼，且将苏轼成就为苏东坡，它才成为一座名垂青史的文化名城。

那天，离开东坡赤壁公园前，向东坡雕像告别，与雕像上的东坡对了一个眼神。那一刻陡然想起了七十多年前，也就是苏东坡死后八百四十多年，一位名叫林语堂的民国作家在美国撰写的一部《苏东坡传》。那本书被誉为20世纪四大传记之一，大概一半是因为书写得好，一半是因为书写对象的关系吧。林语堂先生似乎特别有感触，于书中说过一句十分直白的话："读书人能用别的方法谋生，最好不要做官。他的遭遇便是充分的理由。"

他是谁？当然是曾经贬谪到黄州、惠州、儋州的苏东坡。九百年后，回望历史，怀想苏东坡，东坡不愧为一位伟大的历史人物。他的伟大，不仅因为他有盖世无双的才华，更是因为他有宽广伟大的心胸。

有谁见过东坡的怨言？

2017年5月21日写于合肥

不辞长作岭南人

记住一个地方，往往因为一个人。

“问汝平生功业？黄州惠州儋州。”苏轼《自题金山画像》诗句，早年读过，至今记忆犹新。因为这首诗，明白了惠州在苏轼人生中的位置有多重要；因为苏轼，一位少年记住了在岭之南一个名叫惠州的地方。

若把时光的胶片倒退900余年，回到苏轼所处的宋朝，便能看到远离京师汴州的岭南地区，还是一片尚未开化的蛮荒之地。因为气候炎热，瘴气弥漫，疾病肆虐，时人谈之色变，岭南被称为瘴疠之地。故历代帝王总把不同政见的“罪大恶极”者贬谪到岭南。苏轼便是这样，曾在朝廷为官，官至翰林学士，贵为年幼的皇帝之师，因遭遇谪贬，一贬再贬竟也到了惠州，与惠州结下了一段不解之缘。惠州在苏轼的人生大传中占据了相当重要的篇幅，苏轼也在惠州的历史上，留下了一道抹不去的别样风景。

苏轼在惠州，谪贬惩处的生活自然十分艰苦，他却化苦为乐，远离悲戚忧伤。曾经写过《苏东坡传》的林语堂先生说过，苏东坡是无可救药的乐天派。惠州时期，苏轼的乐观心态，除来自他的乐观本性，还有某些客观因素促成。有岭南地区的好山好水令他赏心悦目，也有他身边的一些好人让他开心快乐。他遇见的惠州好人，尤其是随苏轼一同来到惠州的好人，他的侍妾王朝云，给苏轼的惠州生活增添了不少的乐趣，甚至信心。

元祐八年，宋哲宗亲政，命章敦为相，朝廷再次重用变法派人士，全面恢复变法新政。次年四月，哲宗下诏改年号为“绍圣”，意味着哲宗皇帝继承神宗施政方针，朝廷把打击“元祐党人”作为主要目标。那些年，在先后几任皇帝身边总有一股力量在跟苏轼过不去，始终视苏轼为“眼中钉”“肉中刺”。这次以“讥讪先朝”为名，把年迈的苏轼贬为英州知事。

六月，苏轼还在风尘仆仆地赴英州的途中，谪贬之上再加谪贬，由英州知事贬为宁远军节度副使，在惠州安置。

苏轼心知肚明，他所获得的所谓罪名，不过是些欲加之罪。对于贬谪，苏轼自然不服，但他并不怨天尤人。面对挫折，甚至置身于灾难之中，苏轼处之泰然，根本不把挫折乃至灾难当回事。

赶赴惠州途中，至岭南门户大庾岭时，传说中的岭南地区似乎近在眼前了。面对山青水绿、草木滴翠的南国风光，来自北方的苏轼一时心旷神怡，竟写下了诗作《过大庾岭》，十分直白地表达了自己人格的高洁。在苏轼笔下，人生遭遇似乎也有了诗意：

一念失垢污，身心洞清静。浩然天地间，唯我独也正。今日岭上行，身世永相忘。仙人拊我顶，结发授长生。

苏轼一生做人做事，从来无愧我心。“浩然天地间，唯我独也正。”如此铮铮作响的诗句，丝毫没有夸张，一股凛然正气跃然纸上。

由北向南，跋山涉水，行程1500多公里，苏轼一行终于在九月间进入岭南。他乘坐的小木船沿北江顺流而下，行至清远，苏轼没有看到秋天应有的萧瑟，岭南的秋天依然繁荣如春。初到僻远的异乡，本该“日暮乡关何处是，烟波江上使人愁”，景色美好、气候温暖的岭南，却令没心没肺的苏轼忽然高兴起来。尤其是一位顾姓秀才热情地向他介绍了惠州的情况，苏轼听了，诗性潮涌，禁不住写下了一首《舟行至清远县，见顾秀才，极谈惠州风物之美》：

到处聚观香案吏，此邦宜著玉堂仙。江云漠漠桂花湿，海雨翛翛荔子然。闻道黄柑常抵鹊，不容朱橘更论钱。恰从神武来弘景，便向罗浮觅稚川。

九月下旬，苏轼携家人从广州向惠州进发，乘船沿东江溯江而上。一路上，苏轼念念不忘渴望着早些游览罗浮山。罗浮山在博罗县境内，素有“岭南第一山”之美称，山势雄伟，风景秀丽。罗浮山又是著名的道教名山，早在东晋时期，葛洪在此炼丹，写出了著名的《抱朴子》。尚在清远道中，听了顾秀才的介绍之后，苏轼便立下了“便向罗浮觅稚川”的誓愿。

至十月初二，苏轼和侍妾王朝云、三子苏过，经过半年时间的辛苦奔波，终于抵达惠州。

是日，惠州天气晴朗，阳光普照。深秋的岭南，不冷不热，气候宜人。苏轼猫腰从船舱中走出来，意外地发现码头上站满了人，都是前来迎接他的到来，大家用亲切友好的眼光望着他，有的不怕冒昧干脆直接发声向他问好。一时，苏轼热泪盈眶，《十月二日初到惠州》一诗便口占而成：

仿佛曾游岂梦中，欣然鸡犬识新丰。吏民惊怪坐何事，父老相携迎此翁。

苏武岂知还漠北，管宁自欲老辽东。岭南万户皆春色，会有幽人客寓公。

初到惠州，苏轼毫无陌生感，反觉得这地方很熟悉，好像曾经到过一样，至少梦中来过。惠州给苏轼的第一印象是地方好，人又特别热情友善。

当年的惠州府衙在梌山上。山上多梌木，故名梌山。地势很高，站在府衙前，整个惠州城一览无遗。宋代的惠州，不过一个小镇。人口不多，地理环境和风景却很别致。城中有山，四面临水。北边有东江东西方向流过，环城有五湖，南湖、丰湖、平湖、菱湖和鳄湖。整座惠州城掩映在绿水青山之中，风景十分秀美。难怪后来南宋诗人杨万里到此便赋诗《咏西湖》赞美惠州：

左瞰丰湖右瞰江，三山出没水中央。山山寺寺楼楼月，清煞东坡锦绣肠。

时任惠州太守詹范，原先未识苏轼面，只是久仰苏学士大名，敬佩他的人格和才华。苏轼一到，詹太守即把苏轼一家安排到合江楼去居住。

合江楼是朝廷官员的驿馆。按说苏轼作为贬官不能入住合江楼，詹太守居然安排苏轼住进去了，足见苏轼在詹太守心目中的分量了。

到了合江楼，苏轼为门前的风景所醉，滔滔的东、西两江之水从楼下汇合流过。放眼望去，水天一色，茫茫无际。城内几座青山如几枚青螺般耸立水中，倒影清晰可见。苏轼赞叹不已，一首《寓居合江楼》诗脱口而出：

海山葱茏气佳哉，二江合处朱楼开。蓬莱方丈应不远，肯为苏子浮江来。

江风初凉睡正美，楼上啼鸦呼我起。我今身世两相违，西流白日东流水。

楼中老人日清新，天上岂有痴仙人。三山咫尺不归去，一杯付与罗浮春。

陶醉于美景的苏轼心里明白，合江楼再好，也只能作为临时过渡暂住，绝不可久留。半个月后，苏轼一家搬到了一座名叫嘉祐的寺庙，日与山僧为邻。

在惠州，苏轼为戴罪之臣，其忠君爱民之心却始终不渝。昔日朝廷高官，在惠州终日无所事事，只得到江边郊野漫无目的地走走。在一次闲逛中，苏轼发现郊外的荒地上裸露着许多腐尸枯骨，他心头一颤，痛心不已，深深不安。当即，他去找太守詹范商量，要求筹集专项经费，收拾枯骨，建造丛冢，让死者入土为安。他还亲自撰写一篇饱含激情的《惠州祭枯骨文》：

尔等暴骨于野，莫知何年。非兵则民，皆吾赤子。恭惟朝廷法令，有掩骼之文，监司举行，无吝财之意。是用一新此宅，永安厥居……

彼时，无职无权的苏轼，依然心忧民众，想替民众办实事、办好事。绍圣三年夏天，罗浮山道士邓守安向苏轼谈起，在广州因饮用咸苦的井水，春夏之交瘟疫流行，不少人染病不治身亡，一时间城中哀号不断，广州民众日子苦不堪言。苏轼听后，忧心如焚，立即自己动手设计供水方案，且致信告诉广州太守，建议他请罗浮道士邓守安来操办这一造福于广州百姓的善事。信中写道：

……惟蒲涧山有滴水岩，水所从来高，可引入城，盖二十里以下耳。若于岩下作大石槽，以五管大竹续处，以麻缠之，漆涂之，随地高下，直入城中……

苏轼为官为吏，哪怕身为罪臣，始终把民间疾苦放在心上。百姓从来不信苏轼是罪臣，只信他是好官。所到之处，苏轼总受到百姓的崇敬和爱戴。

在惠州的日子里，苏轼感激惠州百姓对他的友好。同时，苏轼也时常庆幸，在他不幸的晚年，身边有个朝云。他觉得他比当年白居易幸运多了。白居易告老辞官后，他的“樱桃口”和“小蛮腰”，随即鸟雀纷飞离他远去。朝云却不一样，在京师还是谪地，朝云始终相伴。一路走来，朝云对苏轼一直忠心耿耿。

朝云姓王，与苏夫人同姓。她生于浙江钱塘，自幼家贫，沦为歌妓。苏轼任杭州通判期间，在一次酒宴上，被这位 12 岁女孩的清纯气质所吸引。事后托人将朝云买了回来，给苏夫人做了贴身丫头。少女朝云到了苏家，受书香浸润，判若两人。她学字识文，渐渐知书达理，颇受苏夫人赏识。苏轼被贬黄州第二年，经苏夫人提议纳朝云为妾。之前，苏轼已经发现朝云与其他丫头不同，视朝云为红颜知己。尚在苏轼官运亨通时，某日于朝中跟司马光展开了一场争论。回家后意犹未尽，苏轼指着自己肚子问几位丫头：“有谁知道我腹中都是些什么东西吗？”有答：“满腹文章。”也有答：“满腹见识。”苏轼均摇头。朝云笑答：“满肚子不合时宜。”苏轼点头赞叹：“知我者，朝云也。”

后来，苏轼再遭厄运，流放惠州时，年近花甲。朝云才30岁出头，她痴心不改，不嫌不弃，千里相随苏轼来到惠州，给了苏轼极大的安慰。许是上苍都嫉妒这对才子佳人，硬是让一场瘟疫生生夺走了朝云 34 岁的鲜活生命，不让朝云陪伴年迈的苏轼度过夕阳西下的那段时光。临终前朝云紧握夫君手，念着《金刚经》上的偈语：“一切有为法，如梦、幻、泡、影，如露，亦如电，应作如是观。”苏轼按照朝云遗愿，葬之于惠州西湖孤山栖禅寺大圣塔下的松林中。于墓前建“六如亭”，苏轼曾撰写楹联于此：

不合时宜，唯有朝云能识我；独弹古调，每逢暮雨倍思卿。

朝云，这位生于钱塘的贫家女子，跟随苏轼一起奔走南北，沉浮起伏于朝野。来到惠州以后，她和苏轼一起度过了一段贫贱而又快乐的时光。许是朝云太爱惠州这块土地了，她把自己永远地留在了惠州。朝云魂栖惠州，苏轼自然不愿意离开惠州了。

惠州，也用自己独有的方式吸引和挽留着苏轼。岭南多水果，尤以荔枝最佳。“一骑红尘妃子笑，无人知是荔枝来。”这是唐朝诗人杜牧的诗句，可见当时的荔枝多么难得，多么珍贵。住在惠州的苏轼，近水楼台先得月，曾经大饱口福。绍圣三年，苏轼在一次吃荔枝时，突然生发灵感：惠州风景秀丽，民风淳朴，又有美味的荔枝佳果，多么难得的终老之地啊。何况，朝云永在惠州！苏轼情不自禁，写下了脍炙人口的《食荔枝》诗：

罗浮山下四时春，卢桔杨梅次第新。
日啖荔枝三百颗，不辞长作岭南人。

命运总喜欢和人开些玩笑，让人哭笑不得。苏轼不想离开惠州，命运却偏偏让他离开。绍圣四年四月，朝廷一纸令下，苏轼不得不告别原本打算托付终老的惠州。

到惠州三年之后，苏轼再次遭贬。这次贬得更远，远到了天涯海角的儋州。或许，是因为苏轼在惠州写下太多广为流传的诗作吧，他的诗作会在第一时间传到朝廷。那些诗句会让人感觉到，苏轼在惠州过得太舒适、太惬意了。

离开惠州后，苏轼一直不忘惠州。终老之时，苏轼反思人生，自认为平生功业皆在“三州”。惠州，则居其一。

2017 年 6 月 3 日写于合肥

文游台上怀少游

熟悉秦少游之名，是在学生时代，因他的一首《鹊桥仙》："纤云弄巧，飞星传恨，银汉迢迢暗度。金风玉露一相逢，便胜却人间无数。柔情似水，佳期如梦，忍顾鹊桥归路。两情若是久长时，又岂在朝朝暮暮。"当中，"柔情似水，佳期如梦"，这种婉约轻灵的词句，曾让一位敏感少年心灵颤动，由此认定秦少游是一位多情才子。接着又在《今古奇观》里读到了"苏小妹三难新郎"的故事，便更加坚定了对秦少游的印象。

记住秦少游是江苏高邮人，则是后来的事。知晓了情况，便形成一种惦记。皖苏毗邻，去高邮不是一件难事，说去也就去了。去之前先已弄明白，到高邮必到文游台，到了文游台便能"见"到秦少游。

在一个秋日上午，从泰州出发，经过两个小时车程到达高邮。在高邮市区一条街道边下车时，大巴司机伸手朝前一指说，很近了，那就是文游台。顺着司机指向一看，北去不远果然有一丛古建筑。约莫步行了十来分钟，于路尽头见到了一座三门四柱花岗岩牌坊，额上题有"古文游台"四个大字。此行目的地文游台，到了。原来，"路尽头"只是远观的假象，这条由南而来直抵文游台大门的道路，到了牌坊前突然一分为二成为东西两条路，从左右两边向北而行，将文游台建筑群包在中间。看得出来，路是后来修的，高邮人尊重文游台，给文游台让路了。

如今，许多地方名胜古迹都免门票了。文游台不免，进门须买票。先火车后汽车，几百公里路都走过来了，还在乎买一张门票吗？没有犹豫，买了票进门。

门在景区南部，进门往北走，迎面一列石阶，主建筑在石阶之上，土台最高处。进门第一眼所见，便是土台南边小广场中间一尊塑像。一米来高花岗岩毛石底座上，立着一尊古铜色全身像，底座正面中间一块光面花岗岩石板上，镌刻着两个金色大字："秦观"。塑像便是秦少游，少游是字，秦观才是其正名。抬头瞻仰塑像，但见少游衣冠楚楚，一手持书卷高举于胸前，一手反背在身后。看上去就是一位读书人，把书放在很高的位置。他极目远视，给人志在必得之感。那模样绝不是一介落魄文人，俨然一位春风得意的显达之士。估计，这便是乡人心目中的秦少游。见到秦少游塑像，始信文游台真是因秦少游而起，秦少游是文游台的灵魂。那一刻想起了秦少游之后八百余年，另外一位诞生于高邮的文化名人、现代著名作家汪曾祺先生，在其《文游台》一文中说过，"文游台实际上是秦少游的台"。

原来，文游台始建于北宋元丰年间，台址为东岳行宫，历经修葺，现存建筑多为清嘉庆十九年所建。据《高邮州志》载："宋苏轼过高邮，与寓贤王巩、郡人孙觉、秦观载酒论文于此。时郡守以群贤毕集，颜曰文游台"。站在秦少游塑像前，记起了南宋诗人、陆游之师曾几写的《文游台》诗句："忆昔坡仙此地游，一时人物尽风流。香莼紫蟹供怀酌，彩笔银钩人唱酬。"

"坡仙"自指苏东坡。当年秦少游十分敬仰同时代大文豪苏东坡，苏东坡亦对秦少游格外欣赏，曾经给予他许多帮助。熙宁十年，苏东坡从密州移知徐州，秦少游前往徐州拜谒，临别时秦少游作《别子瞻学士》道："我独不愿万户侯，惟愿一识苏徐州"。次年，秦少游应东坡之请写了一篇《黄楼赋》，东坡读后直赞他"有屈宋才"，将秦少游与屈原、宋玉相提并论。秦少游曾与东坡同游无锡、吴江、湖州、会稽等地，在此期间，结下了深厚友谊。原先，秦少游对科举不屑一顾，在苏东坡规劝下，秦少游开始发奋读书，积极准备参加科考。可是命运不济，两度应考均名落孙山。苏东坡为他抱屈，作诗写信，予以劝勉。元丰七年，苏东坡路经江宁时，向王安石力荐秦少游的杰出才学。王安石亦高度评价秦少游诗歌，言其"清新似鲍、谢"。在两位文坛前辈鼓励之下，秦少游信心大增，决心再度赴京应试。

元丰八年，秦少游考中进士，初为定海主簿、蔡州教授。元祐二年，苏东坡引荐秦少游为太学博士，后迁秘书省正字，兼国史院编修官。元祐七年，苏东坡自扬州召还，进端明殿学士、翰林侍读学士、礼部尚书。随之，秦少游迁国史院编修，与黄庭坚、晁补之、张耒同时供职史馆，人称“苏门四学士”。绍圣元年，哲宗亲政后，“新党”执政，“旧党”多人遭罢黜。新党人士章惇、蔡京一上台，苏东坡、秦少游同时遭贬，且一贬再贬。秦少游从国史院编修贬为杭州通判，后徙郴州、横州、雷州，一次比一次贬得更远。元符三年，哲宗驾崩，徽宗即位，太后临朝。政坛局势变动，外迁朝臣多被召回。秦少游亦被复命宣德郎，放还横州。路过滕州时，顺游光华亭，时天气炎热，秦少游口渴，有中暑症状。待人送水至，他面含微笑，看着人家，就此离世。秦少游一生，命运坎坷，性情却豁达，留给世人的最后表情，是一个让人难忘的微笑。

北宋元丰七年，苏东坡巡游路过高邮，与高邮本地贤人王定国、孙莘老、秦少游聚会于城东土山，宾主把酒临风、诗文唱和，人人风流倜傥、畅快淋漓。因感动于群贤毕集，广陵郡守兴土木筑文游台于东山之巅，由著名画家李伯时作图刻石。东山文游台，遂成淮堧名胜之地，是《高邮州志》上浓墨重彩的一笔。

顺着秦少游塑像背后石阶，拾级而上，历史之沧桑感油然而生。千年岁月亦如过眼云烟，悠远盛事却地久天长；群贤聚会佳话代代相传，文光映斗余音绕梁不绝。因主楼前面部分附属建筑正在维修施工，沿途可看处少了许多，只好直奔土台顶端主楼。楼分上下两层，楼下是现代画家范曾绘制的“四贤聚会”瓷壁画，壁画前楠木柱上有一副楹联：“古秦邮湖山留胜迹，文游台佳话传千秋。”楼上是一间可用于四面观光的厅堂，仰视屋顶，可见“古文游台”匾额，证明古文游台就在此地。正面板壁上挂着李伯时所绘《西园雅集图》的复制品，两边有一副长联：“八百载风流宛在，潮滔明革诏，谏院正言，淮海填词，黄楼吹笛，长口芳躅辉青史；九重天日月光华，看万古江河，千秋才绝，满湖新绿，四壁琳琅，同上高台礼墨仙。”凭窗远望，高邮古城风光尽收眼底。楼房鳞次栉比，万屋交错纵横，让人想起魏源诗句：“江北无山云作岫，城南积水柳生烟”。此时此刻，于想象之中回到很久以前。立在文游台上，向西可一览湖天，向东可尽观禾稼。城东净土寺塔和魁星阁，城西高邮湖畔镇国寺塔，都在视野之内。东西几座古建筑遥相呼应，构成一幅鸟瞰风光图。恰如曾经到过文游台的袁枚，他在《随园诗话》中记录文游台上的诗句：“落日倒悬双塔影，晚风吹散万家烟”。当然，文游台上这般景观如今是不可能见到了。高邮城市块头越来越大，个头越来越高，文游台上的视野便没有过去那么宽和那么远了。

走下东山土台，离开文游台景区。出门前，回望秦少游塑像，心里忽生一问：身为苏门四学士的秦少游，真是民间传说中苏小妹出了三个难题都没有难住的那位多情才子吗？怎么看，秦少游都有些沉重，不像传说中那个人。

2017 年 10 月 15 日写于合肥

陆游的沈园

两次去绍兴，两次到沈园。第一次去绍兴主要因为鲁迅，沈园离鲁迅故居不远，顺便寻访了沈园。第二次去绍兴，则是完全冲着沈园。重访沈园，不为园林，只为陆游。

沈园姓沈，陆游姓陆，按说二者不该存在从属关系。访沈园之前，只知道沈园因陆游而名，并不知晓沈园与陆游之间究竟存在着何种关联。第一次访沈园，只是走马观花，大概了解到陆游与唐婉的爱情故事。为赶时间，来去匆匆，有关陆游与沈园之间的姻缘，只知其然，不知其所以然。于是，便有了第二次专程去绍兴访沈园的充足理由。

再次到访沈园，在园内放慢了脚步。观景物、赏诗词、听介绍，方才明白沈园其实早已不该姓沈。自南宋陆游身后，沈园便该姓陆了。南宋至今，沈园实实在在是“陆园”。如今在这所沈家园林里，难觅有关沈氏家族的蛛丝马迹，却处处闪现着诗人陆游的身影。尤其在沈园南隅陆游纪念馆，对陆游生平事迹作有全面详细的介绍。访客到过此处，看过展品，听过讲解，便对陆游印象深刻。

陆游是南宋越州山阴人，山阴即今日绍兴。陆游出于名门望族，书香门第。他的高祖陆轸是大中祥符年间进士，官至吏部郎中。祖父陆佃，师从王安石，精通经学，官至尚书右丞，著有《春秋后传》《尔雅新义》等，被视为陆氏家学的重要典籍。陆游的父亲陆宰，精通诗文，注重节操。北宋末年出仕，南渡之后，因主张抗金受到朝廷里主和派的强烈排挤。一气之下，他辞官还乡，居家不仕，远离官场。陆游的母亲唐氏亦是名门闺秀，是北宋宰相唐介的孙女，从小受到良好的传统教育，把家族兴旺大业看得高于一切。

陆游幼年时期，正赶上金人南侵，生活无法稳定，常随家人东躲西藏，四处逃难。那些日子里，陆游的舅舅唐诚一家因为避难需要亲戚相互照应，与陆家来往格外密切频繁，两家几成一家。唐诚有一女儿，名叫唐婉，字蕙仙，自幼喜读诗书，为人文静聪慧，不善花言巧语，却善解人意。唐婉与表哥陆游年龄相差无几，二人青梅竹马，两小无猜。兵荒马乱的岁月里，一对不谙世事的少男少女，无忧无虑，竟也相伴度过了一段纯洁无瑕的美好时光。随着年龄增长，无猜渐渐变为有猜，一种颤动心弦的别样情愫，开始在两人心中潜滋暗长起来。

正值青春年华的陆游和唐婉，因皆饱读诗书，擅长赋诗填词，常常借诗词倾诉衷肠。花前月下，吟诗作对，有唱有和，倩影成双，宛如一对起舞翩跹于万花丛中的彩蝶，双飞双栖，给人以无限幸福和谐的艳羡之感。双方父母和两家的亲朋好友，无不认为表兄妹俩真是天造地设的一对。陆游的母亲当然愿意，娘家亲侄女成为儿媳，贴心贴肺。陆家遂以一枚精美绝伦的祖传头饰——金凤钗，送给唐婉作为信物，订下了唐家这门亲上加亲的女儿亲事。陆游 19 岁那年，表妹唐婉摇身一变成了他心爱的新娘。

新婚伊始，感情笃深的陆游和唐婉，比一般新婚夫妇更加儿女情长。他俩卿卿我我，爱得如胶似漆，沉醉于闺房之乐，不知晨昏，不知阴晴。陆游将被世人视为头等大事的科举课业、功名利禄，早已抛出九霄云外。那时的陆游，在进仕为官的漫长征途上迈出了艰难的第一步，荫补登仕郎。接下来，即将赴临安参加“锁厅试”以及礼部会试。婚后的陆游，有了唐婉朝夕相伴，可谓红袖添香，本该好好读书以求功名，他却沉溺于温柔乡里，根本无心顾及应试功课。陆游的母亲唐氏毕竟出身大户人家，凡事拎得清轻重，管教儿女自然威严苛刻。母亲望子成龙心切，一心盼望儿子陆游早日金榜题名，登科为官，光耀陆家门庭。目睹陆游沉湎于儿女私情不思进取的状况，陆母大为光火，几次以唐家姑姑身份，更是站在陆家婆婆的立场上对儿媳妇唐婉大加训斥，责令唐婉以丈夫功名前途为重，收敛淡薄儿女私情。

彼时的陆游与唐婉，情深意切，缠绵缱绻，到了无以复加的程度，哪能听得进去陆母的话，如何收敛淡薄得了儿女私情。情况未见明显改善，母亲对陆游失望了，生出了恨铁不成钢的情绪。此时，将儿子陆游“毫无出息”的罪过全归结于儿媳妇唐婉头上。甚至认为唐婉是陆家的丧门星，有她在，会毁掉陆游的前程，毁掉陆氏家族。于是，“大义灭亲”的陆母再也坐不住了，她要为自己即将做出的一项重大决定，寻求充足的支持理由。陆母来到郊外的一座庵堂，请庵中一位法号妙因的尼姑替陆游和唐婉算命。那位妙因法师在陆母进门那一刻便摸准了陆母的意图，她闭上眼睛，一番装模作样的掐算后，煞有介事地说：“八字不合，两口子必定先笑后哭，无法白头到老。”陆母一听，恰好合了她的想法，便急匆匆赶回家里，把陆游叫到跟前，强令他道：“速写一纸休书，将唐婉休弃，否则老身与其同尽。”母亲突如其来的话语，无异于晴天霹雳，将陆游吓得没头没脑。待母亲将唐婉的种种不是历数一遍，陆游方知母亲心意已定，赶出唐婉成为必然，他顿时心中痛如刀绞。休掉爱妻唐婉，于陆游来说无异于天塌地陷、生离死别。眼看着母亲决绝态度，丝毫没有回旋余地，向来孝顺的陆游，无力反抗，唯有暗自饮泣，以泪洗面。

陆游答应了母亲，将唐婉送回娘家去，却又实在下不了手。他与唐婉难以割舍，怎忍一刀两断，哪能就此陌路。聪明的陆游想出一计，既然母亲不满唐婉，何不悄悄另筑别院安置唐婉，不让婆媳二人见面。陆游果真做了，在外赁屋让唐婉另住，趁着母亲不注意，伺机前去探望唐婉，互诉夫妻相思之苦。纸终究包不住火，精明的陆母很快察觉了儿子的猫腻。她大发雷霆，严令陆游与唐婉断绝来往，并迅速托人做媒为陆游娶回了一位温顺本分的王氏女，让陆游拥有新的妻室，从而阻隔他与唐婉之间的藕断丝连。

再婚之后的陆游，只得改弦更张，收敛儿女私情。顺应母亲心愿，重拾科举课业，埋头苦读了三年，陆游在27岁那年满怀信心离开家乡山阴，前往临安参加“锁厅试”。在临安，陆游以他深厚扎实的经学功底、才华横溢的斐然文采，赢得了在场考官的高度赏识，被主考官荐举为该科考试的魁首。不料，同一科试获得第二名的恰是当朝宰相秦桧的孙子秦埙。秦桧可不是省油的灯，孙子屈居第二，宰相爷爷秦桧深感脸上无光，便对陆游嫉恨在心。第二年春天礼部会试时，秦桧利用手中大权，悄悄玩弄诡计，轻轻松松地将陆游的试卷作废。只因才华出众，陆游得罪了秦桧家族，因此仕途坎坷，以致后来遭遇了太多的风雨泥泞。

礼部会试失利，陆游心灰意冷地回到家乡。家乡风景依旧，只是不见旧人。睹物思人，心中倍感凄凉。为了排遣愁绪，陆游时常独自徜徉于周边的青山绿水之中。或枯坐荒寺，凭吊古人，慰藉自己；或投身酒肆，不醉不归，麻痹自己；或招摇过市，高歌痛哭，放纵自己。那段时间里，心情落寞的陆游，完全变成一个没有灵魂、放浪形骸的人，让人无法相信他就是那个过去的青年才俊陆游。

不知不觉地，陆游已在不舍离别、刻苦用功、颓废无主的不同心态中，度过了人生中最重要的十年时光。在一个鸟语花香的春日晌午，陆游不由自主地漫步到绍兴城外一处沈姓人家的园林。那是一个环境优美的私家花园，园内花木扶疏，亭台水榭，曲径通幽，是绍兴人游春赏花的一个好去处。忽然，在园林深处的幽径上迎面款步走来一位锦衣女子，陆游感觉似曾相识。再走几步，走近了一看，天啊，那女子竟是他阔别多年日思夜想的前妻唐婉。那一瞬间，时光停滞，世界静寂无声，两人的目光交织在一起，久久不能分开。同时，双方都感觉到恍惚迷茫，不知眼前是梦是真，说不清从对方的目光中读到的是爱是恨？是思是怨？

那时的唐婉，已由家人做主嫁给了同郡士人赵士程。赵家系宋朝皇家后裔，门庭显赫。赵士程为人宽厚，重情重义，他对曾经遭受情感挫折的唐婉，表现出难得的同情与谅解。正是在赵士程善良仁厚的温暖情怀里，唐婉饱受创伤的心灵才得以渐渐修复，唐婉的心里这才开始萌生出对赵士程的感情苗芽。这日，在沈家园林里，唐婉与陆游不期而遇，尘封的心灵重新开启，里面积蓄已久的旧日柔情，千般委屈，顿时化为倾盆之泪，似乎即刻奔涌而出，向面前那个“狠心人”一泄而尽。

这些年来，陆游借着苦读用功、沉于诗酒来转移注意力，强抑着对唐婉的深切思念，就在沈园邂逅的那一刻，埋藏于陆游内心深处的满腔思念，终究按捺不住，瞬间完全溢于表情。四目相对，两心相向，千般心事，万般情怀，一时不知从何说起。此次唐婉是与夫君赵士程相偕游赏沈家园林的，赵士程在沈园里早就发现了踽踽独行的陆游，他快步前行，有意与唐婉拉开一段距离。对唐婉找了个合理的借口，让唐婉慢点走，他要上前去准备午餐。陆游与唐婉对面无语，好一阵恍惚之后，已为他人之妻的唐婉先行醒悟过来。提起沉重的脚步，侧身留下了深深的一瞥之后，唐婉渐行渐远。留下陆游站在路边树荫底下，默默无语，怔怔发呆，傻子一般。

一阵和风吹来，花香扑面，终于惊醒了沉浸于旧梦之中的陆游。他不由得转过身去，加快步伐，循着唐婉的身影追寻而去。陆游来到一口池塘边，立在柳荫下，见唐婉已经走到对面水榭廊前，坐下来与赵士程对面用餐。隔水相望，隐隐看见唐婉低首蹙眉，有气无力地送出玉手红袖，与赵士程举杯浅斟慢饮。这一幕并不陌生的场景，看得陆游心都碎了。曾经的良辰美景，如今已易主他人。陆游心有块垒，不抒不平，提起笔来，一口气在粉墙上题了一阕《钗头凤·红酥手》：“红酥手，黄縢酒，满城春色宫墙柳。东风恶，欢情薄，一怀愁绪，几年离索。错，错，错！春如旧，人空瘦，泪痕红浥鲛绡透。桃花落，闲池阁，山盟虽在，锦书难托。莫，莫，莫！”当时的陆游只是一诉而快，完全没有想到写在墙壁上的文字竟会成为千古绝唱。这也似乎印证了一个道理，好的文字，总是出乎真情。

沈园别后不久，陆游的命运很快有了大转机。作恶多端的秦桧终于病老而死，朝廷重新召用陆游。陆游奉命出任宁德县立簿，远远离开了故乡山阴。次年春天，心神不宁的唐婉心怀一种莫名的憧憬，再次来到沈园，独自徘徊在曲径回廊之间，偶见墙上陆游题词。唐婉抬头反复吟诵，昔日夫妻二人诗词唱和的情景，一幕幕再现于眼前。唐婉不由得泪流满面，心潮浪涌。内心的激动无法自控，唐婉随兴和了一阕《钗头凤·世情薄》，题在陆游词后：“世情薄，人情恶，雨送黄昏花易落。晓风干，泪痕残，欲笺心事，独雨斜栏。难，难，难！人成各，今非昨，病魂常似秋千索。角声寒，夜阑珊，怕人询问，咽泪装欢。瞒，瞒，瞒！”或许，世人并不知道唐婉还有没有别的诗词。这一阕《钗头凤·世情薄》却流传久远。由此，唐婉留给世人的印象是一个多情的才女。陆游与唐婉在沈园里的一唱一和，不仅是沈园的佳话，也早已成为史上的一段佳话。

唐婉是一个看重情谊的知性女子，她与表兄陆游的爱情本是十分完美的结合，偏偏毁于世俗的强大力量。后来，赵士程在感情上给了唐婉莫大的抚慰，唐婉还是没能真正走出从前的阴影。陆游在唐婉心目中的地位，无人可以替代。重访沈园，看到了陆游的题词，唐婉的心再难平静。追忆如烟往事，悲叹无奈现实，感情的烈焰舔舐着唐婉的伤口，使她心里灼痛不已。她在煎熬中日益憔悴，抑郁成疾，最终在一个秋风萧瑟的日子里，化作一片落叶悄然随风而逝。留在沈园里一阕深情的《钗头凤·世情薄》，诉说一段凄美的爱情故事，令后来人为之唏嘘不已。

那时的陆游，仕途上已然春风得意。他的文才颇受新登基的宋孝宗欣赏，被赐予进士头衔。之后的陆游一路顺畅，一直做到宝华阁侍制。为官期间，陆游除了尽心尽力处理政务，还写下了大量忧国忧民的诗词。同时，无论政务多忙，无论写作多少宏旨大义的诗词，陆游仍不能忘却唐婉，他给唐婉写下了许许多多感人至深的怀念诗作。

在陆游63岁那年，有朋友送给他一只装有菊花的枕囊。此物令人怀旧。陆游想起了自己21岁时与唐婉新婚燕尔，两人采集菊花晒干了作为枕芯，唐婉亲手缝制了一对“菊枕”。当时陆游还写了一首“菊枕诗”，曾被世人视为他们夫妻新婚纪念之作。这事在陆游《剑南诗稿》中尚有记载：“余年二十时，尚作菊枕诗。采菊缝枕囊，余香满室生。”虽然“菊花诗”曾经广为传诵，可惜没能留传下来。几十年后又见菊枕，陆游不禁百感交集，诗兴迸发，连写下两首情词哀怨的“菊枕诗”，题曰：“偶复来菊缝枕囊，凄然有感。”诗云：“采得黄花作枕囊，曲屏深幌闷幽香。唤回四十三年梦，灯暗无人说断肠！”“少日曾题菊枕诗，囊编残稿锁蛛丝。人间万事消磨尽，只有清香似旧时！”在陆游看来，世间万事皆可以被时光消磨殆尽，唯有爱情的清香历久弥新。

陆游66岁叶落归根，回到故乡山阴，过着简朴、宁静的乡村生活。其实，宁静的生活之中仍有某些不平静，陆游对青春年少时那一段刻骨铭心的情感，总也无法忘怀。浪迹天涯几十年，陆游企图忘却自己与唐婉的凄婉往事，岂料离家越远，唐婉的影子就越是清楚地萦绕在他的心头。待他身心疲惫地归来时，前妻唐婉早已香消玉殒，可叹自己垂垂老矣。按说此时的陆游，应该心如止水，波澜不兴。可是，对于陈年往事，对于唐婉，对于沈园，陆游依然怀着深切的眷恋。所有的怀念和眷恋都离不开沈园，陆游将其寄托于借题沈园的诗中。

次年，陆游67岁，独自重游沈园。看到当年题写《钗头凤》的半面破壁，触景生情，感慨万千，陆游禁不住写诗感怀。题曰：“禹迹寺南，有沈氏小园。四十年前，尝题小阕壁间。偶复一到，而园已三易主，读之怅然。”诗曰：“枫叶初丹槲叶黄，河阳愁鬓怯新霜。林亭感旧空回首，泉路凭谁说断肠？坏壁旧题尘漠漠，断云幽梦事茫茫，年来妄念消除尽，回向蒲龛一炷香。”叶黄、鬓霜，坏壁、幽梦，断肠人、一炷香，在诗人陆游的眼里，沈园呈现出一派凄凉的气象。

75岁那年，唐婉逝世已经40年，陆游又一次独自游沈园，写下《沈园》绝句二首：“梦断香消四十年，沈园柳老不飞绵。此身行作稽山土，犹吊遗踪一泫然。”“城上斜阳画角哀，沈园非复旧池台。伤心桥下春波绿，曾是惊鸿照影来。”陆游怎么也忘不了沈园一别，尤其是唐婉最后那一瞥。

晚年的陆游，每年春天必往沈园凭吊唐婉，每往或诗或词，必有寄情。后来，为了方便游览沈园，年事已高的陆游干脆住到了沈园附近。大概，只有住在沈园附近，陆游才会稍稍心安，才觉得他与唐婉离得近了一些。

81 岁那年，陆游在某个夜里做了一个梦，梦见自己游了沈园。醒来，陆游泪流满面，感慨万分，作诗《梦游沈家园》曰：“路近城南已怕行，沈家园里更伤情。香穿客袖梅花在，绿蘸池桥春水生。”“城南小陌又逢春，只见梅花不见人。玉骨久成泉下土，墨痕犹锁壁间尘。”已是耄耋老翁的陆游，依然无法接受“玉骨成土”的现实。

82 岁那年，或许自知距离大去之日不远，陆游特别思念唐琬，曾写下怀念唐婉的诗句：“城南亭榭锁闲坊，孤鹤归来只自伤。尘渍苔侵数行墨，尔来谁为拂颓墙？”其实，自从唐婉离开了陆家，陆游便变成了一只夜半哀鸣的“孤鹤”。

84 岁那年，陆游辞世前一年，不顾年迈体弱，由家人搀扶，最后一次游历沈园。归来作诗《春游》曰：“沈家园里花如锦，半是当年识放翁。也信美人终作土，不堪幽梦太匆匆！”美人作土，放翁于心不甘啊！陆游正是在那种深深的不甘之中，度过了他孤寂的余生。

如此深深地眷恋着沈家花园，个中自有陆游的道理。在陆游心目中，沈园可不是一所普通的私家花园，它已然成为唐婉的化身。

在沈园，尤其是在沈园南端陆游纪念馆中，听到了陆游与唐婉的悲情故事，又读到了陆游和唐婉的千古绝唱《钗头凤》，还有陆游借沈园为题写下的许许多多怀念唐婉的诗作，心里对于沈园与陆游的关系便有了一个全新的定位。

陆游之前，沈园姓沈，的确是沈姓人家的园林。陆游之后，沈园便不再姓沈。沈园的主人，其实就是南宋诗人陆游。

2017 年 9 月 10 日写于合肥

桂湖访桂

出成都北门，沿川陕公路前行约十八公里处，有片老城区名叫新都。从前新都的建制为县，如今已划归成都市的一个区了，是成都最北边的一个城区。在新都城区西南隅，有座公园叫桂湖公园。

桂湖自必姓桂，桂是桂树。未到桂湖时，顾名思义也能想象得到，桂湖公园里，必定会有许许多多的桂树。否则，这片湖水，不会无缘无故地在万木当中跟着桂树姓了。

去桂湖公园那天，已是初冬季节，早过了桂的花期。在不在桂的花期一点都不重要，说句实在话，从华东到华西，从成都来到新都，这么遥远而又辗转的一趟旅程，并不是冲着桂花而去的。虽素喜桂花，身边并不缺少桂花，还不至于来到千里之外就仅仅为了看看桂花。所在的城市，几乎随处可见桂树的身影，每年中秋前后，整个庐州古城里，空气中到处浮动着桂花的暗香。桂花，早已成为这座城市一个季节的色调和气味。甚至，赖以栖身的小区都以桂花为名，桂花是这个小区里当家的景物。仲秋季节里，小区里的建筑物，隐没在绿树丛中，浸泡在桂花的馨香里。早晨醒来，呼吸的第一口空气，便带了桂花的香甜，是桂花用她的芬芳把人从梦里叫醒。晚上躺在床上，梦里还能闻到桂花香呢，是桂花的幽香装点了许多人的梦乡。所以，从桂花如此寻常多见的地方，出门远行的人，来到大西南一个以桂树命名的园林，若说此行的目的就是为了看看桂花，不说别人不会相信，恐怕就连自己都不会相信这是真话。

不过，有些奇怪，来桂湖不为桂花，终究撇不开桂花。走近桂湖公园大门时，竟隐隐约约地闻到了桂花的馨香。当时，根本不信园里真有桂花。心想，这大概就是人们通常所说的心理暗示吧。到了一个姓桂的公园，总该见到一些桂树、闻到些许桂花的香味吧。不然，桂湖的桂又该从何体现呢。

跨进桂湖公园大门，并没有一眼就看到了这座公园的主题词——桂树。其实，这个来桂湖的人，心里惦记的不是桂湖公园里的桂树，而是一个与这座园林里的桂树密切相关的人。此人名叫杨升庵，他是明朝的一位头名状元，著名的学者、文学家。杨升庵出身于名门，父亲杨廷和为明朝宰相，三朝元老，桂湖是杨升庵的故居地。杨升庵似乎对桂花情有独钟，曾经在湖边空地上种植了许多桂树。这方不大的水面原本无姓无名，因为有许多桂树长在湖边，杨升庵便称这方水面为“桂湖”。“桂湖”二字第一次公开亮相，是在杨升庵的一首诗中。诗为《桂湖曲送胡孝思》：“君来桂湖上，湖水生清风。清风如君怀，洒然秋期同。君去桂湖上，湖水映明月。明月如怀君，怅然何时辍……”诗一面世，“桂湖”之称不胫而走。杨升庵家门口的这块水面便开始有了一个诗意盎然的美名，大大方方地告诉世人，它姓桂名湖。至于杨升庵到底为何对桂一往情深，能让门前的那块水面有名还有姓，进门之前在心里还是一个未解之谜。

一进门来，遇一块遮天蔽日的浓荫地，抬头见一方硕大的绿色天棚。两株古老的紫藤，迎门而立。主干粗如斗，藤长不知几千几百米了，从地上攀到空中，在空中来来回回，缠缠绵绵，相互交织，相互纠结，编制而成一道百十米长的绿色长廊。相传，这两株紫藤很有灵性，它们都是古人的化身，是一对恩爱情侣坚贞不渝爱情的见证，向后来人叙说一段凄美的爱情故事。在天就做比翼之鸟，在地也成连理枝。这对男女，正是桂湖这座园林里曾经的男女主人公，明朝的一对才子与才女，杨升庵和他的夫人黄峨。这对真爱夫妻，一生离多聚少，牵挂和思念如柔曼的长藤，编织了漫长的孤寂岁月。

出了紫藤长廊，朝左前方走去，便见桂湖公园里的一座最引人注目的高大建筑物。飞檐斗角，古色古香，它便是杨升庵祠。祠堂大殿里供奉了杨升庵的高大塑像，塑像的背后及左右两边，是杨升庵的生平事迹图文展。看图片、阅文字，钦佩和唏嘘两种情愫，牢牢地把控着人的心绪。在杨升庵祠里，之前的那个谜底不找自来，不解自开。原来，杨升庵喜欢桂树，在湖边广种桂树，并不是他的一时兴起，而是事有因由。这位明朝的头名状元，24 岁那年，在他进京参加殿试之前，有天晚上他做了一个奇怪的梦。梦见一条小白龙，从他家门前的水塘深处腾空而起，驮伏着他乘着夜色升天飞进了月宫。在月宫里，他看见了一株巨大的桂树，伏在小白龙的脊背上，他正好擦着树冠而过。他便随手折下了一株桂树枝，衔在嘴里，继续随着小白龙翱翔月宫。凡事不可触犯天规，古今同理。当晚，在天亮之前，小白龙必须从天宫落地，回到属于它的深渊中去。所以，小白龙载着杨升庵仅在月宫里匆匆一游，未敢在天上久留，确保趁着夜色回到原来起飞的地方。早晨醒来时，杨升庵发现自己嘴里衔有一枚树枝，是他熟识的桂枝。他很纳闷，不知道树枝从何而来，为什么会衔在他的口中。杨升庵把桂树枝从嘴里拿出，移到鼻孔下面轻轻一嗅，他立刻闻到了一种熟悉的气息，正是这种气息让他记起了昨夜的梦。杨升庵立即把情况告诉了父亲，他的父亲杨廷和在朝廷为官，曾经位高权重，看透了世间多少大小事，自然见多识广。看见这枚桂树枝，又听儿子说起昨夜的梦，这位宰相父亲顿时心中大喜，知道将有大喜临门，便嘱咐儿子，此事千万不可外提。而且，今后你一定要善待桂树，桂树是你的大贵之人，是你的福星。你该明白，有贵人相助，必然好事就近在跟前了。杨升庵一时疑惑不解，宰相父亲提示说："当前，你最大的事是什么还不明白吗？你看，这都已经'折桂'了，天底下还能有什么比这更吉祥的兆头呢！"

其实，杨升庵嘴里衔的那枚"桂枝"，到底是怎么来的，杨升庵不知道，他父亲也不知道，只有他的祖父杨春知道。杨春这位宰相之父，也是位饱学之士，是明成化十七年进士，官至提学佥事。至于当夜做梦的事，是真是假，则只有杨升庵本人知道了。

不久，进京殿试，杨升庵果然"折桂"，独占鳌头，中了大明王朝的头名状元。回来以后，再想起父亲对他说过的话，他彻底信服了，觉得桂树真是他的贵人、他的福星，他必须终生感恩桂树。于是，杨升庵于自家的房前屋后，只要能够栽树的地方，他都一块不落地栽上了桂树。当时，在他家门口左前方，也就是如今的桂湖公园西南角，有一大片杂草丛生的荒地，杨升庵亲自带领家丁干活。开荒平地，在那块一直荒芜的空地上栽种了数百株桂树。树比人长寿，人不在了树还在。那块由杨升庵亲手栽培的林地，阅尽了世事沧桑，成为一道古老的风景，保留在这桂湖公园里。在新都民间，一直有一个传说，桂湖公园里的那些桂树，最初的树种来自天上，是由从月宫中折下的那枚桂枝滋生繁衍而成。敬重杨升庵、热爱桂湖的新都人，似乎信此一说。

拜谒了杨升庵祠，沿着桂湖岸边走向西南角，终于走近了那片桂树林。路边，有一块诗碑，碑上铭刻的是杨升庵的《桂林一枝》：“宝树林中碧玉凉，秋风又送木樨黄。摘来金粟枝枝艳，插上乌云朵朵香。”诗中的“金粟”，自指桂花。“乌云”，则是女人乌黑发亮的如云秀发。《桂林一枝》能让人联想到杨升庵与夫人黄峨，夫妻双双，游园赏桂，吟诗作对，在他们婚后曾经有过的那段短暂的幸福时光。

穿过一道圆形拱门，从院墙外面到了院墙里面，进入桂树林中。一种熟悉的花香再次从暗中轻轻飘忽而来，若隐若现，时断时续，时有时无。原本没当回事，以为还是自己的心理作用。走到桂树林的深处，在桂花亭边停下来，抬头仰望一株古老的桂树时，竟然发现树枝上黏附着星星点点的金黄色小米颗粒状的东西。这下子验证了自己的感觉没有出错，不是幻觉。先后两次闻到了桂花香味，还真是有桂花开在树上，而不是出于自己的心理暗示。原来，在这个不该桂树开花的季节，桂湖公园里的这株桂树上，仍开放着少许的桂花。或许，是天气的因素，冷暖适宜，让桂树心情愉快，从而延长了桂树的花期。或许，是桂树的品种原因，它有太多的花要开，如同爱说话的人，他有太多的话要说，絮絮叨叨，总也说不完。所以，这种桂花的花期，绵绵延延，持续很长。记得还有一种桂树月月都会开花，它的名字就叫月月桂。或许，是桂树有灵，对于一位不远千里而来桂湖公园的虔诚访客，情有所动，给出了一份奖赏吧。不多想了，不信其他任何原因，唯信桂树有灵，情为人所动，专门开出一些花来奖赏远道而来的客人。

走出桂树林，离开桂湖公园之际，心里老在琢磨着一个问题：满园的桂树，杨升庵的福星，这些大贵之人，曾经在一个关键时刻帮助了杨升庵一次，使得杨升庵成功“折桂”。后来，在杨升庵遭受挫折最需要救助的时候，这些大贵之人，为何不再帮他第二次，解救杨升庵于危难之中呢？

杨升庵这位明朝的大才子，中了头名状元，曾经风光一时。在当年，新都的乡亲们，谁也不会想到杨升庵后来的命运竟是那般凄惨。他因性情耿直，“议大礼”触犯了明朝世宗皇帝，杨升庵两次遭受廷杖重刑，被打得皮开肉绽，死去又活来。这还不算完事，朝廷还将他孤身一人充军至云南边陲，限制他永不得归返家乡，直至最后老死滇西。

或许，正是因为杨升庵得罪的不是别人，是当朝皇帝世宗。而皇帝又向来以“天子”自称，是天底下最大的贵人，任何其他的贵人，在皇帝面前都会相形见绌，只好退避三舍了。

出公园大门时，回首桂湖边上，凝望西南隅那一大片茂密的桂树林。纵使出身高贵，来自天上月宫，这些杨升庵曾经的大贵人，在杨升庵的不幸遭遇时无能为力，甚至，至今仍然一副爱莫能助的样子。

2017 年 1 月 2 日写于合肥

马坡巷 6 号

去年秋天，一家三口一起去了一趟浙江，于杭州、嘉兴、绍兴等地做了一次文化之旅。一路上不拜山，不亲水，专谒名人故居。在杭州，忽然想起了清人龚自珍。记得书上有介绍，龚自珍是浙江仁和县人。当时的仁和县，也就是现在的杭州市了。作为历史上的文化名人，杭州市里一定会有龚自珍的故居吧。这样一想，便萌生了去寻访龚自珍故居的念头。

偌大的杭州城，到哪儿去找出生于两百多年前一位古人的故居呢？没关系，只要目标的确存在，寻找真不是一件难事。女儿拿出手机，手指头在屏幕上三下两下如蜻蜓点水般地触碰之后，答案便出来了：龚自珍故居，马坡巷 6 号。具体位置就在杭州火车站的西偏北方向，与火车站直线距离不超过 1000 米。

太方便了，杭州火车站是此行的必经之地。不用专门去那里，只需离开杭州时，提前一两个小时到达火车站附近，便可以了却自己的心愿了。

找到马坡巷的时候，是在中午 1 点钟，刚刚于附近吃过午饭。时候尚早，不慌不忙，下午 4 点 30 分钟才离开杭州，乘高铁去桐乡。马坡巷的名字好听，好记，它很有古意。未到马坡巷的时候，以为那是一个鹅卵石铺路、两边都是古色古香旧建筑的老街巷。想象着龚自珍的故居是在临街的某一座门坊里面，穿过高大的门坊，里面便是树木森然的深宅大院。可是，还真猜错了，情况绝不是这样。马坡巷是一个名不副实的地名，此地无坡亦无巷，更是无关“马”字，它只是一处普通的居民区。周边的民房都是当代兴建的新式楼房，除了马坡巷 6 号，完全没有古旧的色彩。

找到了马坡巷 6 号，没有欣喜，心里反倒有些失落和疑惑。马坡巷 6 号并不是想象中的深宅大院，它只是一个很小的旧式宅院。圆形的拱门两边，镶嵌了两块牌匾，一块题名“龚自珍纪念馆”，另一块题名“小米园”。“龚自珍纪念馆”不难理解，名人故居以纪念馆命名的比较多见。同时还有一块“小米园”的牌匾存在，却有些费解了，难道龚自珍生前住的地方就叫“小米园”？带着这个疑问，一脚跨进了面前的那道圆形拱门。

院子不大，目测不会超过一亩地。院内的陈设还算别致，一幢两层的砖木结构的小楼，坐南朝北。门前有一口不大的池塘，蓄水好像存在很久了，颜色发浑，有许多绿色的丝状悬浮物，水质明显富营养化了。几尾红色小鱼似乎习以为常了，在水里缓慢地游来游去，显得很是安逸自在。池塘的四周，放了许多植物盆景，以梅居多。盆中的梅明显疏于打理而放任自流，流露出一些随心所欲的懒散情绪。小院的一隅，垒有很小的假山，建有精致的亭子。院落虽小，还是具备了江南园林的基本内容。

进门之前，院子里面不见人影，小小的院落倒显得很空旷。走到小楼门前时，才看见屋子里面有人。两位大约七十来岁的老妪，坐在大厅一角的两张竹椅上，一边喝茶，一边漫不经心地叙话。站在门外，问两位老人：“请问，需要买门票吗？”两位老人齐声说：“不用，不用，直接进来看吧。”见我们一行三人到来，两位老人仿佛有些兴奋。那天，也不知道我们这一行是第几拨访客，若还是头一拨客人，那的确会给两位老人带去一点新鲜感了。长时间没有人来，两位老人也许会寂寞。

如此幽静的旧宅院，遇见了两位古稀老人身居其间，倒也觉得十分般配。比起在此见到某位红唇白齿的女解说员来，应该会显得更加合适。什么样的地方，配什么样的人在。眼前有老人在，这间旧宅院才多出了一份沧桑和厚重感来。当即心生一念，这老姐妹俩该不会都是龚氏后裔吧。便随口问了句：“老人家，你俩都是龚老先生后人吗？”两位老人先后答道：“不是不是，我们只是纪念馆的工作人员。”“你们随便看吧，就不全程讲解了，有什么不明白的地方可以问我们。在这里时间久了，有些情况我们熟悉一点。”

不明白的地方还真不是没有。不过，并不急于发问，还是先留着吧，自己看看再说。或许，于墙上展板的图文中能够找出答案。找不到答案时，再问她们也不迟。

大厅中央端坐着龚自珍半身铜像，铜像的雕刻十分逼真，达到了栩栩如生的程度。这位留着辫子的龚老先生，清癯的面孔，敞亮的额头，一根又粗又长的大辫子从背后绕到胸前来了。如此突出的小细节，宛若告诉后来人，这辫子是万万不可忽视的。当然，没有辫子，他就不是龚自珍了，也就不是大清王朝的人。细看面部表情，似乎也能看出此公人生际遇之一二。在龚自珍铜像的面部，有两个细微的表情，给人的印象很深。一个是他的眼神。他的目光，没有直视前方，而是眼睑伸出，目光朝下，作于地面上找寻或思索状。这老先生，他在寻求什么呢？再一个是在他的两眉之间，形成了两道深深的沟坎，看上去好像一个大大的“川”字。目光朝下，或许只是一瞬间的表情。眉头间的皱褶，极有可能是某种表情长期存在所留下的痕迹，比如眉头紧皱。估计，这位老先生生前遭遇的烦心事也不会少吧。

铜像的背后是一幅中堂。中堂画是一幅题为《奇峰白云》的水墨图，两边有三副对联。中联和外联都长，看了没记住，只记住了内联。那是龚自珍自己的一幅诗联：“寒气西北何人剑，声满东南几处箫。”联出龚自珍的诗《秋心三首》之“其一”。中堂的上方有一块匾额，题铭：“剑气箫心”，系原浙江大学教授、二十世纪书坛泰斗沙孟海先生题写。题铭内容，与对联相呼应。字体遒劲有力，却又圆润饱满，让人读到“剑气”，又让人读到“箫心”。看到这里便明白了，在后世人的心目中，龚自珍是一个什么样的人。

大厅的右边是龚自珍生平事迹展厅。墙上，挂有几十块制作古朴大方的图文展板，细致详尽地介绍了龚自珍的不很漫长却很丰富的一生。展厅中间，放置了一个玻璃展柜，里面展示了龚自珍的主要著作。

从展厅里出来的时候，对于龚自珍便有了更深一层的认识。来此之前，对于龚自珍的了解，仅仅停留早年在阅读他的几篇诗文所留下的印象上以及后来读过的有关他本人及其儿子那些色彩斑斓的传说。最早是读他的《己亥杂诗》，“我劝天公重抖擞，不拘一格降人才”“落红不是无情物，化作春泥更护花”，着迷于那些脍炙人口的诗句，便记住了这位字璱、号定庵的清代诗人、文学家。之后又读到了他的《病梅馆记》，才知道龚自珍同时还是清代著名的爱国思想家、改良主义的先驱者。当年的阅读，对龚自珍形成的印象是龚自珍这个人太过愤世嫉俗，拿现在的话说，他很愤青。心想，他就不怕得罪权贵吗？他会不会成为一个时代的牺牲品？一个由来已久的疑问，在展厅里得到了证实。

龚自珍的人生的确很不顺畅。他虽出身于书香门第，父亲、祖父、外祖父都是清代有名的经学家，母亲是名门才女，他本人从小就受到了良好的教育，很小的时候已经在文笔上初露锋芒，让他的外公、著名的文字学家段玉裁那位老学究感到又惊又喜，忍不住在龚自珍的文稿上做出了批注。但是，后来在多年的科举应试中，他竟然屡试不中，仕途也非常不顺。21 岁应了乡试，他名落孙山。直到 26 岁时乡试，方中举。27 岁会试落第，次年会试再度落第。直至 37 岁那年，在他第六次会试时，终于考中进士。多年会试期间，龚自珍一直在京城做些简单的文字营生，最高做过内阁中书的文字官。龚自珍屡屡针砭时弊，经常触动时忌，因而不断遭到权贵的排挤和打击，致使他无法在京城平稳立足。道光十九年四月，已经焦头烂额的龚自珍不得不辞官南归。七月间，又自杭州北上接还眷属。于离京返京又离京的三段旅途中，对于仕途心灰意冷的龚自珍，看到了一个真实的民间。他百感交集，写下了许多忧国忧民激扬而深情的诗文，最著名的便是《己亥杂诗》。其时，恰好处在鸦片战争的前夜，山雨欲来风满楼，大清王朝已经风雨飘摇，危在旦夕。龚自珍在《己亥杂诗》中大胆地揭露和批判了清政府腐败无能、民不聊生、国家命运堪忧的客观现实。《己亥杂诗》的出现，似乎印证了一个让人不愿意看到的事实，国家不幸诗家幸。正是因为辞官，离京返乡，龚自珍才写出了《己亥杂诗》，也因此让历史记住了在清朝曾经有过龚自珍这位思想家和文学家。

离开龚自珍纪念馆前，还是有两个问题，请教了在纪念馆工作的两位老人。一个问题是这间龚自珍纪念馆为什么又叫“小米园”？另外一个问题是在杭州还有龚家的后人吗？

关于第一个问题，其中一位老人讲得很清楚：这地方本来就叫“小米园”，是由清朝桐乡贡生汪淮所建，时称“小米山房”。后来人只知道龚自珍生于马坡巷，却不知道其故居原址到底在何处。恰好有保存完好的“小米园”在，杭州市政府便灵机一动来了个权宜之计，将小米园当作龚自珍纪念馆来使用，同时还保留着“小米园”的名称。这样一来，既让龚自珍找到了“家”，又不至于让汪淮感到被人欺负了，马坡巷 6 号还是他的“小米园”，因而对龚自珍和汪淮都有了一个合适的交代。杭州人的聪明，实在令人佩服，轻轻松松地就把一个难办的事情办成了。回来后，稍加考证，发现结果还真是如此。《龚自珍文集》有诗注：“余以乾隆壬子生于马坡巷。”后面便无说法，没有说他曾经住在马坡巷的什么地方。另有《武林坊巷志》记载：“桐乡贡生汪淮买宅杭之东城，有小米山房。”

对于第二个问题，两位老人好像都没有底气，讲得比较含糊。“杭州没有吧，好像都在国外。”“反正从来没见龚家后人来过这里。”关于“好像都在国外”的说法，十分反感。在文明古国这块美好的土地之上，为什么总有那样一些人只要有了一点钱便要将子女送到国外呢？果真到了国外，即便不是“过井即唾”，起码也是“过井即弃”了。这不能说不是一种悲哀，是人的悲哀，也是一块土地的悲哀。

其实，龚家的后人在不在杭州一点都不重要，看了龚自珍纪念馆，也不会上门去寻访龚家之后。对龚氏后代，多少了解一点，那还不是“过井”之后“唾”与“不唾”的问题。龚自珍的长子龚橙，那可是个典型的逆子，与其父构成了名父逆子的鲜明对照。龚橙字孝拱，号半伦。所谓“半伦”，其实就是不伦。“半伦”这个人，除了女色，其他统统不感兴趣。不过，他虽放荡不羁，倒也不是个不学无术之徒。相反，他自幼聪颖，学问不浅，著述甚富。只因他不自收拾，又恃才傲物，世人多忌恨他。晚年家道败落，他将先人遗留的金石书画变卖殆尽。据说，这龚橙后来还干过卖国的勾当。在他穷困潦倒之时，做了外国侵略者的幕僚，引狼入室，曾建议英法联军火烧圆明园。当然，这事出在爱国文人龚自珍的身后。龚自珍当时若仍在世，那还不被这个不忠不孝的逆子给活活气死。

不过，关于龚橙卖国这笔账，世人还是把它记在了龚自珍的头上。后来人不认龚橙，只认龚自珍。再说了，子不教，父之过嘛。儿子龚橙卖国，父亲龚自珍自然难辞其咎。或许，也正是因为这一点，使得龚自珍这位爱国文人，在他的身后竟然气氛有些萧条了。

一个能够卖国的人，败家当然不在话下。如今，在马坡巷找不到龚自珍故居原址，是不是也与龚大少爷这个败家子有关呢？他曾经悄悄地把祖产买了，龚自珍出生地上的房产自然不再姓龚，只能跟着别人姓了，比如姓汪。这种猜测，虽然未作考证，但也不是没有存在的可能。

因为，这种不伦之事，龚橙那位“半伦”先生，他完全做得出来。

2017 年 2 月 18 日写于合肥

从襄河到长江

丁酉年正月的一天，天气尚冷，过年的气氛还没有散尽，路上很多都是走亲访友的人。应朋友之约，从合肥出发驱车来到了皖东全椒县，目的地是襄河边上的吴敬梓故居。

车停故居跟前，被突然出现在眼前的这所大宅院给惊呆了。故居是后建的仿古建筑，成色很新。房子坐北朝南，由东到西，四进院落。房前屋后两条河流缓缓流过，典型的水岸人家。两河都叫襄河，同名，却有新旧之分。未进故居，先有感叹，原来，吴敬梓是出生在名门望族大户人家啊。

站在故居门前，目光被故居大门上的楹联给牵扯住了，好久拔不回来。联曰："三秀门斯在，九州被有余"。从落款上看出，联是当代著名书法家、诗人旭宇先生所书。其字形字体，于隽秀之中流露出苍劲的古韵气质。初看联对，有点莫名其妙，一时不知所云。细想一下，便明白了，它说的是吴敬梓的家风家声。上下联用了两个典故。上联"三秀"之说，借用的是柳宗元之典，意在说明吴氏宗族是孝顺之门。在柳宗元笔下，曾有个寿州孝子李氏，其人孝行感天动地，灵芝是有灵之物，深受其感，一年之中开了三次花。下联"九州"之说，典出《三国演义》，意说此户人家人才辈出。《三国演义》里，讲了一个孔融向曹操举荐边让的故事。孔融对曹操说，依边让的杰出才能，放在哪里做个地方官都绰绰有余。有关孝与贤的两个典故，如此并列放在一起，很容易让人看出其中的因果关系，自然符合那个年代人们的思维方式。

进故居，观看复制而成的吴氏家族当年的生活场景，听讲解员解说吴敬梓的生平掌故，对吴敬梓的一生便有了更深一层的了解。且看且听的过程中，有两处印象最为深刻。一处是在东门进口大厅里所见，一面屏风上镌刻有吴敬梓的《移家赋》；一处是在西门出口附近，一间专门的展厅里看到的一群人像雕塑。

屏风上摘录了吴敬梓《移家赋》中的文字：“五十年中，家门鼎盛。陆氏则机云同居，苏家则轼辙并进。子弟则人有凤毛，门巷则家诗马粪……”赋文当中，吴敬梓出语豪放，驰骋千里，雄视千古。寥寥数语，便让人感受到了吴敬梓祖上曾经的辉煌和荣耀。不过，说到了“移家”，吴敬梓还是有些伤感意味，毕竟故土难离。吴氏家族运势不断下滑，到了谷底时，除了迁徙似乎也没有更好的选择。《移家赋》写的便是吴敬梓离开家乡全椒县，移居南京的经历和感慨。

吴敬梓于清圣祖康熙四十年，出生在安徽全椒。他赶上了大清王朝的康、雍、乾“盛世”，且成长于“一门三鼎甲，四代六尚书”的官宦门第。他的祖上几代都因科举发家，走了读书做官的路子。吴敬梓天资聪颖，读书过目成诵。从小除精读百家经史典籍之外，还广泛涉猎稗官野史、诗词曲赋，因而学识渊博，见解过人，诗文援笔立就。世人皆以为吴敬梓后来能够读书做官，光耀门庭。

然而，命运之神似乎并不垂青这个书香门第的小才子。自少年时代开始，吴敬梓便屡屡遭受生活之不幸。先是在 13 岁时母亲病丧，失去母爱，对于少年吴敬梓心灵损伤极大。后来，吴敬梓在《赠真州僧宏明》诗中追忆道：“昔余十三龄，丧母失所恃”。孩子一旦没有了母亲，他便不再是个孩子。天真活泼之性情，顿时逃逸得无影无踪。吴敬梓再也“不随群儿作嬉戏”，而是“屏居一室如僧庵”。18 岁时，吴敬梓的生父也病逝了，他再次遭受了沉重打击。几年之后，在吴敬梓 23 岁那年，给他生活依靠的嗣父又接着谢世，吴敬梓突然间沦为一个无依无靠之人。从少年到青年的十年中，他接二连三地失去了母亲、生父和嗣父，面对了一次又一次生离死别的场景。这还不算完，没过几年，他那心爱的妻子陶氏又因病离他而去，更是让吴敬梓伤心不已。吴敬梓在 30 岁时作词《减字木兰花》中，写到了当年的丧妻之痛：“闺中人逝，取冷中庭伤往事”。妻子死后，吴敬梓沉浸于悲伤之中，多年未续娶。

当年，襄河边的那个青年男子，无父无母亦无妻，且无职业无收入，自己糊口不算，还要亲自动手抚养黄口小儿，其伤心程度已是不言而喻了。这些似乎都是命中注定的事情，吴敬梓虽有无奈，但也只好坦然面对这个无奈的现实。最让他不能面对的是在他的生父和嗣父相继去世后，族人群起，“兄弟参商，宗族诟谇”，步步紧逼，争夺他的父辈给他留下的遗产。经过这次遗产之争，吴敬梓名下的财产果然被族人夺去不少，但他还保留了相当可观的一份。按理说，有了那样一份家产垫底，吴敬梓后来的日子绝不至于穷困潦倒，即便他后来难以有其他进项，至少也还可以保持他的一生衣食无忧。

可是，吴敬梓偏偏是一个“素不习治生”之人，而且他慷慨大方、仗义疏财、乐善好施、遇贫即施。再加上吴敬梓热衷于“偕文士辈往还”，沉溺于“倾酒歌呼穷日夜”的奢靡生活，他便“不数年而产尽矣”。眼看着家境的江河日下，吴敬梓没有检点自己行为的是非得失，而是将原因完全归结于族人的自私与无情，心中对族人的厌恶与日俱增。最终，他和族人无法相处。在吴敬梓33岁那年，他怀着“逝将去汝”的决绝感情离开了家乡全椒，正式移居南京秦淮河畔的“秦淮水亭”。

其实，吴敬梓并不是一个绝情的人，家乡在他的眼里，一直被看得很重。不说别的，仅看他的名字足以明白。名字当中大多带有明志的意思，这“敬梓”二字，让人一看便想起《诗经·小雅·小弁》中的句子：“维桑与梓，必恭敬止”。即便如此，一个对桑梓毕恭毕敬的落魄文人，最终还是无奈地离了桑梓而去。虽是悲哀，也是必然。生他养他的家乡业已成为一块伤心之地，不走出家乡便没有他的晴明之日。

故居西门出口附近那一组人物雕塑，是吴敬梓30岁生日聚会的情景再现。清雍正九年的农历五月，吴敬梓的两位金氏表兄、一位堂兄，还有一位章姓好友，共同为吴敬梓办了一场生日聚会，三位兄长分别为他写了生日贺诗。30岁那一年，可谓是吴敬梓人生道路上的一个重要拐点。此前，作为两代单传的他，身边的亲人一个接着一个离他而去，那个原本富足和睦的大家庭，很快土崩瓦解，迅速败落下来。这对吴敬梓的心灵造成了巨大的创伤，也使他的情感形成了很大的空洞。同时，在吴门赖以发家兴族的科举道路上，吴敬梓一直束手无策，无法实现光宗耀祖。他不但没有求到功名，甚至还因科考遭受过奇耻大辱。在不久前的滁州预试考场上，只因无心说了一些大胆的见解，被主考人人于大庭广众之下严加训斥，受辱的吴敬梓也毫不示弱，他当即拂袖而去。至此，也宣告了吴敬梓此后与科举无缘。屋漏偏逢连夜雨，这人一背时，天都欺负你，何况周围的人了。过去一直对他友善也被他视为亲人的族人，在他父亲去世之后，突然变换了面孔，反目视他如外人，饿狼逐食一般，纷纷猛扑过来，似乎要将他撕碎吃掉才甘心。丧妻以后，吴敬梓在家里连个说话的人都没有了。苦闷的吴敬梓一度沉湎于南京秦淮河畔的青楼红院，千金买笑，以消心中块垒。

在这次生日聚会上，众亲友推心置腹对吴敬梓进行规劝，促使他对自己的前半生进行了深刻的反思。吴敬梓终于从“不婚不宦”的沉沦之中醒悟过来，他向亲友表示将面对现实，重新开始新的生活。

这次以庆生为由头的亲友聚会，在很大程度上帮助吴敬梓思考了人生，确立了自己的人生观。几乎是从这天开始，吴敬梓彻底明白了他最想要的是什么样的人生，从而他萌生了要去外面世界闯一闯的想法。假如没有这个想法，不去外界接触更大的世界，凭着从前的眼界，在吴敬梓的笔下便不可能诞生出名垂青史的《儒林外史》了。即便写出来了，估计也不会是后来人看到的这副模样。一部《儒林外史》，差不多耗费了吴敬梓的整个后半生，小说完稿的时候，吴敬梓都已经垂垂老矣，几年后便在一次酒后死在扬州旅馆。

离开全椒以后，除了外出游历之外，绝大部分时间，吴敬梓是在南京度过。所以，在今天的南京桃花渡，吴敬梓当年居住的“秦淮水亭”的原址上，也有一所吴敬梓故居。南京人至今没有忘记吴敬梓。

民国时期，胡适曾经说过，吴敬梓的钱财全都撒在了秦淮河里。他手上的钱财不撒散干净，他就不是吴敬梓了，他便不可能写得出《儒林外史》。这话兴许有些夸张，却也还算可信。生活真的安逸了，吴敬梓可能就不会发现和思考许许多多的问题。胡适还曾经作《吴敬梓传》，下笔即说：“我们安徽的第一个大文豪，不是方苞，不是刘大櫆，也不是姚鼐，是全椒县的吴敬梓。”在全椒吴敬梓故居的解说词里，也有这么一句话，几乎逢人就说，去了就能听到。当初，胡适说出这话，可以理解为他对吴敬梓的极度推崇。一句带着浓厚的个人感情色彩的话，其结论的公正与否，其实并不重要。何况，天下文章从来难以分出伯仲，好说第七，却难说第一。胡适敢作如此说法，除了他的学问自信之外，也因为胡适那时还年轻，离世故还远，尚是个性情中人。

走出吴敬梓故居，站在襄河岸边，看波澜不惊的襄河水缓缓东流而去。可以想见，襄河离开全椒不久，会与滁河汇合，而后注入长江。吴敬梓的一生，跟他家门前的这条河流何其相似。襄河不会止于全椒，它必须前行，到达滁河，到达长江。长江最终东流入海，将自己融入一片浩瀚的海洋。

当年，吴敬梓离开家乡全椒，顺着襄河，一路舟船颠簸，终于抵达了长江岸边的六朝古都。远方已在脚下，心便定了。由此，秦淮河边多了一个落魄文人，中国文学殿堂里增添了一部鸿篇巨制——《儒林外史》。

站在吴敬梓故居墙外的一棵树下，忽然想到，这棵树长在墙外，它的根一定还是留在墙内。

2017 年 2 月 21 日夜写于合肥

到扬州看八怪

扬州有八怪。这一印象由来已久，可以追溯到学生时代。去扬州看八怪，却是新起的念头。

扬州八怪存在于清朝中期，距今已有两百多年。城市面貌日新月异，住在城里的人，几个月不到某处，猛然一到，便有可能认不识路了。不过，扬州是一座念旧的城市，古木、老宅、小巷，保存完好，市区里几乎随处可见。到了扬州，便有信心找到这块土地上曾经有过的扬州八怪。

寻找总不是一件容易事。于现实生活环境中去寻找古代人和事，更是难上加难。到了扬州寻找八怪，却真没有想象的那么难。去扬州之前，对与扬州八怪所对应的人名先盘点了一番。时日久远，记忆模糊，一时说不出八个名字来了，只记得有金农、郑板桥，还有汪士慎和罗聘，其他想不起来了。记不得也不要紧，到扬州找到了一怪便能找到八怪。出发前是这样想的，后来情况果真如此。

在一个秋日的傍晚，由高邮出发坐大巴抵达扬州。车到扬州汽车东站便不走了，只好换乘公交车进城。在公交站牌上瞅了许久，从众多公交线路中选择了26路，顺着文昌路，由东城到西城，穿越整个城市，可以直达扬州火车站。选这条线路有两条理由，一是扬州市政府、邗江区政府都在这条线路上，邗江是扬州市中心城区，政府所在地又多半是城区中心地带。一座城市的记忆，往往留存在市中心那些古旧的小街小巷、老宅老院里。二是这条线路直达扬州火车站，方便次日完成计划后乘火车离开扬州。

26路公交车由东向西行驶至文昌阁车站时，看到了一座矗立于十字路口的古楼阁，它是街心的一道风景，过往车辆皆给它让路，在它身边绕行。那一刻突然决定下车，理由很简单，古建筑不会单独存在，有文昌阁在，便有其他古建筑。

下车时，天色已晚，扬州城里已是万家灯火。在离文昌阁不远处，找到一家酒店入住了，将寻找扬州八怪的任务安排在次日上午。

第二天一早，匆匆吃过饭，便背包出发。路过酒店大厅前台，一时兴起，询问酒店工作人员："请问，到哪里可以看到扬州八怪？"前台那位戴眼镜的小姑娘似乎对扬州城市非常熟悉，她想都没想，便顺手朝东一指说："东行过国庆路口再到淮海路口左拐北行，到第二个巷口左拐进去，那里有个扬州八怪纪念馆，在那儿能看到所有的扬州八怪生平事迹。"没想到住地竟与此行目的地离得这么近，真有些歪打正着的庆幸感。

到第二个巷口时，还没看到巷名，先看到了一座跨越巷口的牌坊，坊额上题有"扬州八怪纪念馆"几个大字。左拐，穿过牌坊，在巷边路牌上看到了巷名：驼岭巷。巷子不宽，也不太深。路过旁边立有石碑载明是唐朝的一棵古槐树，温习了"南柯一梦"典故后，西行不远便到了扬州八怪纪念馆。未进馆门，先见一块石碑，碑上镌刻有"西方寺"三个大字。

进了馆门，听了介绍，方明白此处原来是寺庙，名叫西方寺。由于扬州八怪核心人物金农晚年曾经在此居住，扬州八怪乃至许多书画家时常出入西方寺，寺庙俨然是当时扬州书画艺术交流中心。后来，扬州市政府在为扬州八怪纪念馆选址时，考虑到西方寺是金农曾经居住过的地方，可谓金农故居，遂将扬州八怪纪念馆安排于此。

纪念馆规模不是很大，看点不过两处，一处是主展大厅，一处是金农的居室，主要看点还是集中在主展大厅。大厅是原来西方寺大殿，700 年前金丝楠木支撑的一座古建筑。

进门前，先留意到大厅门口廊柱上的两副对联。内联是郑板桥那副脍炙人口的名联："删繁就简三秋树，领异标新二月花。"外联是金农独具一格的那种刀削斧斫式书法："三千余年上下古，八十一家文字奇。"迎门一扇屏风，屏风前是一群塑像。或立，或坐，或蹲，有的执笔写画，有的正在对话，有的拱手作揖，形态各异，栩栩如生。这该是扬州八怪的"全家福"吧。奇怪，此处扬州八怪塑像不是八尊，而是十五尊。原来，对扬州八怪有不同解释，一说八怪就是八个怪人，即金农、汪士慎、黄慎、李鱓、郑燮、李方膺、高翔和罗聘。一说"八"是泛指，言其多，而非特指八个，当年具有怪异风格的画家远非八个，即便大厅里十五尊塑像，也只是其中代表。清人李斗于《扬州画舫录》中记载，本地画家及各地来扬州的画家稍具名气者就有一百数十人之多，其中不少是当时的名家，“扬州八怪”便是其中声名最显著者。还有一说，“扬州八怪”是指其画属于在画坛上不入流的“丑八怪”。

大厅里，塑像群左右两边及屏风后面，有图文对扬州八怪进行具体介绍，无论八个还是十五个，“怪”是确定的。印象最深的首先是金农的字“怪”。他独创了一种特殊的隶书体，自谓“漆书”，又称金农体或冬心体。这种字体别有意趣，笔画横粗竖细，撇飘逸而捺厚重，多呈长方形，有头重脚轻之感，让人产生某种担心。大厅面前那副对联便是金农的“漆书”，给人感觉那字不是用笔写出来的，是用油漆刷子刷出来的。其次是郑板桥的画“怪”。郑板桥爱画竹，苏东坡也爱画竹，但板桥与东坡不同，东坡“胸有成竹”，板桥却“胸无成竹”。板桥画竹常常参照竹子映在墙上的影子。板桥为人也“怪”，去山东做官，入住官衙时竟在墙壁上凿出几个能够透气的小孔，意欲将前任留在里面的庸俗之气透出来，别让那些俗气熏得人难受。注意到罗聘也很古怪，他最爱画鬼，且说他有一双特殊的绿光眼，别人看不见鬼，他看得见。其实，他画的哪里是鬼，完全是当时社会上令人反感的“鬼”一般的人。他的《鬼趣图》，描写了形形色色的丑恶鬼态，极尽其妙，借“鬼”讽刺当时社会丑态。在看李方膺的介绍图片时，竟忘了留意他的怪，突然对他产生出些许亲切感来，因为他做过潜山县令、合肥知县。见到这两个地名，便情不自禁地感到亲切。

出主展大厅，到后面去看了金农居处。一副画像和一副对联让人过目不忘。像即金农自画像，穿着红鞋，手撑竹竿，该是撑破苦海、踏破红尘之意吧。画两边楹联写的是：“恶衣恶食诗更好，非佛非仙人出奇”。据说此联是金农赠给双目失明的好友汪士慎的，意说他穿得不好，吃得不好，诗却越写越好，他不是佛，不是仙，却是奇人、怪人。

在扬州八怪纪念馆里，一处一处看下去，总体印象是扬州八怪，个个都怪，没有不怪。

从扬州回来，有个问题一直萦绕在心头：八怪缘何出在扬州？是不是扬州这地方本身就怪？

其实，扬州八怪里鲜有土生土长的扬州人，多是外地人去了扬州，后来又留在了扬州。大概是外地人到了扬州才会成为怪人，抑或是扬州吸引了天下众多的怪人吧！

2017 年 10 月 14 日写于合肥

在官庄听人说起戴名世

那天，在官庄德馨庄音乐桃园里采摘五月桃时，意外发现一所有些碍眼的老宅。

土砖砌墙、灰瓦盖顶的老屋，被左右两边小洋楼紧紧夹持，尤显颓败。进去一看，屋分前后两进，中有天井，四水归堂。想来，当年屋主可能也是耕读人家，多少还有些生活品位。今为空屋，无人亦无物。转了一圈出门回望时，忽然明白，左右夹持竟是礼让。这也符合官庄的人文精神，官庄人对内重孝，对外重友，凡事礼让在先。若不礼让，这无人居住的老屋早已夷为平地，于其上盖了新楼房，如其左右。原来，老屋是被保护起来了，文物一般。只是没有挂牌，看不出被保护对象是谁。

在门前空地上，遇一老者。问知姓刘，本地居民。余、刘二姓乃官庄大姓，人口众多。耄耋老人身子瘦削，脸似核桃，细小的眼睛矍铄有神。问老人："这老房子是谁家的?"老人家不假思索答："戴名世家的。""戴名世？不是桐城人吗?""桐城人，但这房子的确是他家的。房子盖好不久，人就走了。"

提起戴名世，并不陌生，桐城派奠基人，清朝著名文学家。年轻时，读过戴名世不少文章，印象最深是他的《鸟说》，足以与苏东坡、郑板桥说鸟的文章相媲美。

戴名世文章说，他书房外有一棵桂树，树上总有"关关"鸟鸣。近看，两只鸟儿在枝干间筑了巢，离地不过一人高，伸手可及。巢大如茶碗，构造精密，用细草缠结而成。鸟一雌一雄，体型小，不满一捧，毛色明亮洁净，情态美好可爱，不知是什么鸟。雏鸟将出壳时，雌鸟张开翅膀遮盖，雄鸟外出捕食。衔食回来，栖于邻家屋檐上，不马上下来，居高临下似乎在观察周围情况。邻家人戏弄它，伸手摇晃鸟巢，檐上鸟朝下看着鸣叫，轻摇它轻叫，重摇它大叫，不摇，鸣叫就停。某天，戴名世外出归来，见鸟巢坠地，两只鸟及其雏，皆不见踪影。问其去向，被邻家童仆抓走了。

文中画龙点睛之句，尚能背出："嗟乎！以此鸟之羽毛洁而音鸣好也，奚不深山之适而茂林之栖？乃托身非所，见辱于人奴以死！"唉！如此毛色好看鸣声好听的鸟儿，为何不到深山里寻找茂林佳木栖息呢，只因托身不当，才被奴仆屈辱而死！

戴名世的《鸟说》，与其说他说的是鸟，还不如说他说的就是自己！戴名世生性敏锐，早在大清王朝鼎盛之时，他就嗅到了其腐败气息，意识到其坍塌之必然。戴名世才真正是生不逢时，托身非处。人在家中坐，竟然惹怒了又高又远的"清风明月"，灾祸顿时从天而降，轻轻松松让他人头落地。

《清史稿》载："戴名世，字田有，桐城人。生而才辨隽逸，课徒自给。以制举业发名廪生，考得贡，补正蓝旗教习。授知县，弃去。自是往来燕、赵、齐、鲁、河、洛、吴、越之间，卖文为活。喜读太史公书，考求前代奇节玮行。时时著文以自抒湮郁，气逸发不可控御。诸公贵人畏其口，尤忌嫉之。尝遇方苞京师，言曰：'吾非役役求有得于时也，吾胸中有书数百卷，其出也，自忖将有异于人人。然非屏居深山，足衣食，使身无所累，未能诱而出之也。'因太息别去。康熙四十八年，年五十七，始中会试第一，殿试一甲二名及第，授编修。又二年而《南山集》祸作。"

"南山集案"是清朝臭名昭著的几大文字狱之一。戴名世惹祸主要是《南山集》中一篇文章：《与余生书》。《与余生书》直接写出了南明政权弘光、隆武、永历年号，且将南明小王朝与三国时期偏居川中的蜀汉、南宋末年退守崖州的宋帝昺相提并论。这似乎触动了大清王朝敏感的政治神经，令康熙帝龙颜大怒。刑部遂穷究猛治，以"大逆"定狱，株连九族。拟将戴名世凌迟处死，其"弟平世斩决，其祖、父、子孙、兄弟、伯叔父兄弟之子，俱解部立斩，其母女妻妾姊妹、子之妻妾、十五岁以下子孙、伯叔父兄弟之子，给功臣为奴"。康熙五十二年（公元1713年）二月又下诏"法外施仁"，将戴名世凌迟改为斩首，其家人等皆加恩宽免。

获罪前，戴名世一家住桐城孔城南山岗，死后亦葬在南山岗。在南山岗，至今仍保存着戴名世故居及戴名世墓。潜山官庄于南山岗相去七八十公里，怎会有戴名世家的老宅子呢？

那天在官庄，刘姓老者说话态度尤其严肃认真，绝不像信口开河。或许，老人言之有据，依据来自他父亲的父亲、爷爷的爷爷，一代一代，口口相传。如今，被称为戴名世家老宅子，很长时间里是左右两边余、刘两家共用的堂厅，平时闲置，遇上婚丧嫁娶，堂厅里可就热闹了。刘姓老人对那间堂厅及其传说，定是记忆深刻。

从官庄回来，重读戴氏文字。在《先君序略》里注意到这样几句话："先君卒于陈家洲。洲去县一百四十里，以去岁十月初一日往。先是，先君客舒城山中，夏秋之间治装归矣。"原来，戴名世父亲不是在家中终老，而是死于陈家洲。之前，他曾经客居舒城山中。官庄位于大别山东麓，为潜山、岳西、桐城、舒城四县交界地，当年的官庄会不会就是戴名世笔下"舒城山中"呢？

和朋友谈起官庄见闻，有位朋友不认可如是推测，他还说出了自认为充足的理由。如今，在岳西县来榜镇班竹畈村，居有一支杨姓人家，低调宣称他们是戴名世后裔。当年，戴氏因文入狱，众亲属闻风四散而逃，以求保命。戴氏一子从大别山外的丘陵地区，一路向西逃到了大别山腹地，落户来榜山区一个满山满畈都是斑竹的村子，在那里隐姓埋名、辛勤劳作、艰难繁衍。因思乡心切，待时过境迁了，后代中有人实在忍不住，便自来榜迁了出去，到了离桐城不远的官庄一带，在那里可以听到近似桐城的亲切乡音。

两种情况皆有可能吧。或许是戴名世父亲盖好了房子未住即走，或许是戴氏后人在此落脚住过一段时间又离开了，不再回来。

官庄那间老屋，极有可能真是戴家老宅。官庄人因而自豪，这块土地竟也滋养过当年的桐城派。官庄的文化色彩，由此浓厚了几分。

2017 年 6 月 18 日写于合肥

“我的朋友胡适之”

人不可貌相，海水不可斗量。话确有道理，可也不是绝对。海水不可斗量，倒是真的，见过谁用斗量海水呢？至于人不可貌相，还得看从哪个角度说。看人，总得先看人的貌相吧，不看人貌相，如何分得清张三李四。异性还是同性，好的貌相，看了养眼，甚至养心。

看胡适，便是这样，他有一副十分耐看的貌相。余生也晚，无缘亲睹先生尊容，所见胡适的貌相，无非来自书上一些黑白照片。照片上的胡适，总是慈眉善目，面带微笑，未曾见过他有横眉冷对或是忧心忡忡的表情。照片上的胡适总是让人想到，这是一个与人为善的人，襟怀坦荡，笑对人生。

一代人生于“文革”前夜，成年于“后文革”时期，身上残留的文革烙印难以抹去。青少年时代阅读视野有限，原本早年阅读的作家作品，只好迟迟于近年方去阅读，比如民国时期诸多大师的作品。大量阅读胡适作品尚在前几年，知道胡适的存在，当然是在很久以前。不过，印象中最早的胡适，其姓名二字后边总是紧跟了两个字——“之流”。后来，读到了胡适作品，怎么也无法将“胡适”与“之流”进行无缝对接，形成一个完美的整体。尤其，看到胡适一些黑白照片，每每于脑海里无端浮现出四个字：谦谦君子。或许，这四个字出现一点也不新奇。早在民国时期，文化圈子里就长期流传着这样一句话，“我的朋友胡适之”。一个人能够成为大众朋友，他非君子不可。

前不久，去了绩溪上庄村。那是一个山清水秀的皖南山村，也是一个历史文化名村，它是徽文化的主要发祥地之一。在那里，看到了一幢两进三间的砖木结构旧式楼房。小青瓦、马头墙，典型的晚清徽派建筑风格。

那是胡适在绩溪的故居。准确地说，绩溪只是胡适的祖居地，不是胡适的出生地。胡适出生于清朝末期的江苏省松江府川沙县，今上海市浦东新区。不过，胡适小的时候，曾经随母亲回到绩溪祖居老屋，进家塾读书，在上庄生活了9年，度过了他的童年及少年时代。如今，绩溪人将上庄胡氏祖居老屋辟为胡适故居，似乎也是顺理成章，名正言顺。

看胡适故居，对那所徽派古建筑里里外外诸多内容都只一看而过，唯独对其门窗上雕刻得栩栩如生的兰花，看了又看，看了很久。亦如看胡适本人照片，看了还想看。现在经这么一说，倒有点顿悟的意思了，当时看的是兰花，其实还是在看这老宅的主人胡适。

“我从山中来，带来兰花草”。歌声突然在耳畔响起。这首优美动听的校园歌曲，青年时代自己唱过，还曾教学生唱过。后来，虽然好多年不唱，耳边似乎并没缺少过，足足听了三十来年。说实话，对于这首耳熟能详的校园歌曲，并没有刻意记住它的词作者是谁。到了绩溪胡适故居，看到了门窗上雕刻的诸多兰花时，情不自禁地哼唱起来：“我从山中来，带来兰花草”。就在那一瞬间，忽地自然而然真真切切地记起，这首校园歌曲的词作者，不是别人，正是这座老宅的主人胡适。

不知怎的，看到兰花，便想起了战国时代伟大的爱国诗人屈原。在此，无意将胡适与屈原类比，二者并不可比，仅仅就兰花说兰花。三闾大夫一生爱兰，以兰为侣，与蕙相伴，寄托情怀，明志自勉，写下了许多不朽的诗篇。“秋兰兮青青，绿叶兮紫茎。满堂兮美人，忽独与余兮目成。”早年读过这样的词句，至今记忆犹新。继而又记起唐代诗人杨炯的《幽兰赋》，当中有这样一句：“气如兰兮长不改，心若兰兮终不移”。自古以来，兰花，要么象征美人，要么象征君子。松、竹、梅在一起，叫“岁寒三友”；松、竹、梅、兰相提并论，则成“四君子”了。

对胡适的君子印象，先由貌相引发，又由兰花联想。其真正的缘由，却不在于胡适的貌相，也不因为兰花的类比。胡适其人，怎么说也称得上君子。不然，在民国，也不会有那么多的人热衷于说那么一句话：“我的朋友胡适之”，也不至于有那么多的人都以拥有胡适之这么一位朋友为荣耀。

说胡适，好像绕不开他的婚恋。胡适其实是一位毁誉参半的人物，甚至毁大于誉。无论毁誉，总也离不开胡适婚恋的话题。毁胡适者，每每抛出胡适的绯闻，紧紧揪住胡适某根小辫子不放，说胡适一生与多少个女人有染云云。稍加留意，毁胡一方言辞之中，总有一些羡慕嫉妒恨的味道。的确，胡适多情，但他懂得克制，能够止步。胡适一生有过多位女性朋友，甚至所谓的红颜知己，并不妨碍胡适成为君子。

在美国留学期间，胡适遇见了康奈尔大学地质系教授亨利·韦莲司的小女儿，那位西方新时代的年轻女性对胡适这位来自神秘东方的谦谦君子，她几乎崇拜得天昏地暗，分不清南北东西了。那位年长胡适五岁的韦莲司小姐，可能也有些姐弟恋的情结吧，她见胡适便一见钟情，爱胡适到了非胡适不嫁的程度。可不是随便说说，她说到做到，一生静候胡适。胡适不迎娶她，她便一辈子没有嫁人。留美时期，除了韦莲司，还有一位才女也对胡适情有独钟，她是中国在美的女留学生陈衡哲。胡适对她也颇有好感，据说胡适后来给女儿取名，竟用了这位才女英文名字的谐音。胡适希望他的女儿，也能成长为那种足以令他心仪的才女吧。

在上海，一位名叫徐芳的美丽女生，毕业于北京大学，因选修了胡适的中国哲学史课程，而对胡适暗暗产生崇拜之情。后来，他俩在上海不期而遇，崇拜之情顷刻转化为爱慕之心。徐芳将一个女孩初恋的全部真情，向胡适倾囊而尽。胡适欲躲不及。

胡适在北京，失去徐志摩的陆小曼在上海。六神无主之中尚存有一线希望，很长一段时间里，身在上海的陆小曼把情感寄托于远在北京的胡适身上。陆小曼曾经给胡适写过这样的信："大爷！你现在做的，是不可工作，不可以用脑筋，也最好不要看小说，最重要的，是不可烦恼。哦！我现在多么希望能到你的身边。"那是因为胡适生病了。其实，胡适也没什么大病，普通感冒而已。陆小曼如此小题大做，不会无缘无故，肯定事出有因。胡适对于陆小曼自然是欣赏的。胡适曾经如是评价陆小曼："陆小曼是旧北京一道不可不看的风景"。

世人最为津津乐道的还是那个被胡适称为表妹的曹诚英。她是胡适三嫂同父异母的妹妹，也是胡适与江冬秀结婚时的伴娘。婚礼上，身为伴娘的表妹，被新郎表哥的潇洒举止、文雅风度给彻底迷醉，醉得昏昏然，好久不能清醒。事后，在表妹的生活中，表哥胡适的影子总是挥之不去，纵使后来曹诚英已嫁作了他人之妇，还是不能忘怀她的大表哥胡适。

从美国的韦莲司，到在美国留学的陈衡哲，到上海的徐芳、陆小曼，再到表妹曹诚英，无一不是美女、才女，她们跟胡适又无一不是有缘无分，谁也没有修成正果。胡适对她们仅仅停留于"发乎情止于礼"的状态之中，戛然而止，不再上前一步。个中原因只有一点，胡适家中有发妻江冬秀。一个目不识丁的小脚女人，所谓糟糠之妻，毕竟那是母亲给儿子定下的婚姻。新派的胡适有过苦闷，甚至动摇，最终胡适还是认命了，和江冬秀相依相守，白头到老。江冬秀并不是温柔贤淑的夫人，甚至还是典型的河东狮吼，没少给胡适制造难堪，她可以全然不顾胡适颜面，胡适是否下得了台，好像与她无关。胡适每次总是一笑了之，大有心甘情愿、一物服一主的意味。江冬秀爱打麻将，一趴上麻将桌子便是天塌下来她也不管了。晚年的胡适，时常围着麻将桌子转。不过，江冬秀不带他玩，他在场外给江冬秀和她的麻友们沏茶续水，忙得不亦乐乎。

惧内的先生也见过，没见过胡适这般。人家惧内，多般不愿认账。胡适不一样，他认。近读《胡适之先生晚年谈话录》，读到了一些有趣的文字，生性幽默的胡适竟不在乎别人说他怕老婆。他甚至公开承认自己怕老婆，且说怕老婆是男人的美德，世界各地男人没有不怕老婆的，有些地方还专门成立了怕老婆协会。不信？他振振有词地举出了国外的例证。

有一次，一位巴黎的朋友给胡适寄了十几枚法国古钱币。钱币上有“PTT”三个字母，按照拼音缩写，正好可以谐音为“怕太太”。胡适和几个跟他一样也很怕老婆的朋友开玩笑说：“如果成立一个‘怕太太协会’，这些钱币正好用来做会员的证章。”

20世纪60年代，欧美女权主义风起云涌，很快波及太平洋东岸的中国台湾岛。胡适突然心血来潮，编出了一段新“三从四德（得）”：“太太出门要跟从，太太命令要服从，太太说错要盲从；太太化妆要等得，太太生日要记得，太太打骂要忍得，太太花钱要舍得。”虽是一个调侃段子，却也赢得台湾岛女士一片惊呼，甚至有新潮女士公开说，嫁人要嫁胡适那样的人！

胡适若非君子，在婚恋问题上无法做到外则风云际会，内则波澜不兴。换作一般男人，非得后院起火，弄个鸡飞蛋打不可。

说完婚恋，该说说胡适另外一个重要方面了，他是一个乐于助人的人。其实，民国那句流行语——“我的朋友胡适之”，早已昭然若揭了。那就是说胡适之为人很好，够朋友，我们大家都愿意和他交朋友。

的确，胡适向来对人好。他曾经默默无闻地帮助过许多人。帮了别人，还不许人家说出来。许多助人之事，是在胡适死后才作为佳话流传开来。最典型的是他对林语堂和汪静之的帮助。

1920年，在美国留学的林语堂，囊中羞涩，生活费用捉襟见肘。他没找亲戚朋友帮忙借钱，倒是找到了在北大教书的胡适，希望能借1000美元。他也清楚经常资助别人的胡适自己并不富裕，不一定能够拿得出1000美元，所以特意在电报中注明："由尊兄作保向他人借贷1000美元，待我学成归国偿还。"很快，林语堂收到了胡适如数汇来的钱，并说钱是北大给林语堂的"预支款"，毕业后到北大工作分期偿还。林语堂笑了，多少有点"妾身被卖"的无奈之感。想一想，他便乐意了，毕竟去北大做教授也是多少读书人的梦想。过后，林语堂又一次遇到困难，他因想到已经身归北大了，便再次找胡适帮忙借了1000美元。林语堂没有食言，毕业后谢绝了西方一些机构的优厚待遇，回国到北大做了外文教授。头次领到薪水，林语堂便去找北大代校长蒋梦麟先生致谢，并确定分期还款，那时才知道原来北大并没有资助他。那些钱是胡适夫妇节衣缩食，东挪西借筹到的！堂堂五尺男子林语堂，眼窝子立刻有水满溢，泪如泉涌。

湖畔诗人汪静之当年在杭州读书，家贫，没钱供他。这位才子诗人食不果腹，时常整天吃不到一粒米。看他窘迫，好心人介绍他认识了胡适，他把自己写的诗拿给胡适看，请胡适赐教。那时，胡适正忙于新文化运动，一目十行地看了汪静之的诗，连连叫好，到处联系帮汪静之出版诗集。其实，汪静之最迫切的还不是出版诗集，是填饱肚子。他和胡适嘴里谈着诗，肚子里"咕咕"直叫。实在没有办法，汪静之不把面前的胡适当成文化泰斗，当成了一位老朋友，开口向他借钱。胡适一听汪静之说好久没吃饱饭了，心疼不已，忙把他带到一家饭馆，先让他填饱肚子再说。然后，问他需要多少钱，立即解囊相助，倾其所有满足了汪静之。

在汪静之的眼里，胡适是个真君子，太好说话了。此后，汪静之有困难不找别人，专找胡适。久而久之，汪静之向胡适借钱仿佛借上了瘾，三天两头便找胡适，每次不多，也就十块八块的，日积月累下来可就不少了，不经意间已达到一百多块。胡适的确好说话，只要汪静之张口，他照借不误，从不驳汪静之面子。在胡适的悉心帮助下，汪静之诗集《惠的风》终于出版了。这本诗集一炮打响，轰动了民国文坛，汪静之一夜成名，民国文坛始有汪静之一席之地。有了名还不等于有钱，汪静之诗集稿费才150元，连归还胡适借款都不够。最终，汪静之也没有还上胡适借款。胡适因为汪静之成名而高兴，这匹千里马是他发现的。至于借钱给汪静之一事，胡适早忘得一干二净。汪静之后来提起这段往事，总说："没有胡适，便没有我汪静之”。

君子成人之美。胡适最乐意玉成别人之美事。在民国，胡适还有个“第一红娘”之头衔，他特别喜欢看到青年人相恋、相爱，最终成为眷属。胡适一生主持过150多场婚礼，包括徐志摩与陆小曼那场举世闻名的婚礼。主持徐、陆婚礼，尤其是新郎新娘遭遇了梁启超那则亘古未见的谴责性证婚词，世人愈加对胡适另眼相看。同是文化名流，胡适待人仁厚多了。

最经典的红娘案例，要数沈从文与张兆和的成功结合。沈从文在中国公学教书时爱上了学生张兆和，张兆和虽然非常敬重沈从文，却没有想到沈从文会爱上她，尤其反感沈从文又火热又直白的情感表达，她直接拒绝了沈从文。沈从文并不死心，他让情书雪片般地飞到张兆和手里。张兆和又气愤又慌张，便去找校长胡适反映问题。听完张兆和抱怨后，胡适满脸笑容，对张兆和一点没有安抚之意。他不批评沈从文，倒是说出了一句不合自己身份的话：“‘窈窕淑女，君子好逑’，我看你可以嫁给他。他人很好，又很有才华！”张兆和听了，又羞又气，满脸通红，十分不满地白了校长胡适一眼，转身离开。心里委屈的张兆和没想到有“状”无处“告”了，回到家里她还没有说出自己的烦心事，她的父亲竟也说出了跟胡适校长同样的话来。他俩已经“串通”好了，两位安徽老乡，见面好说话。在沈从文老师和胡适校长的“围追堵截”之下，张兆和终于“束手就擒”，和沈从文走到了一起。嫁给了沈从文，张兆和从来没有后悔过，她从心里感谢胡适。

若是有人问胡适，“谦谦君子”这块钢铁是怎样炼成的？料定胡适定会毫不含糊地告诉你，这得感谢他的母亲。胡适三岁多时，父亲撒手人寰，撂下了孤儿寡母。胡适的成长，尤其他那仁慈善良、温文尔雅性格的形成，在很大程度上得益于母亲给他耳濡目染、芝兰之化。对此，胡适在《我的母亲》里特别强调：“我母亲的气量大，性子好，又因为做了后母后婆，她更事事留心，事事格外容忍”“我母亲待人最仁慈，最温和，从来没有一句伤人感情的话”“我在我母亲的教训之下住了九年，受了她极大极深的影响。我十四岁（其实只有十二岁零二三个月）便离开她了，在这广漠的人海里闯荡了二十多年，没有一个人管束过我。如果我学得了一丝一毫的好脾气，如果我学得了一点点待人接物的和气，如果我能宽恕人，体谅人——我都得感谢我的母亲。”是的，母亲实在太重要了，母亲是造就一个人最好的学校！

一个世纪以来，关于胡适有过太多的论争。甚至，一段时间里胡适曾被置于“千夫所指”的“公敌”境地。或许，所有“敌意”皆由他的个性招致：他有自己的独立思想，不把别人的耳朵当成自己的耳朵，不把别人的眼睛当成自己的眼睛，不把别人的头脑当成自己的头脑。他认真理，却不计较个人利害。

走近胡适，看他貌相，窥探他的内心世界，总会想起民国那句流行语：“我的朋友胡适之。”

2017 年 7 月 15 日写于合肥

另外一个鲁迅

在厦门大学，十分意外地“遇见”了另外一个鲁迅。

去年夏天，去过厦门大学。最近，又去了一趟。不长的时间内，两次到厦大，除了接受业务培训，还想实现一个由来已久的心愿——在厦门大学寻访鲁迅先生当年的痕迹。甚至，幻想在美丽的厦大校园里某条林荫小道上，与那位浓眉大眼的“大先生”狭路相逢。届时，会使用一下厦大学生的临时身份，站在路边，侧身相让，轻轻一颔首，微微一鞠躬，给这位“大先生”行个见面礼，问候一声“先生好”。

厦门大学是鲁迅先生生命历程中的一个重要驿站，尽管鲁迅在厦门大学停留的时间很短。他于1926年9月4日从海上来到厦门大学，1927年1月15日旋即离开了厦门大学，又从海上前往广州中山大学。鲁迅停留在厦门大学的时间，仅仅130余天。但是，在厦门大学校园里，鲁迅留下的印迹，却是十分深刻、十分丰富。来到厦大校园的人，稍微细心一点，即使匆匆走过，还是能够很强烈地感受到“大先生”在这所学校里的赫然存在。

先是在厦大的西门北隅，来到了人文博物馆，在一座古朴的旧式建筑门前，找到了并不古旧的鲁迅广场。广场不是很大，充其量不过半个篮球场一般大小。搁在别处，对于这般大小的地方，竟也谓之广场，实在会觉得有些名不副实。不过，在厦大校园里，对于这样的鲁迅广场，却没有丝毫的质疑。谁都知道，这块场地的“广”与“不广”，其实都没有关系，都能让人接受。大家叫它“鲁迅广场”，只不过是表达出了这所学校里的人们，对于曾经在这里工作和生活过的鲁迅先生的一种怀念和敬重。

而后，在鲁迅广场的东北角，真的见到“鲁迅”了。那位“大先生”

坐在一张木椅上，端正岿然，稳如泰山，目光远视，脉脉含情，神态安详。那是一尊鲁迅先生的坐姿雕像。白色的花岗岩石雕，高约三米，宽一米左右。雕像一点不古旧，很新的成色。见到了久仰的“大先生”，自是心中一番激动，便想到要和这位向来最尊敬的“大先生”来个亲密合影。于是，站到了“大先生”跟前，招手请来了一位刚好路过此处的女学生帮忙，用手机拍照。女生微笑着欣然相助，开启红唇，露出白牙，她站在鲁迅面前，一时竟让人想起了学生时代的许广平。女生喊了声“一、二、三，茄子！”然后把手机交还。接过手机一看照片，这才发现，面前的“大先生”实在太高大了，不像传说中的鲁迅，个子不高，身材瘦小。相反，照片上的另外一个人，平日里个子不算低矮，此刻站在“大先生”跟前倒显得有些矮小了。或许，“矮小”只是一种心态，它与敬仰有关。

最后，在陈嘉庚雕像后面，找到了一幢两层的旧派建筑，那就是当年的“集美楼”。在“集美楼”的二层，是“鲁迅纪念馆”。鲁迅在厦门大学的后期，从生物馆搬出来以后，就住在这座“集美楼”的二层楼上。

纪念馆里，用了大量的文字、图片，还有鲁迅遗留的书籍、文稿等实物，介绍了鲁迅的生平事迹。集美楼的二楼西头第二间，是鲁迅当年在厦大后来的居所。鲁迅离开厦门前往广州，正是从这间屋子里出发的。屋子里边，模仿了当年的情形，陈列着鲁迅用过的几样简单的生活用具。一张窄小的木床，一方桌，一条凳。桌上摆有一只用来烧饭的酒精炉子，外加几只黑色的陶碗。地上，放着一只木桶和一口木盆。如此而已，一间不大的屋子里，显得空空荡荡。门口拉了一道警戒线，告知游人免进。站在门外注目良久，沉思良久。对于这位现代文学的奠基者，当年在此处的生活状况可见一斑了。

即便如此，在厦门大学这 130 来个日子里，对于鲁迅的一生而言，仍然是一段十分特别的日子，甚至还可以说这段时光是鲁迅整个人生中少有的甜蜜时光，是他人生的一个十分重要的转折点。

早年上学时，在现代文学史的课堂上，曾听老师讲解鲁迅离开北京前往厦门的原因，是被北洋军阀政府黑暗势力所逼，是逃难。后来的教科书上，大多亦如是记载。对此，心中一直有个疑问，总觉得除了形势所迫之外，鲁迅的南下，应该另有因由。或许，鲁迅心中早已存在着某个隐因，只是外人不知道而已。

1926 年 3 月 18 日，北京女师大的学生“刘和珍君”等一些进步青年学生，因参与游行请愿，惨遭段祺瑞政府残酷枪杀，这就是史上耸人听闻的“3·18”惨案！事出之后，鲁迅和林语堂等一批正直文人，挺身而出，拿笔当刀枪，与段祺瑞政府针锋相对，短兵相接。鲁迅的散文名作《纪念刘和珍君》，就是写于那个时候。段祺瑞政府对于这批同情和声援学生的知名教授、文化名流非常恼火，视为心腹之患，不除不快，准备采取暴力行动。鲁迅和林语堂等一批正义人士，因此上了段祺瑞政府的通缉“黑名单”。为免遭段祺瑞政府的毒手，林语堂反应迅速，先期离开北京，回到了家乡厦门，躲藏在一位林姓同学家里。这位同学的父亲，就是时任厦门大学校长的林文庆。通过这层关系，林语堂顺利地在厦门大学谋到了一个不错的职位。鲁迅一开始不想离开，后来也似乎觉得不离开北京不行了。恰好，就在鲁迅考虑去向哪里的时候，他收到了已到厦门大学任职的林语堂的邀请，鲁迅果断地选择了离开北京，前往厦门大学任教。

这次在厦大校园里，参观了鲁迅纪念馆，又读过在校园书店里购买的厦大朱水涌教授的著作《厦大往事》。之后，在心里就已经彻底颠覆了自己从前的认知。过去，和同时代的许多人一样，心目中的鲁迅先生一直是一位“横眉冷对”的“斗士”形象，先生是一位视死如归“大无畏”的民族英雄。若说因为被逼和逃难，鲁迅才离开北京来到厦门，这似乎不太符合人们印象中被誉为“民族魂”的鲁迅先生的性格。同时，也不符合常理。头可断，血可流。宁可站着死，也不跪着生。这些，正是一个民族所崇尚的英雄气概。英雄就是英雄，任何时候都不会苟且偷生沦为逃兵。

据说，鲁迅先生一开始并不想离开北京，他曾经放出话去：能将我怎么样？大不了一死！后来却又决意离开北京前往厦门，如此明显的变化，当中必定存在着某个起决定作用的内在因素。心中带着疑问，行走在厦大校园里，边走边看，东张西望，不放过任何一个与鲁迅有关的蛛丝马迹，希望在某个时刻突然遇见隐藏在疑问后边的答案。

估计鲁迅先生事先也不曾想到，厦大期间会是他一生中一个不可或缺的重要时段。这段时间，是鲁迅先生文学创作的又一个高峰期。短短的四个多月，鲁迅写下了17万多字的珍贵文字。《从百草园到三味书屋》《父亲的病》《琐记》《藤野先生》以及《范爱农》等一批脍炙人口的散文作品，都是出自厦大时期。尤其，一部标注着鲁迅和许广平爱情体温的书信集——《两地书》，一共164篇书信，其中就有83篇产生于厦大期间。读过《两地书》方才明白，此时的鲁迅，这位45岁的“大先生”，他破了天荒，在厦门大学期间真正尝到了热恋的滋味。因为恋爱，他在世人面前显现了另外一个“鲁迅”的形象，那是一个充满了温暖情怀、拥有血肉之躯的别样的鲁迅。所以，在鲁迅这段时间的作品里，少了些刀光剑影，多了些温情的光芒，文字的色调由冷变暖。原来，爱情的力量竟然如此强大！爱情，不仅温暖了一个人，而且彻底地改造了一个人！

从《两地书》中可以看出，离开北平前，鲁迅与他的女学生许广平的师生恋情的那层窗户纸已经被捅破，爱情急遽升温，几乎到了可以修成正果的时候了。他们觉得北京的环境很不适宜建立他俩的“二人世界”，特别是鲁迅，在北京有许多他无法面对的问题。因此，他俩需要另外寻求一处合适的地方，让他们的爱情在那里开花结果。许广平是南方人，终究不喜欢干燥寒冷的北方，心中一直怀念温暖湿润的南方，她十分希望把鲁迅引领到南方来。鲁迅也是南方人，最适应的还是南方的气候环境。应该说，去厦门大学之前，鲁迅心里有数，他绝不是为了温暖湿润的气候环境而去，比温暖湿润的环境对他更有吸引力的是另外一个因素，是一个人。厦门大学还只是他的一块跳板，他只是路过此处，没有理由在此久留，他此次离开北京南下真正的目的地绝不是厦门。

至此，不能不提起鲁迅的婚姻。鲁迅的原配夫人名叫朱安，是一个裹小脚、不识字的旧式女人。这段婚姻，由鲁迅母亲做主，替儿子包办。当时鲁迅尚在日本留学，一封“母亲病危”的电报，将鲁迅召回完婚。虽是心中不大愿意，作为孝子的鲁迅，还是不得不接受这一事实。在那个时代，曾经有过许多孝子，为顺从父母之命，都接受了这样的爱情悲剧，鲁迅也未能幸免。鲁迅后来自嘲，这桩婚姻是母亲送给他的一件礼物，他只能接收，而且还得珍藏。鲁迅至死“珍藏”着母亲送给他的这份“礼物”，一直没有轻举妄动。

也许，人们难以相信，这位一直竭力反对封建礼教的“大先生”，真的到了事关男女的问题上却是十分的严肃和认真。后来人研究认为，在认识许广平之前，鲁迅在生活中从未体验过真正的爱情是什么滋味。正如鲁迅在给许广平的信中所言：“我先前偶一想到爱，总觉得自己惭愧，怕不配，因而也不敢爱某一个人，但看清了他们言行的内幕，便使我自信我绝不是必须自己贬抑到那样的人，我可以爱。”正是许广平这个爱的天使，把爱情的“懦夫”鲁迅带进了爱的神圣殿堂。

原来，离开北京去厦门之前，鲁迅和许广平有过一个“君子协定”。

他俩相约，同时离开北京，一起到上海，然后许广平先回家乡广州，鲁迅去厦门工作两年。如果他俩真的有缘，彼此不能割舍，两年后鲁迅再去广州，俩人在广州会合。到了那时，他俩终将执子之手，共修白头之好。

因为心中有了念想，有了一个激动人心的盼头，初到厦门大学，鲁迅的心情特别的愉快。一开始，鲁迅住在厦大生物馆的三楼上。在抵达厦大的当晚，鲁迅就给他的“广平兄”写信，十分兴奋地告诉他的“广平兄”：“此地背山面海，风景绝佳”，自己“暂住在一间很大的三层楼上，上下虽不便，眺望却佳”，“要静养倒好的”。初到厦门大学的鲁迅真是很可爱，一改大丈夫的形象，很有些小男人的情怀。他曾经给许广平写过这样几句话：“听讲的学生倒多起来了，大概有许多是别科的。女生共五人。我决定目不斜视，而且将永远如此，直到离开厦门。”与许广平离别之后，鲁迅当然知道作为恋人的许广平在鲁迅不在身边的日子她最担心什么。这些看似玩笑的表白，目的很明显，就是让许广平宽心，给许广平吃个定心丸。

可惜，初到厦门时那种甜蜜和愉快的心境并没有维持多久。随着时间的推移，先生对“广平兄”的“念想”越来越强烈，他巴望“君子约定”的“两年”时间快快过去，他想早一点去见他的“广平兄”。都到了一日不见如隔三秋的程度，度日已如年，熬过两年时间谈何容易。同时，在厦门大学，随着教务活动的真正实施，鲁迅越来越明显地感觉到厦大内部的各种矛盾从四面八方向他涌来，将他团团围困，让他感到窘迫不快。尤其，后来学校让鲁迅让出生物馆三楼的住房，搬到集美楼的二楼，使得天性敏感的鲁迅认为这是理科对于文科的排挤和打击，认为校方对他的工作没有给予足够的重视。由此，鲁迅对于自己在厦大的前景产生了悲观情绪，动摇了来之前自己定下在此工作两年的打算，心中暗暗滋生的去意竟渐渐地明朗起来。心想离去，再美的风景也留不住人，鲁迅巴不得一脚离开厦门。只是考虑到尚在学期中间，若突然离去会影响学生课业。况且，说走就走，撂了挑子，对于引荐他来到厦大工作的林语堂也不好交代。鲁迅还是熬到了学期结束，给时任校长林文庆先生递上了一纸辞呈，便急匆匆离开了厦门大学，登上了“苏州”号轮船，由海上前往他心仪已久的广州中山大学。

彼时，在南中国海的另外一角，在广州码头上，鲁迅朝思暮想的“广平兄”正在翘首以待，她已经恭候多时了。

两次到访厦门大学，参观鲁迅纪念馆，阅读《厦大往事》，对鲁迅的认识和理解更深了一层。尤其是对于“大先生”与厦门大学聚与散的来龙去脉，有了一个比较全面、清晰的了解。关于鲁迅来到又很快离开厦门大学，是否可以这样理解，当年鲁迅是心怀爱的柔情蜜意和对佳期的盼望而来，终于无法忍受漫长的等待，很快奔着爱的美丽倩影扬长而去了？

从厦门回来之后，回想在厦门大学之所见，重读鲁迅的《两地书》，心里悄悄自问：假如没有许广平，鲁迅会不会应林语堂之约离开北京来到厦门？假如没有许广平，到了厦门大学不久，鲁迅又会匆匆忙忙地离开厦门前往广州吗？

2016 年 9 月 3 日写于合肥

假如朱安河东狮吼

去年秋天，去绍兴看了鲁迅故居。回来后，又读了好几本回忆鲁迅及其家人的书，对鲁迅生平事迹便有了更多了解。于鲁迅家族远远近近诸多人物中，重点关注了一个从前一直被忽视的小人物。其实，这个小人物也不算小，一个本该与鲁迅平起平坐的人。她叫朱安，是周家大先生鲁迅的原配夫人，一个徒有婚姻之名全无婚姻之实守了四十多年活寡的旧派女人。

阅读有关鲁迅和朱安的文字多了，心里便毫无由来地冒出一个疑问：假如朱安不那么温柔忍让，而是河东狮吼，会出现什么样的局面？初次冒出这一念头，根本没有将其当作一回事，甚至连自己也觉着无聊，都是20世纪的陈芝麻烂谷子了，如今再提起还有什么意义！谁料这一念头竟挥之不去，它仿佛一位不速之客，三不知就在面前晃悠。既然如此，便不该以“无聊”二字予以搪塞，理应加以探究，找出它的答案来。

人类一思考，上帝就发笑。思考心中的疑问，首先自己笑了。继而深入思考，竟然自己给自己吓了一跳。原来，那个假设果真成立，朱安不是那种温良恭俭让的贤淑女人，而是睚眦必报、一引就爆的河东狮吼，其结果不仅影响到她本人以及鲁迅的人生，而且会彻底改变另外一个女人——许广平的人生走向，也会在很大程度上改变绍兴周氏家族的运势。乃至，还会改变某一方面的历史，至少中国现代文学史将会出现另外一个全新的版本。

回顾朱安的一生，尤其是关注到了几个重要的人生节点，有些道理便会不言而喻。

朱安1878年生于绍兴。1899年，21岁的朱安自然应该谈婚论嫁，甚至都有些晚了。那年头，18 岁已是大姑娘，21 岁就算老姑娘了。朱家自然希望早日将这盆有点烫手的水“泼出去”。通过一位亲戚牵线，朱安父母接受了同在绍兴相去不过二三里地且算是远房亲戚的周家攀亲意愿。周家祖上当过京官，后因科场贿赂而锒铛入狱，家道从此衰落。周公长孙周树人时年 18 岁，在南京一间新派学堂念书。女大三，抱金砖。按绍兴传统，妻子比丈夫大两三岁为佳，所以朱安和周树人两人从年龄上说相当匹配，天作之合。当然，也有某些缺憾，比如周家经济颇为拮据。毕竟周家在绍兴还算体面人家，朱周两家联姻对老姑娘朱安来说，可能也是可遇不可求的理想结局了。1901 年，他俩本该成亲。依绍兴惯例，婚礼多在冬季举行，朱安未婚夫周树人又将于年底从南京学校毕业，可谓双喜临门。不料就在这个关头，她的未婚夫周树人却拿到了赴日本留学奖学金，这桩该办的婚事一时便办不成了。急于嫁女的朱家父母有些失落，毕竟女大不中留。除了失落，朱家也担心周家大少爷到了外面花花世界里还会不会回来。但换了一个角度看，朱家父母也有欣喜，愿意女婿出洋留学。将来女婿有了身份，对女儿乃至整个朱家莫不是很大的一份荣耀。

周树人于 1902 年 3 月离开中国，除中间两次短暂回家外，一直在日本逗留到 1909 年。有一次，周树人写信给母亲，向朱家提出两项要求：小脚朱安必须放脚，还要进学堂识字读书。这让思想保守的朱家，委实吓得不轻，也在朱安的心上蒙上了一层阴影。朱家对这门亲事愈加担心，虽周老太太对未来儿媳妇十分满意，但谁也不能保证留学在国外的激进青年会不会随时变卦。1903 年周树人回家探亲时，已剪了辫子，脱了长衫身着西服，朱家父母见了暗自皱眉，感到不是好征兆。周树人倒是没有提出退婚，周家却也没有确定婚期，这让待守闺中的老姑娘朱安有了一丝欣慰，却也难免心忧。

1906 年 7 月 6 日，周树人突然从日本赶回绍兴。他人还在途中，家里却开始了热火朝天地操办着他的结婚大事。周树人到家见状，心有不甘，还是顺从了母亲的心愿。于是，一顶大花轿从朱家抬到了周家门口。谁都没有想到，落轿时出现了一件令人不快的事。从轿帘下方先是伸出了一只中等大小的“脚”，这只“脚”试探着踩向地面，因轿子高了，新娘朱安没能踩到地面，虚了一脚，导致绣花鞋离脚而去，掉落地上。此刻，一只裹得很小的三寸金莲暴露在众目睽睽之下。原来，新娘朱安听说新郎周树人喜欢大脚，自己的小脚早已定型，想放大却已无法放大，便特意穿了一双大号绣花鞋，里面塞进了很多棉花，假装成一双大脚。本想讨得新郎欢心，没想到刚一上场便败露无遗。照绍兴习俗说，新婚大喜之日新娘掉了鞋子为大不吉利。后来事实也证明，掉鞋事件的确预示着朱安的婚姻非常不幸。

此前，周树人一直没有见过他的未婚妻。直到结婚当晚，周树人才有机会一睹新娘芳颜。不看不知道，一看吓了一跳。但见新娘朱安面色黄白，眼珠深陷，下颏尖长，薄嘴唇让嘴巴显得尤其大，宽前额让人感觉似乎有些顶秃了。这副形象与周树人这位耽于浪漫幻想的文学青年心中愿望，相差简直十万八千里了。新婚之夜，周树人躲到被窝里哭了一宿，印花新被服上的蓝色颜料，染蓝了周树人的脸颊。第二天，周树人没有按老规矩去祠堂拜祭祖宗，晚上，他便不再回到新房，而是睡进了书房，让新娘朱安独自一人留守新房。第三天，他就匆匆离开绍兴，返回日本。

原来，25 岁的周树人其时正在日本东京，将学医的兴趣完全转移到文学上来了，正紧锣密鼓地进行着各种文学活动。忽然家里接二连三地催促他归国，有一天竟他收到两封家信，信上说他母亲病重。周树人父亲早年丧父，母亲可不能再有个三长两短。得知母亲病重，他再忙也得立即回家，来到母亲身边。待他焦灼不安地回到绍兴，才知道竟是一场骗局。此前，家里听到一种谣言，说周树人已跟一个日本女人结了婚，有人看见他领着女人和孩子在东京逛街呢。周母担心无法向朱家交差，便心急火燎地逼儿子回国完婚。

至此，关于朱安最不容忽视的第一个重要人生节点已经显现。假如朱安不是思前想后、顾全大局，她完全可以阻拦周树人继续出国留学，让他在家里做些力所能及的营生，养家糊口，支撑门户。朱安已经是周树人明媒正娶的妻子了，周树人是去是留，事关重大，完全应该得到妻子朱安同意。朱安也可以提出跟周树人一起出国，丈夫留学，妻子陪读。那年头，带着新婚妻子或者未婚妻一起出国留学的不是没有，林语堂便是一例。倘若朱安使出了女人常使的小性子，阻拦周树人去日本，无非出现两种结果，要么周树人依了朱安不再去日本，在家里夫唱妇随过起小日子来；要么周树人原本就不乐意这桩婚姻，正好因了她的不可理喻，借坡下驴，索性彻底悔掉这桩婚姻，从此一拍两散，各走各路。尤其是前一种结果，在当时，可能是朱、周两家人都愿意看到的。夫妻团圆，早日生儿育女，扶老携幼，振兴家庭，是朱、周两家所望。果真如此，从清朝末年一直到民国时期，中国的那一段历史上便只有周树人，不会有鲁迅了。还真不好说中国现代文学的开山之责，究竟花落谁家。

周树人毅然离家之后，朱安在新房里独自做着种种猜测，眼泪不停地流淌。她不知所措，不知道自己做错了什么。作为一个旧时代的女性，一个没有文化的女人，在这场婚姻中，朱安一开始就处于最被动的地位，无力做出任何选择，只能被动接受。她只知道，进了周家的门她就是周家的人了，她的命运就和周家紧密联系在一起。她万万没有想到，在以后的日子里，她那位名义上的丈夫，会离她越来越远，他的一切事情都似乎与她毫无关系。

朱安盼星星盼月亮盼了三年，倒是把丈夫给盼了回来。可是，回来以后，竟似路人。归国之后，周树人跟朱安仅仅维持着一种名义上的夫妻关系。他一会南京，一会北京，让朱安守在绍兴陪伴他的妈妈，也就是她的婆婆，孤寂地度过了朱安人生中本该最美好的 13 个春秋。在绍兴周家老宅里，朱安从新婚少妇不知不觉熬成了中年妇女。直到 1919 年 11 月，绍兴老屋联合出卖给了一位朱姓大地主，朱安才随周母以及周建人一家一起北上进京，周作人一家已提前落户北京。身为长子长兄的周树人奔波操劳，倾其所有，买下了北京西直门内八道湾 11 号的一所宅院，让母亲及兄弟三人全家十几口子一起搬了进去，建立了一个大家庭。彼时的周家，俨然旧派大户人家。这所宅院是那种老式的三进院，外院由周树人自己住，剩下用作门房和堆放书籍杂物的仓房，中院由母亲和朱安住，里院一排正房位置最好，由周作人和周建人两家分住。全家团聚了，朱安却感觉她和丈夫周树人，不，这时应该叫他鲁迅先生了，要么还是叫他大先生，他俩仍然形同陌路。“夫妻俩”在一个锅里吃饭，却在两间屋里各自睡觉。直到鲁迅和周作人兄弟二人反目，离开八道湾。

应该关注的朱安第二个重要的人生节点出现了。假如朱安河东狮吼，鲁迅岂敢与朱安分床而睡！鲁迅的二弟媳妇羽太信子，又岂敢往已经身为文坛领袖的大伯兄身上，泼些莫须有的骚臭脏水！二弟周作人自然也不至于相信夫人一面之词，竟确认兄长鲁迅下贱不堪，为求得一饱眼福而至于不齿！诚如此，周氏兄弟三人绝不会分道扬镳，仍旧兄弟一堂，其乐融融。因此，后来鲁迅的肺病也不至于病得那么严重，没能将海婴养大成人，便撇下许广平母子而去。还有，周作人或许也不至于落水，他本人的确有些“昏”，长兄鲁迅可是时刻清醒，他会随时提醒周作人，周作人亦会听信鲁迅的意见。在八道湾兄弟反目，是周家盛衰转换的一个重要标志。此前，周家的运势在鲁迅兄弟手上有了明显好转，拥有北京八道湾11号院，十几口人三代同堂，几乎成为周氏家族史上又一次兴盛的顶峰。

兄弟为仇之后，鲁迅决计搬家。鲁迅曾征求朱安意见：是想回绍兴娘家还是跟着搬家？朱安坚定地表示，愿意跟着大先生搬走，横竖大先生需要有人烧水做饭，料理家务。先是租房居住，几个月后鲁迅借钱买下了阜成门内西三条胡同21号住宅，搬了进去。周母和朱安也搬出八道湾与鲁迅同住。在绍兴的13年，周母当家，家庭经济收支均由周母把握；在八道湾11号，周母不再管家了，一切由周作人夫人羽太信子掌管；这回鲁迅夫妇与周母三人一起共同生活，家里的经济开支便轮到了朱安掌管。朱安心里暗喜，这才真的像个家庭主妇了。那段时间，朱安和丈夫鲁迅之间多了一些说话交流的机会。作为妻子，朱安深爱她的丈夫，特别忠诚于丈夫，将自己的一切完全寄托于丈夫身上。从八道湾11号搬出来以后，朱安心里的那一丝欣喜，除了女主人的感觉之外，她以为业已缩小的家庭圈子，也会缩短她和丈夫之间的距离，将她和丈夫拴紧。朱安有信心打动丈夫，即便她像一只蜗牛，总也有一天会爬到丈夫那棵高不可攀的大树上去，真正同丈夫在一起。

至此，第三个应该关注的朱安重要人生节点出现了。假如朱安真是河东狮吼，她完全有机会也有办法通过管住丈夫的胃，来进一步管住丈夫的心，使得丈夫只能把心放在自己身上，令他不至于心有另骛，旁逸斜出。其时，已然文坛霸主、青年领袖的鲁迅，少不了有许许多多青年学生追逐和热捧，甚至有人都追捧到家里来了。青年学生中，有男生，自然也有女生。对于女生的到来，身为一家之女主人朱安，理应有所反感和提防，再厉害一点，完全有理由予以驱逐，拒绝女生来访。可是，朱安温柔贤淑，她做不到这一点。男生，女生，来的都是客，她一样热情招待，伺候周到。这便释放出一个明确信号，让家里家外某些试探者完全放心。朱安成全了丈夫，也成全了本该被她视为对头的另外一个女人。假如朱安一声怒吼，那个年轻的女学生至少也会被吓一跳，兴许还会知难而退。果真如此，中国现代文学史上就会少了一段佳话，世人的书架上也会少一本《两地书》。

朱安是个宽容大度的女人。哪怕丈夫从她身边彻底走开，同另外一个女人生活在一起。朱安对鲁迅，对另外一个女人——许广平，皆毫无怨恨之意。朱安在对别人提起鲁迅时，总是反复说，大先生对她不错，她很知足。鲁迅毕竟是鲁迅，他也的确替朱安着想过。鲁迅不止一次想到过退婚或者离婚，每每想到朱安因此不好做人，生活会过得更惨，便一次次放弃了自己的打算。同在一个屋檐下，夫妻二人没有做到相亲相爱，却做到了相敬如宾。鲁迅还是把朱安放在“太太”的位置上，每次买回一点好吃的东西来，总是首先送到母亲那里，请她老人家挑选，其次送给朱安，由她挑选，剩下才拿回自己食用。

1926 年，鲁迅离开北京前往厦门，继而到达广州与许广平相聚，而后又携许广平来到上海。在这个过程中，朱安的失望情绪，一步一步地加重起来。到最后听说许广平有了身孕，朱安才彻底绝望了。原先，她以为即便是像蜗牛，也总有一天会爬上大先生这棵大树。那一天，她才发现她连做“蜗牛”的机会都没有了。彻底断了念想，朱安一心一意侍奉娘娘（婆婆），直至给娘娘养老送终。

朱安真是个善良单纯的女性。人一善良，就很容易想得开，看得开，方能大度。朱安因许广平怀孕而绝望，不久她便对许广平母子释然。朱安很快将许广平看作姐妹，视周海婴如己出。周海婴曾在书中不无深情地回忆道，鲁迅先生逝世当月，朱安夫人就托人转告他们母子，欢迎他们搬去北平与其同住。朱安夫人信中说：“许妹及海婴为堂上所钟爱，倘肯朝夕随侍，可上慰慈怀，亦即下安逝者。当扫住相迓，决不能使稍有委曲（屈）”。朱安还明确表示愿意“同甘共苦扶持堂上，教养遗孤”。朱安在北京将许广平母子两人住房做了安排，甚至还说“倘许妹尚有踌躇，尽请提示条件”，她“无不接受”。丈夫逝世后，朱安想到的是“慈怀”“逝者”以及逝者遗孀遗孤，唯独没有想到她自己，她又何尝不是逝者的一桩“遗物”。

朱安为人如此坦荡，对许广平母子二人如此大度、体贴，周海婴多年以后提起来仍感怀不已。海婴记得，在他十五六岁时，朱安太太开始直接给海婴写信。有次朱安在信中问海婴：“你同你母亲有没有最近的相片？给我寄一张来，我是很想你们的。”书信的口气，完全是母亲对儿子的口气。直到病危临终前，朱安还念念不忘许广平母子俩。朱安从心里把海婴当作了自己的香火继承人。因为朱安爱她的大先生，忠诚于她的大先生，她将大先生的亲人当成了自己的亲人！朱安曾经对人说，大先生的儿子也是她朱安的儿子，等她百年后，儿子自然会给她斋水，不会让她做孤魂野鬼。

许广平对朱安也是尊重的，像尊重鲁迅先生那样尊重朱安太太。许广平心里清楚，是朱安太太将鲁迅先生交到了她的手上。没有朱安太太，便没有鲁迅先生，只有那位周家“大先生”周树人，是朱安成就了鲁迅。许广平没有让朱安失望。1936 年鲁迅先生去世后，朱安和周母的生活费主要由许广平负担，周作人也曾按月给过一些钱。周母病逝后，朱安便拒绝了周作人的钱，她知道大先生与二先生合不来，她不能失了大先生的气节。

1947 年 6 月 29 日，朱安在动荡岁月里孤独离世，终年 69 岁。朱安在这个世界上，孤寂地度过了漫长的四十多个春秋。临死前，朱安只有一个心愿，希望她死后能葬在大先生之旁。朱安始终坚持一个信念：生是周家的人，死后也是周家的鬼。

朱安其人从清末来到民国，其存在，可谓是偶然中蕴含必然。曾经孤单的朱安，其实并不孤立。她的形象在早她来到这个世界之前，就已经出现于文学作品之中。读到有关朱安的文字，很容易联想到文学作品中的两个人物。一个是《红楼梦》中的邢夫人。她的丈夫“大老爷”看上了贾母身边的丫鬟鸳鸯，欲纳其为妾，儿子不敢直接向母亲开口，做儿媳妇的便勇往直前，公然向婆婆替丈夫讨要丫鬟。另外一个是《浮生六记》中的芸娘，她的行为更加积极主动。丈夫沈复并没有看上谁，想纳之为妾，倒是妻子芸娘自己看上了一个名叫憨园的女子，她便千方百计接近憨园，欲将其纳为丈夫之妾。最后，因替丈夫纳妾之事没有办成，芸娘竟抑郁而病，不治身亡，抱憾终身。提起朱安，便想起了邢夫人和芸娘，朱安似乎与她俩一脉相承。

想到这里方明白，原来所有的假设都显得苍白无力。朱安就是朱安，不存在任何假如。

其实，非独朱安如此。所有的人生又何尝不是如此，历史亦何尝不是如此，世间原本就没有假如。

2017 年 7 月 16 日写于合肥

绍兴不认“二先生”

绍兴，是一座去了还想去的城市。十多年前，曾经去过一次。最近，又去了一趟。

前次去绍兴，完全是冲着那位“横眉冷对”的“大先生”。崇敬外加好奇，促成了一次目标明确的旅行。近次去绍兴，在很大程度上却是因为这位戴着一副金边圆形眼镜、温文尔雅的“二先生”。好多年来，“二先生”一直笼罩在一团迷雾之中，很难让人看得真切。此去绍兴，希望云开雾散，对于“二先生”不再雾里看花。

绍兴是鲁迅的故乡。所谓的“大先生”和“二先生”，是按照鲁迅的母亲鲁瑞的说法。老人家对自己的三个儿子周树人、周作人和周建人，习惯于依次称呼为大先生、二先生和小先生。此次寻访的主角二先生，也就是鲁迅的弟弟、排行老二的周作人了。绍兴，当然也是二先生周作人的故乡。这一点，似乎常常被人忽略了。

在绍兴城里，鲁迅的影子无处不在，随便走到哪里都有可能遇见“鲁迅”。街道有鲁迅路，广场有鲁迅文化广场，学校有鲁迅幼儿园、鲁迅小学、鲁迅中学。鲁迅本人若是现在回到了故乡，随便往路边的哪一块公交站牌上一看，他都能瞧见自己的名字。那张向来严肃的面孔，兴许会在突然间松弛下来。

周作人却不一样了。在绍兴，他享受不了这样的待遇。绍兴，似乎从来没有过周作人这么一个人。那天，在绍兴的大街小巷里使劲地转悠了整整一天，仔细地四下里寻找，也没有找到“周作人”的影子。最后，把希望寄托在周作人的故居里，以为在那里至少能够觅见周作人的童年趣事。可是，在绍兴，只有鲁迅故居，却没有周作人故居。如今，绍兴城里东昌坊口那一带，在原先与周家有关的那片土地上建起的仿古建筑群，统称为鲁迅故里。所谓鲁迅故里，主要由三个板块组成，一块是鲁迅祖居，一块是鲁迅故居，还有一块就是人尽皆知的三味书屋。鲁迅祖居，自然也是周作人的祖居。鲁迅故居，何尝不是周作人的故居。三味书屋，是鲁迅启蒙的私塾，同样是周作人上学破蒙的地方。从鲁迅祖居里，没有找到周作人早年的痕迹，在三味书屋里，也没有觅到周作人摇头晃脑读书的身影，倒是找到了鲁迅刻在课桌上的那个大大的“早”字。不过，这次总算没有白跑，在鲁迅故居的一角，还是发现了周作人的存在。

在鲁迅故居里，有一个小房间里陈列了周家“三人”的生平事迹。“三人”，就是周家三兄弟，树人，作人，还有建人。房间里，三面墙上是“三人”的图文介绍，顺着墙壁摆放了“三人”的著作。

参观过程中，心里一直隐隐地有个疑问：周作人在故乡会不会是一个不受欢迎的人？在“三人”生平事迹展室里，这个疑问很快得到了证实。先是询问了一个工作人员，说：“在绍兴，在鲁迅故里，为什么难见周作人的踪影，仅在此处才有一鳞片爪？”工作人员告诉说：“绍兴是鲁迅的故乡，咱绍兴人只认鲁迅，不认周作人。”“这是为什么呢？周作人同样是五四时期新文化运动的大名人呀！”工作人员说：“人跟人不一样，兄弟也不一样。周作人这个人的文章，倒是可以让后来人读一读学一学的，至于他的为人嘛，不提也罢，后来人就不必学了。”

听了工作人员的这番话，现场几个人的目光立刻同时落到了墙上的一幅图片上。图片上是茅盾、郁达夫、老舍等十八位文化名人当年联合署名的《给周作人的一封公开信》。信中说：“由最近敌国报章所载，惊悉先生竟参加敌寇在平召集的‘更生中国文化座谈会’：照片分明，言论具在，当非虚构。先生此举，实系背叛民族，屈膝事仇之恨事，凡我文艺界同人无一不为先生惜，亦无一人不以此为耻。”

看完了这封公开信，还有什么疑问呢，一切都不言自明了。“人生自古谁无死，留取丹心照汗青。”在这块从来把气节看得比生命更加重要的土地上，一个人，失去生命事小，失去气节麻烦可就大了。失节的人，从来都是为人所不齿。借用曾经的某一段时间一句流行语来说，人一旦失节，那真可谓遗臭万年了。苟且偷生的人，生便不如死了的好。博古通今满腹学问的周作人，难道不明白这个道理？明白了还会这样？

关于周作人的失节，后来人众说纷纭，对失节的原因做出了种种分析和揣测。其中，说得最多的是这样两个方面的因素。先是主观上的原因，周作人存在性格上的缺陷，性格决定了他的命运。关于周作人的性格，鲁迅对他做过评价，只一个字即点到了他的死穴：“昏”。他的“昏”就是糊涂，看不清方向，分不清是非，拎不清轻重。然后，是客观上的原因，娶妻不慎，遇人不淑。古语说，妻贤夫祸少，妻恶毁一家。周作人没有遇到贤妻。在民国，熟悉周作人的人都认为，他亏就亏在他娶回了那个日本女人羽太信子。这位羽太信子绝非世人心目中大多数日本女人那样，那种轻言细语、贤妻良母的形象。她恰好相反，属于典型的河东狮吼，稍一遇上不高兴的事，立刻天崩地裂，当场倒地装死。或许，还不能说她全是装死，有些时候她躺在地上，口吐白沫，是真的昏死过去了，据说那是一种病。但不需医药，不用多久她会自己回头，苏醒过来。醒来之后继续胡闹，直到达到目的为止，不达目的决不罢休。人世间的夫妻关系极像那张太极图，阳刚与阴柔互补，有一方凸起，必有一方凹下，彼此磨合光滑，至严丝合缝，方拼成一个圆满。在周作人和羽太信子之间，周作人懂得他在什么时候应该“凹下”，他却不知道什么时候他应该“凸起”。周作人的这位日本夫人在民国年间可谓非常“有名”，人们对她的评价是四个字：歇斯底里。遇上了如此强悍的夫人，再加上自己的性格又有些懦弱，在许多事情上，周作人往往做不了自己的主。在民国名士的圈子里面，周作人的惧内可是有目共睹的。对此，朋友们更多的表示理解和同情。当然，免不了也会有人看笑话。被人同情，甚至被看笑话，周作人全然不顾，只当没有那回事。他照样安坐在他的“苦雨斋”里，喝他的茶，看他的书，写他的闲适文字，当他的文学教授。

大概基于主观上的“昏”和客观上的不自主这两个方面的原因，民国二十六年，侵华日军占领北平的时候，时任北京大学教授周作人，没有随大流跟着众人离开北平南下避难，而是选择了留在北平。知道他要留守时，他的许多朋友都劝他顺势南下，周作人不为所动。其时，鲁迅已经离世，不再有人能够说服周作人。其实，就算鲁迅健在，也无法说服周作人了。这一对兄弟，早在十多年前就已经反目了。鲁迅曾经多次试图修复，都是徒劳无果，周作人根本不理睬。倘若鲁迅还在世，鲁迅一定会千方百计力劝周作人南下，周作人定会照样置之不理。甚至，周作人极有可能会跟鲁迅对着干，凭什么要你管我的事？你让我离开北平，我偏要留在北平。周作人使得出这种小性子。或许，在前面使性子的人是周作人，在背后拿主意的人却是他的夫人羽太信子。

周作人一直住在鲁迅购买的原本周氏一家老小共同居住的八道湾 11 号，那是一座三进三出的宅院，很大。后来，兄、弟两家陆续搬离，就连他们的母亲鲁瑞老人家也随鲁迅搬了出去，此处留给了周作人一家居住，非常宽敞舒适。宽大的宅院里，除了周作人的妻儿，还有羽太信子的娘家兄妹。此外，羽太信子还雇请了七八个用人。周作人在这里一直过着饭来张口、衣来伸手的日子，他真的是一个油瓶倒了都不会扶起的人，他当然不肯离开这个安乐窝。丢下了自家的大房子，到外面去流浪，颠沛流离，居无定所，吃了上顿不知道下顿在那里，那样的日子周作人一定无法面对，他绝不愿意让自己走到这一步。不过，不愿意的事情，往往不能直接说成不愿意，还得有个能够说服人的理由。周作人找出了一个理由，说他家里有老有小，行动不便。且收藏品太多，根本无法转移带走，若将那些宝贝留在北平，无人看管，他实在不放心，万一丢掉了就太可惜了。同时，师生都走了，校园空了，他留下来也好看守校产，可谓公私兼顾了。他为自己留守北平，找到了自认为充足的理由。

这个所谓的理由，当然不能成立。家有老小的多了，还不照样拖家带口地逃亡。至于家有藏品，则更加不是留守的理由，人和藏品都应该迁移。周作人留下来了，就能保住那些藏品？学校财产就安全了？只要被侵华日军看上的，莫说东西，就算是个大活人，他们还不是照样不由分说地拿了过去，想怎么处置就怎么处置了！至于校产，不在于校园里有没有人，全在于侵华日军的兴趣了，兴趣来了，校园会在一把火中毁灭！再说了，大难当头，生死攸关，是性命重要，还是家什重要？关于这个问题，傻瓜都能想得明白，周作人不会不明白。他不过找了一个并不高明的借口。

周作人贪图舒适，不愿意吃苦，不愿意麻烦，还不是他留守北平的理由。他的日本夫人羽太信子不愿意离开北平，才是真正的理由。周作人的不愿意，直接来自羽太信子的不愿意。按照鲁迅的说法，当时，住在八道湾 11 号宅院里的人，除了周作人，全是日本人。周作人家里住着一位来自日本的夫人，带着一帮由日本女人生育的儿女，还有一位来自日本的郎舅，一位来自日本的小姨子。在女主人羽太信子的心目中，虽然身在异国他乡，她就像生活在自己的国家一样。她的住房装修全是日本风格，她的饮食也保留着日本人的饮食习惯，衣着是和服。她还在家里备有日本国旗，一有风吹草动，羽太信子就把日本国旗悬挂在自家门口。仿佛那面日本国旗就是她的护身符，让她相信从日本来的军人不会为难她这个日本人。近朱者赤，近墨者黑。长时间生活在这样的环境里，周作人被同化也是必然。再加上周作人又曾经在日本留学过，在感情深处他一直对日本存有亲近，他甚至把日本当成他的第二故乡。周作人即使不把自己当成日本人，也一定把自己当成日本人的亲戚了。何况，他本来就是日本人的亲戚啊。亲戚总不至于为难亲戚吧！决定留守北平时，周作人对日本人心存了这种幼稚的幻想。在当时，周作人的这种幼稚上升到民族气节上来说，无异于认贼作父。

正是这个幼稚的幻想害苦了周作人，让周作人“噗咚”一下栽进了污黑的臭水坑里。民国二十八年，在八道湾11号发生了一起莫名其妙的枪击案，周作人没有由来地挨了一颗子弹，幸亏一粒纽扣替他挡了驾，才只受了一点皮外轻伤，要不然或许会要了他的命。周作人思来想去，实在找不到自己挨枪子的理由，他便想到，这颗枪子并不是真的要他立即毙命，只是一种威胁，是警告，让他必须听话，否则，就真的要了他的命，毫不含糊。这颗子弹，好像是周作人背后的一只小小推手，只是轻轻一推，周作人便落水了。在污泥浊水里，周作人被呛了个半死不算，还落得一身腥臊恶臭。随后，他默默无声，花了几十年时间，到死都没有洗干净。

毫无疑问，周作人的落水，有那颗子弹的震慑作用，也有他日本夫人羽太信子的一份大大的“功劳”。他落水以后，许多人自然而然想起了很久以前兄弟间失和那件事，且相信这一前一后相隔了好久的两件事，很难说没有因果关系。实际上，当年，周作人与鲁迅兄弟决裂，几乎就是他这位日本夫人羽太信子一手造成，是她最希望看到的结果。

早在民国十二年，那是七月十九日早晨，周作人突然递给鲁迅一张纸条。纸条上写道：

鲁迅先生：

我昨天才知道，——但过去的事不必再说了。我不是基督徒，却幸而尚能担受得起，也不想责谁，——大家都是可怜的人间。我以前的蔷薇的梦原来都是虚幻，现在所见的或者才是真的人生。我想订正我的思想，重新入新的生活。以后请不要再到后边院子里来，没有别的话。愿你安心，自重。

七月十八日作人

鲁迅初看，丈二和尚摸不着头脑。细看，周作人的文字欲言又止，似有某种难言之隐。言辞当中旁敲侧击，该是有所指向。鲁迅暗自思忖，觉着其中必有原委，喊周作人过来问话，须弄清其中的情况，以便消除误会。周作人却不理鲁迅，头也不回地径直走了。鲁迅这才明白，误会太深，根本消除不了，反目已成定局，“兄弟怡怡”的和美时光就此成为过去。

当日，鲁迅开始另灶吃饭，不再与周作人、羽太信子一家共席。随后，鲁迅即从八道湾 11 号离开，带着妻子朱安以及母亲鲁瑞，搬到了砖塔胡同 61 号暂住。不久，为了安慰母亲，鲁迅不得不放下身段，牺牲颜面，向朋友张口借钱，在阜成门内西三条买下了一处不大的房子，夫妻俩带着母亲在此居住。

究竟是什么原因导致了这一对兄弟情断义绝、分道扬镳呢？后来的说法很多，但没有一个人能够说得清楚，当事人鲁迅和周作人本人对此事讳莫如深，语焉不详，说的不清，道的不明。跟他们住在一起的弟弟周建人在回答别人提问时，也只能说出一个大概，仅仅对外表示他的二位兄长不和，不是政见不合，而是由于家庭琐事，属于那些清官难断的家务琐碎。

这件事的确让人很费解。八道湾 11 号的房子原本是鲁迅出钱购买，且是鲁迅亲自操持改造装修。后来，鲁迅却不能在此居住，只得搬出去另住。好似候鸟筑巢，巢筑好了，季节就到了，候鸟又得飞走，辛辛苦苦筑好的巢，一拱手就让给了人家。

当初，周氏兄弟三个一大家子住到八道湾 11 号的时候，不再如在绍兴那样，由鲁迅的母亲鲁瑞管家，也没有按照惯例交由长嫂鲁迅的妻子朱安来管家。这个大家庭的管家人变成了二先生的夫人羽太信子，她独掌了这一家子财政大权。非但二先生的每月薪水全交给了夫人羽太信子，就连大先生的薪水也是如数交到了弟媳妇羽太信子的手里。这样一来，羽太信子手上每月有了约六百大洋的进账，给了她挥霍肆意的便利。当时这个家庭，俨然旧派大户人家。鲁迅是这个家庭里的顶梁柱，按照旧时的叫法，他该是这个大户人家的“老爷”了。这位“老爷”怎么会突然从这个家里洗手出门呢？

再说了，周作人真的能够与兄长鲁迅一刀两断？这兄弟俩可是打断骨头连着筋，隐含在生命里的血脉关系，并不是想断就断得了啊。何况，鲁迅向来是一个孝悌之人，对上孝敬母亲，对下悌顾弟弟。周作人就真的不记前情？

在鲁迅的骨子里，有一种很强烈的“长兄为父”的传统情愫，他一直十分关照他的两个弟弟，尤其对周作人关照得最多。当年，没有鲁迅的关照，周作人就不可能到日本留学。后来，没有鲁迅的关照，周作人也不会很快在北京大学谋取那一份斯文体面的工作。当然，年轻时代的周作人本身也是挺努力的，尤其擅长做学问。鲁迅通过校长蔡元培的关系，让周作人进了北京大学任教。周作人也没有给鲁迅丢脸，进了北大，很快就写出了一部像模像样的《欧洲文学史》，让人刮目相看。

在亲戚朋友们眼里，周家三弟兄一直和睦相处、互帮互爱。大家根本不明白，这位大先生与二先生之间究竟发生了什么事情。按照鲁迅文章里的说法，“想入非非”是国人的一大能耐，有些人一见到女人的头发，就能联想到女人雪白的肌肤。在鲁迅和周作人兄弟失和以后，不知道有多少人给鲁迅与他的弟媳妇羽太信子，制造过那些没根没据的花边新闻。

其实，个中情况远没有外人“联想”的那么复杂。情况似乎很简单，就因为鲁迅曾经在周作人面前说了羽太信子的一些不是，提醒周作人别让自己的辛苦钱白白砸到水里。鲁迅看不惯这个来自日本的弟媳妇大手大脚乱花钱的做派。毕竟，在羽太信子所花费的那些银两里面，有一部分可是鲁迅自己的心血啊。可惜，周作人这个人终究是“昏”的，竟把自己兄长的好心当成了驴肝肺，不惜出卖兄长来取悦夫人。他那位日本夫人绝不是一盏省油的灯，对于大伯兄的善意批评，她不可能照单收下。依照她的性格，她一定会对大伯兄鲁迅反戈一击。

自古以来，所谓好男不跟女斗，其实是因为男人往往斗不过女人。女人深知，在男女之间，男人最怕的事情是被女人栽赃，泼脏水。遇上了这等事情，旁人宁可信其有，也不信其无。男人就是背上长满了嘴巴也说不清楚了，多说不如少说，说不如不说。说起来，只会越描越黑，洗都洗不清白。遇上了这种事，多数男人只好自认倒霉，缄口不言，沉默是金。何况鲁迅面对的还是一家人的事，他能说什么呢？说来说去还不都是扬自家的丑，让世人看笑话。所以，鲁迅只好认栽，啥都不说了，被打落的牙齿吞到肚里去，从八道湾 11 号搬了出去，惹不起，咱躲得起。

关于周作人和鲁迅兄弟失和的事，他们的母亲鲁瑞有她自己的看法。老人家眼看着兄弟反目，深知这是家门之大不幸，心中必然十分难过。自知局面已经无可挽回，老人家顺想不成便反着想去，认为这一对兄弟命中注定要分手，问题就出在他俩的名字上。想到这里，老人家好生后悔，自责至终。早在儿子小的时候，母亲怕体弱多病的儿子难以养大，曾经给这兄弟俩请了法师，摸过头顶，取过法名，意在让菩萨保佑儿子平安长大成人。鲁迅法名长庚，周作人法名启明。长庚和启明都是星宿之名，但不同时，也不同方。按照绍兴人的说法，一个是“黄昏肖”，一个是“五更肖”，这两颗星在天上是不能见面的。恰如《诗经·小雅》所言：“东有启明，西有长庚”。一东一西，一早一晚，“两星永不相见”，这兄弟俩就是“不共戴天”的命。实在找不到理由的时候，这位朴实善良的母亲，给她的两个同为大文豪的儿子找到的这条理由，也算是一条不是理由的理由了。反正，信不信由你，她老人家信了。

在鲁迅故里，从一块“德寿堂”的牌匾上，很容易就看出了这个家族的兴衰。应该说，鲁迅家族的鼎盛期是在他祖父的前半生。那时，鲁迅的祖父很荣耀，在朝廷为官。鲁迅 12 岁那年，祖父因为牵涉考场行贿案，被光绪皇帝判了死刑。鲁迅的父亲为了救其父，将家里祖产变卖殆尽。结果，鲁迅的祖父还是死在牢中。周家从此急速败落下来。当时，鲁迅的父亲，本身患有肺病，突遇家庭变故，压力陡增，他的病情逐渐加重，后竟不治，死时才 35 岁。

祖父遭受不测，父亲因病早逝，家道遽然坠落，让鲁迅的性格过早地染上了抑郁的色彩。抑郁这东西确实伤人，伤心也伤肺。鲁迅如其父，后来也患有肺病，最终也是死于肺病。死时，还不满 56 岁。鲁迅生命之烛如此迅速燃尽，应该说，与兄弟不和那件事或多或少还是有些关系的。兄弟决裂，对鲁迅的打击是巨大的，在鲁迅的心上刻下了一道深深的伤痕。手足亲情的温暖离他远去，鲁迅变得更加沉默寡言，饱尝了心灵深处的孤独，抑郁的色彩更深了几成。

周作人的晚年更是非常不堪。民国二十八年夏天，周作人下水，沦落为汉奸。抗战胜利后，周作人因为卖国罪被民国法院判处死刑。1949 年，周作人因民国政府垮台才被提前释放。1967 年 5 月 6 日，周作人孤身一人在八道湾 11 号猝死，终年 83 岁。

鲁迅为故乡争光。周作人落水，无疑给故乡绍兴的脸上抹了黑。除此之外，周作人还在无意间伤害过故乡人的感情。比如，周作人在文章里多次写到了他有好几处第二故乡，他的故乡绍兴人能喜欢这句话吗？周作人这话说得未免有些弱智，不是一个大牌教授该说的话。谁不喜欢自己在别人的心目中地位，独一无二！故乡从来只有一处，何来第二故乡？更何况还有许多个第二故乡！

在周作人的故乡绍兴，人们对周作人的看法是，这人做学问、写文章，还是做得很好的。可惜，他没有把人做好。按照他的母亲鲁老太太的话说，这似乎也是天意，老天爷于冥冥之中早有安排了。要不，他的名字怎么就偏偏叫“作人”呢？这个“作人”的名字不就是时刻都在提醒他，其他什么都不重要，重要的是要学会做人！

周作人可不是这么望文生义地简单认为。他说，他的名字可是“大雅”之词，来自《诗经》：“周王寿考，遐不作人”。乡人绝不会去《诗经》里面寻找“作人”的来历，只会直接想到通俗明白的另外两个字：“做人”。反正，在故乡绍兴人的心目中，周作人这个人终究只会作文，不会做人。

绍兴不认周作人，周作人不该怨绍兴。

2016 年 10 月 7 日绍兴归来写于合肥

月儿属于夜晚

在民国文坛上，鲁迅的“骂功”非常著名，亦如他的文章。鲁迅之骂，让几代人长了记性。当然，没有超凡脱俗的“骂功”，鲁迅便不能成为鲁迅了。

不过，鲁迅开骂，还是会看对象的。对于青年作家，尤其是对于学生辈的文学青年，即便不快，鲁迅也不会轻易开腔。鲁迅向来关爱青年，在青年的眼里，鲁迅不仅是民国的文坛领袖，还是那个时代的青年领袖。

只是，在一段时间里，对于某位青年，鲁迅实在忍无可忍了，禁不住火冒三丈。不得不做了一次他素来不愿意做的事情，对一位青年开了骂口。

如同接近鲁迅的多数青年一样，这位青年也是文学青年，一位很有才华、很有闯劲的青年作家。他叫高仰愈，笔名长虹，人称高长虹，山西盂县人。他生于1898年，小鲁迅17岁，算是鲁迅的晚辈。当年，在山西省立第一中学上学时，高长虹的各门功课俱佳，尤其国文和英语突出。后来，高长虹因故逃学在外，一门心思自学文学，博览群书，练习写作，走上了文学创作的道路。1924年9月，高长虹在山西太原创办了《狂飙》月刊，从此名声大噪，竟然引起了远在北京的大文豪鲁迅的注意。

1924年底，高长虹手上的《狂飙》杂志在太原出到第三期便难以为继了。困难中的高长虹，来到北京寻求援助，得到了当时以“赞助真实立宪，提倡爱国精神”为宗旨的《国风日报》的帮助，将《狂飙》以《国风日报》副刊的名义在北京继续出版。来北京不久，高长虹从《京报》副刊孙伏园处得知，鲁迅对《狂飙》评价很好。并且，由于鲁迅的好评，郁达夫等鲁迅身边的一大批知名作家，也对《狂飙》十分认可。这让高长虹十分兴奋，对于处在困境中的《狂飙》，他似乎于暗室中从门缝里看到了一丝亮光。高长虹顿时心生感激，当即决定上门拜访鲁迅。由此，高长虹携着一股无羁的“狂飙”劲头，敲开了鲁迅的家门，闯进了鲁迅的世界。后来，高长虹在自己的回忆录里有如此记载：“在一个大风的晚上，我带了几份《狂飙》，初次去访鲁迅。这次鲁迅的精神特别奋发，态度特别诚恳，言谈特别坦率……我走时鲁迅谓我可常来谈谈，我问以每日何时在家而去。此后大概有三四次会面，鲁迅都还是同样好的态度，我那时以为是走入了一个新的世界，即向来没有看见过的实际世界了。”此后一段时间里，高长虹往鲁迅家里跑得很勤。正如鲁迅后来所形容的，川流不息。

到了次年3月，高长虹的《狂飙》终于生机殆尽，再也撑不下去了，只得走向死亡——停刊。4月的一天，鲁迅邀了高长虹、向培良、章衣萍等来家里共饮，席间商定创办《莽原》周刊。在合办《莽原》周刊期间，高长虹已经成为鲁迅家里的常客，共同的心愿，共同的使命，让鲁迅和高长虹走得很近，关系特别亲密。可是，到了8月以后，高长虹到鲁迅家里的次数明显减少。骤然的大降温，总是会让人的感觉很明显，人会觉得很不舒服。鲁迅那般聪敏的人，对于高长虹的变化，不会没有感觉。只是，鲁迅一时还没有弄明白究竟原因何在。

当初，鲁迅之所以看上了高长虹，正是因为他身上那种“狂飙突进”的精神，那股“准备毁坏”的劲头。鲁迅没有想到高长虹那股“飚”劲，有朝一日竟会对准了自己发作起来。

1925年8月的一天，《民报》上刊出了一则广告，其中有尊称鲁迅为“中国思想界之权威”的说法，这让高长虹很不爽。也许，真的是距离产生美，彼此贴得太近了，则难以发现原本的美。正如一句民间俗语，九华山的菩萨应远不应近。报纸上对于鲁迅的那种尊崇，让高长虹觉得很过分，他从心里无法接受。那时的高长虹还很“稚嫩”。不过，高长虹的一生就没有老道过。他的心里根本搁不住事，心里有了什么，脸上立刻就有什么。即便嘴上还没说出，行动上却先表现出来了。最明显之处是高长虹疏远了鲁迅，到鲁迅家去的少了。生性敏感、疑心很重的鲁迅，不会意识不到。鲁迅不动声色，依旧开口便是“长虹”，心中的疙瘩却已经悄悄地结成了。

到了1926年夏天，高长虹和鲁迅先后离开了北京。鲁迅应林语堂之邀，经由上海到了厦门大学。高长虹则是先期去了上海，他想“借尸还魂”，让他的《狂飙》在上海起死回生。《莽原》刊物的两个主要人物都离开了北京，编务工作暂由鲁迅的学生韦素园负责。

韦素园主持《莽原》编务之后，因退稿得罪了高长虹。高长虹对于韦素园的“独断专行”非常气愤，专门发表了给鲁迅的公开信，希望鲁迅能够主持公道，为他说话，孰知鲁迅没有反应。那时的鲁迅正处于热恋之中，人在厦门大学，心却飞到广州了，天天都伏案给他的“广平兄”写着柔情蜜意的“两地书”。对于高长虹的公开信，鲁迅没有给予足够的重视，以为不过是长虹和素园他们闹点小意见而已。

高长虹向来沉不住气。这回，他心里有了怨，脾气一上来，他就不管不顾了，立刻走得很远，把一腔怨气全泄露在他的文字上。1926 年 11 月 7 日，高长虹在上海《狂飙》周刊上发表了题为《1926，北京出版界形势指掌图》的长文，文中矛头直指鲁迅，措辞极为尖刻和不逊。鲁迅看到后十分生气，对于高长虹恩断情绝了。至此，鲁迅与高长虹的关系，被宣告彻底破裂，甚至粉碎。鲁迅在 11 月 15 日致许广平的信中写道：“长虹在《狂飙》五期上尽力攻击，自称见我不下百回，知道得很清楚，并捏造许多会话（如说我骂郭沫若之类）。其意即在推倒《莽原》，一方面则推广《狂飙》的销路，其实还是利用，不过方法不同。他们那时的种种利用我，我是明白的，但还料不到他看出活着他不能吸血了，就要打杀了煮吃，有如此恶毒。我现在姑且置之不理，看看他伎俩发挥到如何。”此时，高长虹在鲁迅的眼中，还只是一个过河拆桥的小人。高长虹来接近鲁迅纯粹是为了一己名利，继而损害鲁迅，同样还是为了名利。至于名利之外，鲁迅对于高长虹没有想到更多。

就在鲁迅表示还要对高长虹细看一下的时候，高长虹又使出新招，继续表演。他在《新女性》上登出了“狂飙社广告”，一反前言，尊称鲁迅为“思想界先驱者”。高长虹的此番用意，估计路人都会看得明白，他如此这般的反复，就是为了取悦鲁迅，跟鲁迅套近乎，似乎鲁迅对他还有使用价值。鲁迅实在看不下去了，他已经忘记了高长虹是谁，只知道自己的面前出现了一个面目狰狞的新敌。鲁迅随即写了一篇《所谓“思想界先驱者”鲁迅启事》的文章，发表在 1926 年 12 月 10 日的《莽原》上，该文同时还发表于《语丝》《北新》《新女性》等期刊。在启事中，鲁迅特别声明：“我也不是‘思想先驱者’。此等名号，乃是他人暗中所加，别有作用，本人事前并不知情，事后亦未尝高兴。倘见者因此受愚，概与本人无涉。”鲁迅的文章一经发表，向来反响巨大。这则“启事”刊出之后，骂声一片，高长虹在文坛应声而倒，名誉扫地。之前高长虹对鲁迅的不合情理的攻击，本来就招致了许多人的不满，随后又出尔反尔登出如此自扇耳光的无耻广告，更令世人不齿。从此以后，文坛中人无不避讳高长虹，远之如远瘟疫。一心从文的高长虹，由此失去了在民国文坛的立足之地。

鲁迅原以为与高长虹“骂战”可以休矣，到此为止，彼此相忘罢了。谁料，一波未平一波又起。偏偏有人向鲁迅打了“小报告”：高长虹对他的攻击中，隐藏着与鲁迅的事关恋爱之纠纷。鲁迅始犹不信，继而疑虑，后来恍然大悟。前些日子，鲁迅总觉得高长虹对他态度的陡然变化，有些莫名其妙，没有想到原来如此。高长虹那只巨大的包裹，在鲁迅的面前一层层渐渐剥展开来。

高长虹在对鲁迅大肆攻击之后，很快在《狂飙》周刊上发表爱情诗《给——》两首，其中一首如下：

我在天涯行走，
月儿向我点首，
我是白日的儿子，
月儿呵，请你住口。

我在天涯行走，
夜做了我的门徒，
月儿我交给他了，
我交给夜去消受。

夜是阴冷黑暗，
月儿逃出在白天，
只剩着今日的形骸，
失却了当年的风光。

我在天涯行走，
太阳是我的朋友，
月儿我交给他了，
带她向夜归去。

夜是阴冷黑暗，
他嫉妒那太阳，
太阳丢开他走了，
从此再未相见。

我在天涯行走，
月儿又向我点首，
我是白日的儿子，
月儿呵，请你住口。

高长虹的这首诗发表以后，文坛上许多明眼人一目了然，大家在私下里议论纷纷。只有鲁迅本人还蒙在鼓里，他没有在意这首诗，更不曾想到这首诗竟会与他有关。很快，韦素园把外面的议论转告了鲁迅：高长虹在诗中以太阳自比，指黑夜为鲁迅，而月亮就是许广平。鲁迅知道高长虹以《给——》为题的诗，写得早了，也写得多，未必真如韦素园君所言。这次，他对韦素园的话，不能不信，但也不敢全信，只是半信半疑。鲁迅说如果是真的，“则太可恶，使我愤怒。我竟一向闷在葫芦中，以为骂我只因为《莽原》的事。”

真是不幸，鲁迅的怀疑很快得到了证实。高长虹在他随后发表的《时代的命运》中明确说：“我对于鲁迅先生曾献过最大的让步，不只是思想上，而且是生活上。”在《我走出了化石的世界，待我吹送些新鲜的温热进来!》一文中则是直接向鲁迅宣战了：“如狂飙社以直报怨，则鲁迅不特身心交病，且将身败名裂矣!”

真相大白之后，鲁迅倒吸了一口冷气。他随即写信告诉许广平：“那流言，从韦素园的信里才知道的。他说，由沉钟社里听来，长虹的拼命攻击我是为了一个女性，《狂飙》上有一首诗，太阳是自比，我是夜，月是她。他还问我，这事可是真的，要知道一点详细。我这才明白长虹原在害‘单相思病’以及川流不息地到这里来的原因，他并不是为《莽原》，却在等月亮。但对我竟毫不表示一些敌对的态度，直待我到了厦门，才从背后骂得我一个莫名其妙，真是卑怯得可以。”鲁迅给许广平写信，恐怕不光是告知情况，可能还有一些试探的意思。

平时再慷慨大度的人，一旦遇上了“情敌”，面临着爱情的堤坝可能垮塌的危险，继续慷慨大度，估计会是一件很难的事情。何况，爱情这种陌生的东西，在鲁迅的身上还属稀有元素。青年时代，鲁迅错过了这种元素，直到中年，老天爷才把这种元素还给了鲁迅，鲁迅自然无比珍视。对于高长虹，鲁迅一改青年导师的形象，也顾不上绅士不绅士了，拿起了他惯于“痛打落水狗”的有力武器，朝着高长虹打了下去。鲁迅写了小说《奔月》和一些杂文，对高长虹进行含沙射影的嘲讽和批驳。在一篇题为《新时代的放债法》的杂文中，鲁迅说：“你如有一个爱人，也是他赏赐你的。为什么呢？因为他是天才而且是革命家，许多女性都渴仰到五体投地。他只要说一声‘来！’便都飞奔过去了，你的当然也在内。但他不说‘来！’所以你得有现在的爱人。那自然也是他赏赐你的。”针对高长虹所说的“最大的让步”和“月儿我交给他了，我交给夜去消受”，鲁迅做出了冷嘲热讽的回击。在这篇杂文中，字里行间，无不流露出鲁迅的自信。这种自信，几近霸道，似乎有些过分了。而过分的言语，通常都会令人反感，无论语出何人。对此，鲁迅却全然不顾，足见鲁迅当时对于这件事是多么在乎了。

鲁迅的一生中，曾经有过许许多多的著名骂战，绝大多数都是为政治而骂，为正义而战。譬如“丧家的、资本家的乏走狗”，这类名骂，国人皆知，曾经影响了后来几代人。唯有与高长虹的这场骂战，与政治无关，甚至也不关正义，纯粹是为爱情而战。虽然鲁迅在骂战中说得轻松，堂而皇之说渴仰他的女性招之即来，但对于身边的“月儿”，鲁迅还是如获至宝，无比看重，攒得很紧。他绝不会轻易放手，更不可能拱手相让。

其实，面对高长虹有关“月儿”的言辞，鲁迅大可不必光火。高长虹的想法太天真，月儿终归是月儿，只能属于夜晚，不可能与太阳走到一起。鲁迅完全可以做得绅士一些，斯文一点，让自己更加体面。亦如后来，梁思成遇见金岳霖时那个样子。梁思成欲擒故纵，他把二者必居其一的选择权交给了林徽因，让林徽因自主选择，并鼓励林徽因舍梁取金。如此大度之举，非但没有失去林徽因，反而让林徽因感激涕零，从此死心塌地。

果真如梁思成那般做了，鲁迅还是鲁迅吗？

2017 年 1 月 24 日写于合肥

烟不离手的鲁迅

印象中的鲁迅，总是烟不离手。他的右手生来用于握笔，左手呢，似乎便是天生用于持烟了。不握笔的时候，右手也可能用于持烟。左手或者右手，食指和中指之间的那条缝隙里，总有一根纸烟，夹持于其中。烟的一端，火光明灭，白烟轻绕。

不过，这样的印象，也只是来自纸上，它更多地因铺天盖地的怀念鲁迅的文字而起，也有少许源于珍贵的图画和相片。关于鲁迅先生的尊容，予生也晚，无缘亲见。

诗人嗜酒，文人好烟，似乎天经地义。诗仙李白斗酒诗百篇的佳话，让后代诗人们为去跟酒缠绵找到了一条充足的理由。民国时期大文豪鲁迅酷爱抽烟，似乎向世人昭示，吸烟真能催生灵感。两指夹烟，香雾缭绕之时，人最能够文思泉涌了。鲁迅嗜烟，民国以后，几乎无人不知。有关鲁迅吸烟的情况，乃至某些具体细节，当时的人印象深刻，民国时期甚至后来的作家们保存了大量的关于鲁迅吸烟的文字。这些文字让后来人产生一种感觉，鲁迅必须吸烟，否则，他就不是那个大文豪鲁迅了。

写鲁迅吸烟，在所见的文字中，写得最多的要算郁达夫和萧红。其他人差不多只是一笔带过，他俩却是大篇幅地进行描述。这也正常，郁达夫和萧红曾经颇受鲁迅青睐，和鲁迅走得很近。从《鲁迅日记》上可以看出，郁达夫和后来的萧红到鲁迅家去得最多，他俩几乎可以随时到访，自由进出鲁迅的家门，因而有机会深度接近鲁迅的生活，对鲁迅的生活习性有了更多的了解。

郁达夫在他的《回忆鲁迅》中，有大段的关于鲁迅吸烟的文字。“鲁迅的烟瘾，一向是很大的；在北京的时候，他吸的，总是哈德门牌的拾支装包……他对于烟酒等刺激品，一向是不十分讲究的。”郁达夫对鲁迅吸烟的印象特别深，十分肯定地说鲁迅的烟瘾大，他还知道鲁迅哪段时间里爱吸什么牌子的香烟。

萧红关于鲁迅吸烟，写得就更多、更加详细了。在《回忆鲁迅先生》一文中，萧红多次写到了鲁迅吸烟的细节。鲁迅在家里工作或者休息，乃至接待客人时，必不可少的一件事情便是吸烟。夜深了，“在工作之前，他稍微阖一阖眼，燃起一支烟来，躺在床边上，这一支烟还没有吸完……全楼都寂静下去，窗外也是一点声音没有了，鲁迅先生站起来，坐到书桌边，在那绿色的台灯下开始写文章了。”开始工作前，鲁迅习惯于先吸一根烟，提足精神。好像不吸烟便无法专心工作似的。鲁迅的家里，来客很多。在家里接待客人，鲁迅除了陪客人说一些话，他便在吸烟了。若客人亦吸烟，他就同客人一起吸烟，你一支，我一支，一起吸。若客人不吸烟，鲁迅也会自顾自地吸着烟。萧红说，“鲁迅先生陪客人……从下午两三点钟起，陪到夜里十二点，这么长的时间，鲁迅先生都是坐在藤躺椅上，不断地吸着烟。”差不多十个小时的陪客时间，鲁迅都在不停地吸烟，可想而知，鲁迅每天该吸掉多少香烟啊！日积月累，便是海量。

真爱吸烟的人，大概都有这么一个共同的习惯，烟不离身。一逮到空档，就会吸起烟来。鲁迅真的就是这样。有一回，是在夜里，萧红同鲁迅及周建人两家人一起去看电影。“鲁迅先生旁边走着海婴，过了苏州河的大桥去等电车去了。等了二三十分钟电车还没有来，鲁迅先生依着沿苏州河的铁栏杆坐在桥边的石围上了，并且拿出香烟来，装上烟嘴，悠然地吸着烟。”等车的那个空隙，鲁迅自然不会放过。坐下来，轻轻松松吸上一根香烟，让鲁迅感到十分惬意。甚至，在饭馆里吃饭过程中，鲁迅也少不了吸烟。萧红记得，有一次，鲁迅在一家饭馆里请客，吃饭途中，“菜刚上满了，鲁迅先生就到竹躺椅上吸一支烟，并且阖一阖眼睛。一吃完了饭……大家都乱闹了起来……而鲁迅先生这时候，坐在躺椅上，阖着眼睛，很庄严地沉默着，让拿在手上纸烟的烟丝，袅袅地上升着。”菜方上齐，饭还未吃完，甚至也不顾及礼数了，鲁迅便放下了饭碗，急吼吼地到一边去吸烟。

对香烟深度依赖的鲁迅，几乎到了嗜烟如命的地步。只是到了生命的最后时期，才不得不节烟，甚至戒烟。民国二十五年春天，鲁迅病重，卧床不起。那时，萧红发现，从前的鲁迅，“差不多一刻也不停地吸烟，而今几乎完全放弃了，纸烟听子不放在床边，而仍很远地蹲在书桌上，若想吸一支，是请许先生付给的。”从萧红的文字里可以看出，鲁迅后来放弃吸烟实在属于无奈。他的内心里一直还惦记着吸烟，但他不可能随意吸烟了，只有经过许广平同意他才有可能吸上一根烟。

在萧红的回忆文章里，关于鲁迅吸烟的诸多文字，正好旁证了郁达夫的说法：鲁迅的烟瘾很大。

除了郁达夫和萧红，还有许多人在回忆鲁迅的文章里，都留下了有关鲁迅吸烟的文字。

民国时期的青年作家，曾经任教于广州中山大学的浙江天台人许杰，和鲁迅有过一面之缘。在《回忆我和鲁迅的一次见面》文章里，许杰说：“他的一只左手，横过胸前，托在右臂的肋下，那只右手，却用两个指头夹着香烟，不时地往嘴巴上送，又不时地取下来。”许杰描写鲁迅吸烟的动作神态，写得十分鲜活，极其传神。读这样的文字，仿佛当年那个嗜烟如命的鲁迅近在眼前。

梁实秋于民国二十一年的某天，因上门邀请周作人到清华大学去作演讲，在北京八道湾周家的大宅院里，误闯了鲁迅的书房，意外地与鲁迅有过一面之交。后来，梁实秋在《鲁迅与我》的文章里回忆说，那天，他和看门的说要见周先生，“等不大功夫，一位高颧骨黑黑的矮矮的人捏着一根纸烟走了进来……我道明来意之后，他愕然地问：‘你是要会我的老弟吧?’我才知道认错了人。从他老弟口里，我才知道这人便是鲁迅先生。”梁实秋与鲁迅的会面，仅此一次，还是误会。多少年后，梁实秋也没有淡忘对鲁迅的印象。一提到鲁迅，梁实秋总是首先想起了鲁迅的指缝里“捏着一根纸烟”。

茅盾在他的《鲁迅论》里，引用了许多人有关鲁迅印象的文字，其中不乏写鲁迅吸烟文字。文中有马珏《初次见鲁迅先生》中的一段话：“一个瘦瘦的人，脸也不漂亮，不是分头，也不是平头。穿了一件灰青长衫，一双破皮鞋，又老又古板……他手里老拿着烟卷，好像脑筋里时时刻刻在那儿想什么似的。”马珏是当时北大教授马幼渔的女儿。与鲁迅初次见面时，马珏才 15 岁。以少女天真的目光，去看待鲁迅手里的烟卷，很自然，马钰把鲁迅吸烟与勤动脑筋思考问题联系在一起了。

巴金对鲁迅吸烟也有很深的印象，留下了有关鲁迅吸烟极为传神的文字。巴金说：“我不是鲁迅先生的朋友，我只是他的读者和学生……只有在他最后的三四年中间我才有机会跟他见面……”与鲁迅不多的几次见面，巴金的记忆中还是长久地保存了鲁迅吸烟之神韵。巴金在 1956 年 9 月写的题为《秋夜》回忆鲁迅的文章里写道：“仍旧是矮小的身材，黑色的长袍，浓浓的眉毛，厚厚的上唇须，深透的眼光和慈祥的微笑，右手两根手指夹着一支香烟。他深深地吸一口烟，向空中喷着烟雾。”把烟深吸进去，随后，又轻轻地喷吐出来，那情形该是一种有滋有味的享受。其中的滋味，恐怕只有爱吸烟而且会吸烟的人深有体会了。或许，真的如后来的烟民所言，快活似神仙呢！

爱好吸烟的鲁迅，视香烟为食粮，准备充分，身边从来不会断烟。通常备有两种香烟，一种昂贵，一种廉价。昂贵的香烟是用来招待客人的，廉价的香烟才是供自己吸食的。从这个细节上足以看出，鲁迅是个热忱待客的人，且很爱面子，他不委屈客人，也不让自己在客人面前丢面子。至于是否委屈了自己，他从来不计较。鲁迅的自奉，一向很低。关于鲁迅备有两种香烟之事，郁达夫和萧红都有很深的印象，留下了详细的文字。

郁达夫说：“当他在人前吸烟的时候，他总探手进他那件灰布棉袍里去摸出一支来吸，他似乎不喜欢将烟包先拿出来，然后再从烟包里抽出一支，而再将烟包塞回袋里去。他这脾气，一直到了上海，仍没有改过，不晓是为了怕麻烦的原因呢？抑或为了怕人家看见他所吸的烟，是什么牌。”鲁迅为什么习惯于伸手到口袋里面掏香烟，而不愿意将烟包拿出来公开掏香烟？郁达夫只是做出了不同的揣测，没有直接言明原因。其实，原因并不复杂。极有可能鲁迅身上备的就是孬好两种香烟，孬的自食，好的敬人。

对此，萧红却说得明确直白：“鲁迅先生备有两种纸烟，一种价钱贵的，一种便宜的，便宜的是绿听子，我不认识那是什么牌子，只记得烟头上带着黄纸的嘴，每五十支的价钱大概是四角到五角，是鲁迅先生自己平日用的。另一种是白听子的，是前门烟，用来招待客人的，白烟听放在鲁迅先生书桌的抽屉里。来客人鲁迅先生先下楼，把它带到楼下去，客人走了，又带回楼上照样放在抽屉里。而绿听子的永远放在书桌上，是鲁迅先生随时吸着的。”孬好两种香烟，平时都放在哪儿，鲁迅是如何用的，萧红到鲁迅家里去得多了，她看得清楚，记得准确。

鲁迅好烟，是天下人共知的秘密。许多人都知道，鲁迅几乎到了烟不离手的地步。但是，鲁迅还不是完全不能自控。有些时候，有些场合，鲁迅做到了坚决不吸烟。

民国十八年五月的一天，鲁迅从上海到了北平，去西山医院探望因病住院的韦素园。双方是师生，又是老朋友，会面之后，相谈甚欢。谈了很久，韦素园忽然想起了该让鲁迅吸一根烟。韦素园知道鲁迅不能长时间不吸烟，便请鲁迅吸烟。鲁迅推让了好几次，总是摇头说："不吸了。"其实，他的心里很想吸烟，只是为了照顾病中的韦素园，他才刻意不吸。韦素园再三申明别人吸烟对他无碍，鲁迅这才走出病房，一个人走得远远的，站在走廊的尽头吸了一支烟。

还有一次，是在民国二十年的八月，鲁迅在上海举办了一次暑期木刻讲习会。他拿出了自己珍藏的德国女版画家珂勒惠支的作品进行展览，且亲自到展览现场对展品进行赏析讲解。参展的学员里，不少人同时注意到了一个奇怪的现象，在漫长的观摩讲解过程中，鲁迅竟然没吸一口烟。平时，鲁迅吸烟，总是一根紧接着一根，上一根刚刚吸完，下一根立即跟上。那天，在展览现场，鲁迅担心吸烟所产生的烟雾会熏坏了现场的美术作品，只好十分艰难地熬住了，坚持没在展览现场吸烟。

依照现在的眼光看，鲁迅当年因患肺病，过早地离开了人世，除了家族遗传及个人性格的因素外，可能还有生活习惯的因素起了较大作用。比如，鲁迅经常熬夜，甚至通宵达旦地工作。还有，鲁迅嗜好吸烟。人所共知，吸烟伤肺，熬夜伤身。其实，在家族遗传方面，并不一定就会导致鲁迅不能长寿。虽然鲁迅的父亲短寿，他患有肺病，只活了 35 岁，鲁迅母亲却活到了 80 多岁。另外，鲁迅的两个弟弟，周作人和周建人，一个活了 80 多岁，一个活了 90 多岁。倘若鲁迅摒弃了某些不利健康的生活习惯，再加上心态平和一些，少一些固执和偏激，说不定，天假以年，鲁迅会活得长久一些，他就有机会写出更多的优秀作品。鲁迅早逝，的确是中国现代文学史上的一大损失。

对于鲁迅吸烟，鲁迅的朋友、日本籍医生须藤五百三表现得很是无奈。他说，在民国二十五年三月的时候，鲁迅的体重只有 37 公斤。所以，他常常对鲁迅说一些应该注意的事项，特别指出了吸烟的危害。鲁迅却并不当回事，说香烟和自己无论如何是离不了的。到后来，鲁迅终于减少了吸烟，每天只吸 15 支。但已经无济于事了，还是没能挽留、延续鲁迅的生命。须藤后来慨叹说，要是早知道鲁迅去世得那么快，真不该在鲁迅生命的晚期，勉强限制他所喜爱的香烟了。话虽这么说，须藤不一定真的能够做得到。作为医者，谁都不可能放任他的病人肆意吸烟。

之前，须藤医生曾经写过一篇《眺望着紫烟》的文章，发表在上海的报纸上，内容涉及鲁迅的病情与吸烟情况。虽文中没有详细分析肺结核病与吸烟的因果关系，明眼人一看，还是立刻就会明白，吸烟有害健康。

鲁迅去世后，须藤写了《医者所见之鲁迅先生》一文，发表于《上海日报》。其一，他是在怀念鲁迅；其二，也是对鲁迅的死给世人一个交代。当时，有许多人对鲁迅的离世感到不解，认为死因不明。作为鲁迅的主治医生，须藤的压力曾经很大。在这篇文章中，言及病中的鲁迅仍在吸烟，须藤的心里多少还有些愧疚。

在鲁迅生命的最后几年里，由于经常给海婴看病的关系，须藤与鲁迅的交往越来越密切。鲁迅信任须藤，让他给自己治病。作为鲁迅的朋友，尤其是一名医者，须藤有些自责，没能及早地阻止住鲁迅吸烟。否则，鲁迅或许不至于早早离世。

鲁迅死后，在很长的一段时间里，须藤的心中很是不安。为鲁迅吸烟。

2017 年 2 月 2 日写于合肥

鲁迅也是段子手

向以严肃庄重示人的鲁迅，亦有幽默诙谐的一面。今人或有不知，鲁迅可是段子高手。某些轻松愉快的场合，他爱讲段子。文章里，也三不知地冒出个令人捧腹的段子来。

余生也晚，无缘亲听鲁迅讲段子，有缘读到了前人写鲁迅说段子的文字。至少读过两次，一次是郁达夫的，一次是唐弢的。

郁达夫在《回忆鲁迅》里记下了一件趣事。那次，在鲁迅家里，郁达夫同鲁迅以及《月夜》的作者川岛（原名章廷谦，生于1901年，鲁迅同乡）一起闲聊，聊到目连戏。鲁迅兴致高涨，讲了目连戏中一个故事：一个借鞋袜去赴宴会的人，到了人来向他索还，只剩一件大衫在身上时，这老兄就装作肚子痛，两手按着腹部，口叫着肚子痛死我了。将身子蹲了下去，于是长衫就盖到了脚部，遮掩了他想遮掩的那点东西。鲁迅不只说说，还照样子做给人看，惹得在场人乐不可支。读郁达夫这段回忆文字，莞尔一笑。笑那个借鞋袜赴宴的人真是死要面子活受罪，也笑鲁迅太会说段子。笑后深思，人为啥死要面子活受罪呢？个中道理，自然鲁迅最明白。

唐弢在《记郁达夫》一文中，写到鲁迅曾经讲过的一个故事：“某地有位高僧，洁身苦行，德高望重，远近几百里的人都仰慕和敬佩他。临死时，因为他一生未近女色，抱憾没有见过女体，辗转反侧，不能死去，徒弟们见他折腾得苦，决定出钱雇个妓女，让他见识见识。等到妓女脱衣，高僧看了，恍然大悟道：‘喔，原来是和尼姑的一样的呵！’说完就断了气。”唐弢在文中感慨道：“我们都佩服这个故事含义的深刻。”是啊，世上有多少如此“洁身苦行”“德高望重”的“高僧”！又有多少如此好心的“僧徒”！鲁迅自然清楚，他才当作笑话来说。

鲁迅笔下也有段子，印象最深有两处。

一处是鲁迅写于1924年10月3日，发表于1924年12月8日《语丝》周刊白话诗《我的失恋》：“我的所爱在山腰；想去寻她山太高，低头无法泪沾袍。/爱人赠我百蝶巾；回她什么：猫头鹰。/从此翻脸不理我，不知何故兮使我心惊。/我的所爱在闹市；想去寻她人拥挤，仰头无法泪沾耳。/爱人赠我双燕图；回她什么：冰糖葫芦。/从此翻脸不理我，不知何故兮使我糊涂。/我的所爱在河滨；想去寻她河水深，歪头无法泪沾襟。/爱人赠我金表索；回她什么：发汗药。/从此翻脸不理我，不知何故兮使我神经衰弱。/我的所爱在豪宅；想去寻她兮没有汽车，摇头无法泪如麻。/爱人赠我玫瑰花；回她什么：赤练蛇。/从此翻脸不理我，不知何故兮——由她去罢。”这首诗后来收集在《野草》里。鲁迅在《〈野草〉英文译本序》中说：“因为讽刺当时盛行的失恋诗，作《我的失恋》。”在《三闲集·我和〈语丝〉的始终》中鲁迅再次谈到这首诗：“不过是三段打油诗，题作《我的失恋》，是看见当时‘阿呀阿唷，我要死了’之类的失恋诗盛行，故意做一首用‘由她去罢’收场的东西，开开玩笑的”。

明眼人一看就知道，这玩笑是鲁迅开给新月派诗人徐志摩的。徐志摩跟陆小曼恋爱时，曾说过“眉，我们去死吧，眉，你知道我怎样的爱你，呵眉”之类如梦如幻的痴语。鲁迅曾于《集外集·序言》中以胜利者的口吻说：“我其实不喜欢做新诗的……我更不喜欢徐志摩那样的诗，而他偏爱到处投稿，《语丝》一出版，他也就来了，有人赞成他，登了出来，我就做了一篇杂感，和他开一通玩笑，使他不能来，他也果然不来了……”鲁迅作给徐志摩的是文雅段子，不折不扣的素段。

另一处是1933年5月7日，鲁迅在《申报·自由谈》上发表了《新药》，文中引用了清代小说家褚人获《坚瓠丙集·药渣》典故：旧书里有过这么一个寓言，某朝某帝的时候，宫女们多数生了病，总是医不好。最后来了一个名医，开出了一副神方。皇帝看了纳闷，但没有法，只得照他办。若干天之后，皇帝去察看时，宫女们果然个个神采焕发了，却见到了许多瘦得不成人样的陌生人，拜伏在地上，向皇帝行礼。皇帝吃了一惊，问这是什么呢？宫女们就嗫嚅地答道：是药渣。

鲁迅引用“药渣”，旨在讥讽九·一八事变后突然无声无息的某政客。今天读来，“药渣”岂止某政客。每个人来到这个世界时，他都是一副管用的“新药”，离开这个世界时，他就变成了一堆没用的“药渣”。生活是一只巨大的药罐子，文火慢熬，熬干了每一味药的汁水。

读过鲁迅的几个段子，忽然明白，鲁迅目的并不在于说段子，他是以轻松的语言来承载某些过于沉重的道理。

2017 年 4 月 8 日写于合肥

一心想飞的徐志摩

回望民国时期的文坛，徐志摩是绕不过去的一个人物。他的诗歌和散文，在现代文学史上是一道别样的风景。

这位才情卓越的新月派代表诗人，天生一副浪漫的翅膀。他的短暂的一生，就是一次耀眼的飞翔，在民国文学的天空上，留下了一道深刻而明亮的印记。

徐志摩于 1897 年 1 月 15 日出生在浙江海宁硖石镇。其父徐申如是清末民初实业家，曾与人合股创办硖石第一钱庄——裕通钱庄，成为当地远近闻名的首富。徐志摩自幼聪颖，而且生性好动。父亲知道他不是读书做官的料，给他做出的人生规划是让他接班做实业，让徐家的基业在志摩的手上发扬光大。

于是，在 1918 年，徐志摩被送到了美国学习银行学。在美国待了两年，徐志摩面对资产阶级掠夺的疯狂性、贪婪性以及整个美国社会的物质利欲性，感到了极度的厌倦。同时，受英国哲学家罗素的吸引，徐志摩摆脱了美国博士头衔的诱惑，买舟横渡大西洋，来到了英国。在英国，由林徽因父亲林长民引荐，徐志摩认识了英国作家狄更生。后在狄更生的帮助下，徐志摩以特别生资格进入了康桥大学（今剑桥大学）。在康桥，徐志摩如鱼得水，顿感海阔天空，换了人间。他如痴如醉，开始了新诗创作。徐志摩后来回忆说，正是康河的水，开启了他诗人的心灵，唤醒了久蛰于他心中的诗人的天命。

海外归来，徐志摩自然无意成为一名银行家，他的使命是诗人。作为诗人的徐志摩，飞翔始终是他的梦想，是他的最爱。他那颗浪漫的心总在天上，从来不会着落实地。正是那种飞翔的浪漫，成就了徐志摩在民国文坛的诗人身份和地位。同时，也因为那种飞翔的浪漫，才导致了他人生经历的曲折和坎坷，以至，他最后意外身亡，英年早逝。徐志摩那种飞翔的浪漫，不单单是一种性格了，它已经成为一种信仰，一种人生观，也是他的宿命。

徐志摩在他的《猛虎集自序》里说过这样一句话："一个曾经有单纯信仰的流入怀疑的颓废。"对此，胡适说过："这句话是他最好的自述。他的人生观真是一种'单纯信仰'，这里面只有三个元素：一个是爱，一个是自由，一个是美。他一生的历史只是他追求这个单纯信仰的实现的历史"。在徐志摩死后，他的偶像林徽因也说："他真对运命这样完全诗意的信仰!"因为爱，自由和美，徐志摩的信仰，始终离不开飞翔的浪漫。

正是出于那种飞翔的浪漫，徐志摩立誓要成为民国历史上第一个离婚者。他不管不顾，真的与发妻张幼仪离了婚，结束了那桩自认为没有爱情的婚姻。离婚的目的很明确，他要去追求他心目中的女神林徽因。可是，等他真的离过婚，来到林徽因面前的时候，林徽因已经名花有主，嫁作人妇了。民国的世界似乎很小。当时站在徐志摩的面前，与林徽因牵手的那个人，不是别人，是梁思成，梁任公的儿子。梁任公何许人也？徐志摩最尊敬的恩师也，梁启超先生！这一次，徐志摩浪漫的额头在现实无情的坚壁上碰出了一个大如拳头的血包。无奈之下，徐志摩知难而退了。如此一来，大家依旧是好朋友，见面如前。

当时，那个年轻的徐志摩，可谓才貌双全，走到哪里都能受到佳人的青睐。真的是人见人爱，花见花开了。一个偶然的机会，徐志摩这位民国的才子，遇见了另外一位民国的才女。她叫陆小曼，出身于江南名门，夫婿王赓是美国西点军校毕业生，时任哈尔滨警察局局长。王赓因忙于公务，与妻子陆小曼离多聚少，感情上渐渐疏远。一次，徐志摩与陆小曼共同出演了《春香闹学》。从戏台上下来，他俩越走越近，终于热恋了。在胡适的帮助之下，陆小曼离开了王赓，跟徐志摩走到了一起。

徐志摩和陆小曼的婚礼是在1926年10月3日，农历七月七日，于北京北海公园举行。这是民国年间最著名的一场婚礼。它之所以著名，不是它的场面有多奢华，而是有人在婚礼上"砸场子"。且"砸场子"的人还不是别人，是新郎徐志摩的恩师梁任公。那天，婚礼的主婚人是胡适，证婚人是梁任公。在婚礼上，梁任公豁然起立，义正词严地发表了有史以来"最坦诚""最直率""最另类"的证婚词：

“我来是为了讲几句不中听的话，好让社会上知道这样的恶例不足取法，更不值得鼓励——

徐志摩，你这个人性情浮躁，以至于学无所成，做学问不成，做人更是失败，你离婚再娶就是用情不专的证明！

陆小曼，你和徐志摩都是过来人，我希望从今以后你能恪守妇道，检讨自己的个性和行为，离婚再婚都是你们性格的过失所造成的，希望你们不要一错再错自误误人。

不要以自私自利作为行事的准则，不要以荒唐和享乐作为人生追求的目的，不要再把婚姻当作是儿戏，以为高兴可以结婚，不高兴可以离婚，让父母汗颜，让朋友不齿，让社会看笑话！

总之，我希望这是你们两个人这一辈子最后一次结婚！这就是我对你们的祝贺！——我说完了！”

天啊，这哪里是证婚词！这分明是对新郎新娘的一场公开讨伐！这不就是传说中的“砸场子”嘛！不过，事出也有因。原来，徐志摩和陆小曼的这桩婚姻，双方父母反对，他们身边的朋友们也多不看好。作为徐志摩的老师，梁任公对徐志摩的“婚变”更是持了坚决的反对态度。梁任公曾经专门写信劝告徐志摩：“万不容以他人之苦痛，易自己之快乐。”“恋爱神圣为今之少年所乐道……兹事盖可遇不可求。”“呜呼志摩！天下岂有圆满之宇宙？”热恋中的徐志摩已经听不见任何人的劝说，包括他的恩师梁任公。徐志摩给梁任公回信说：“我将于茫茫人海中访我唯一灵魂之伴侣；得之，我幸；不得，我命，如此而已。”学生如此理直气壮、振振有词地回绝了恩师的关心和爱护，师者自然很失望，心中大不快。梁任公后来在徐志摩与陆小曼婚礼上的证婚词，极有可能就是由此引发。

关于梁任公给徐志摩和陆小曼的证婚词，史上一直存有分歧。有说，任公先生性情耿直，铁面无私。亦有说，任公先生如此“砸场”有泄私愤之嫌疑，对新人不吉利。姑且不论证婚词的是是非非，单看这一对新人后来的下场，倒是完完全全地印证了这样一句古语：“晚辈不听长辈言，受苦的日子在眼前”。

毫无疑问，徐志摩同陆小曼的婚姻是不幸的。最初，徐志摩不会意识到。这个满怀飞翔的浪漫的诗人，新婚的日子必定是浮在云层之上。但是，快乐的时光向来很短暂，浮在云层上的人最终还要落到实地。蜜月过去之后，各种烦心事接踵而至，徐志摩遇到的最大的不快，是钱不够花了。这一对小夫妻，都曾经是大户人家的公子、小姐，从前在花钱的问题上从来就不用操心。只是他们这桩婚姻，没有得到双方父母的支持，婚后他们无法开口向父母要钱，生计不再依靠父母，只得靠自己了。那时，徐志摩的收入已经很高了。一个普通文员的月薪才五块钱，徐志摩的月收入却高达一千多块钱。即便这样，他们的日子过得，还是捉襟见肘，入不敷出。况且，陆小曼始终离不开怀抱里那杆长长的烟枪，有多少钱财都可以在那忽明忽暗的火光中化为灰烬。

为了增加收入，徐志摩在加快写稿卖文的同时，还不得不离开上海，到南京、上北京去做兼职教授。徐志摩生命中最后一段时间，一直奔波在上海与南京、北京的往返途中。直到1931年11月19日，徐志摩搭乘的飞机因遇大雾，在济南南部郊外误撞山头，机毁人亡。

徐志摩的死，似乎命中早有定数。这个定数，也还是源于他飞翔的浪漫，是那种简单的信仰，诗意的信仰。徐志摩一直是一个想飞的人，他曾经写过一篇散文《想飞》。文中写道：“人们原来都是会飞的。天使们有翅膀，会飞，我们初来时也有翅膀，会飞。”“是人没有不想飞的，老是在这地面上爬着够多厌烦。”“飞出这圈子，飞出这圈子！到云端里去，到云端里去！”

飞翔，是徐志摩的梦想。飞翔，后来竟然真的成为徐志摩的生活方式了。因为需要经常往返上海、南京和北京之间，徐志摩通过朋友关系，在航空公司谋取了一张长期的免费机票，这就使得徐志摩乘坐飞机非常便利了。

徐志摩实在喜欢坐飞机的感觉。他曾经对梁实秋说：“喂，你一定要试试看，哎呀，太有趣，御风而行，平稳之至，在飞机里可以写稿子。自平至沪，比朝发夕至还要快，北平吃早点，到上海吃午饭。”正是这种喜欢，让徐志摩致命。喜欢，本身就是一种风险啊。常在河边走，难免会有湿鞋的时候。

对此，徐志摩自己好像也有预知。在最后一趟乘坐飞机之前，离开北平的前夜，徐志摩曾经去林徽因、梁思成家串门。适逢林、梁夫妻二人外出，不遇。徐志摩给林徽因留了一张纸条曰：“定明早六时飞行，此去存亡不卜……”11月19日徐志摩搭乘飞机赶回北平，是为了参加当晚林徽因在协和小礼堂为外国使节举办的中国建筑艺术演讲会。徐志摩约好了林徽因派车下午三点钟到北平南苑机场接站。林徽因派去了车子，在南苑机场一直等到四点半，机场方面是说飞机没有到。那一趟飞机，就一直没能到达北平南苑机场，在济南南部郊外撞山后起火烧毁。

徐志摩，这个一直爱飞的浪漫诗人，在他乘坐的飞机撞山焚毁之后，他从火焰里腾空而起，张开天使一般的翅膀上天了，到云端里去了，去圆了他的飞翔之梦。

2016 年 9 月 25 日写于合肥

大慈山上访大师

杭州西湖美景十分诱人。苏堤春晓、曲苑风荷、平湖秋月、断桥残雪、柳浪闻莺、花港观鱼、雷峰夕照、双峰插云、南屏晚钟、三潭印月，如此西湖十景，无论哪个季节哪个时分到杭州，总有一景让人赏心悦目，流连忘返。许多人去杭州，都是奔着西湖美景而去。

去年秋天去了一趟杭州，却不是因为西湖美景，甚至忘了杭州还有西湖十景，直奔位于西湖东南岸边的大慈山。

城市中的湖泊，各地并不少见。城中有湖还有山，便不多见了。如杭州西湖边上大慈山这般湖山一体，则更加少见，这是第一次见到。才到山的跟前，还未进入山门，就感觉自己已经醉了。先是醉于视觉，眼睛被这杭州城里西湖之滨海浪一般深厚的森林之绿，给陶醉了。接着，很快醉于嗅觉。来到山脚下，一股清爽沁凉的气息扑面而来，让人鼻翼翕张，呼吸贪婪。山上的空气纯净若无，有种说不出的微甜和微香的味道，顺着人的七窍进入体内，把五脏六腑浸透洗净，让人感到从未有过的轻捷和空灵。最后，才是醉心，在喧嚣的红尘市井之中，隐含了如此静谧的人间仙境，简直让人怀疑眼前的情景非梦即幻。

不过，这个陶醉于大慈山优美风光的人，虽醉犹醒，并没有忘却此行来大慈山的目的是什么。他知道，他不是冲着大慈山的秀美风光而来，他来这里，是要去山中寻访一位高人。这个人曾经住在大慈山中一座名叫虎跑的寺庙里，他就是民国时期大德高僧弘一大师。在进山之前，他是浙江省立第一师范学校的艺术教师，一位深受学生欢迎的美术和音乐课老师。那个时候，他的名字还叫李叔同。

如今在杭州，或者别处，许多景点都是免费的。有点奇怪，大慈山上的虎跑公园却不免费，进门须买票。或许，花钱买票是对景点的一种尊重吧，杭州不差这点门票钱。凭票进门，也没有让人犹疑和止步。买了票，进了门，没觉着后悔，反觉着值当。一条石阶小道直通山上，路的右边有一条溪流，溪水清亮见底。水是山上的泉水，泉名虎跑。相传，唐代元和年间僧人性空大师曾经到此住持，因山上无水，生活很不方便，性空大师心生去意，却又不舍此地秀美风景。在性空大师眼里，此处除了无水，其他什么都好，天下难觅。一日夜里，性空大师梦见一位白须老者告诉他，别走，明日有虎将南岳的童子泉移至此地。次日一早，果见有虎，在寺庙屋檐底下刨地掘穴，穴成泉涌。因此，性空大师人留而寺存。遂将此泉命名为虎跑（刨）泉，寺庙因泉而在，故改名虎跑寺。

走在进山的路上，路边风景让人忘记了身在闹市之中，以为到了乡间野外某个崇山峻岭，行走在深山老林里。路两边古木森然，树粗满抱，笔直的树干，耸入云天。极目所见，林中大树，多属同一个品种，树冠似塔尖，叶如一挂小鞭炮，细小紧密，排列整齐，两边对称。看到这种树，毫不陌生。两年前，去过湖北的恩施大峡谷，在那里，见过许许多多这样的树木，它们有一个极富诗意的名字——红豆杉。这种树，在一些地方被人叫作神仙树。神仙不老，树亦不老。百年高龄的树随便可以见到，千年的树龄也不难遇见。

走进大慈山里，才看到了这些森森古木，还没有看见虎跑寺，对弘一大师就已经敬佩有加了，格外佩服弘一大师的那双慧眼。当年，杭州寺庙众多，许多寺庙规模都很大，香火也旺盛。弘一大师的出家之地，不选别处，唯独选择了虎跑这座规模很小的寺庙，想必是看中了西湖边上的这座大慈山。山虽不高，林却茂盛，环境幽静，最适宜修身养性。

弘一大师是一个极其严肃认真的人，他做事从不马虎草率。在出家为僧这样的大事上，他绝不会凭着一时兴起，草草行事，一定是经过了深思熟虑。选择虎跑寺作为出家之地，肯定是他的不二选择。

对于李叔同在声名鹊起本该激流勇进的时候，毅然削发剃度出家为僧，当初许多人都不能接受这个事实。他的朋友柳亚子，对他的出家十分不解，甚至很不满，批评他在逃避现实，消极遁世，不负责任。柳亚子写过好多首诗，对李叔同进行旁敲侧击，希望能够唤醒李叔同回头上岸。其中一首诗云：“重话樽前李息霜，风流文采亦何尝。精修苦行吾不取，麻醉神经事可伤。”李息霜何人？李叔同也。李叔同有多个别名，除了李息霜，还有李岸、李良。在这首诗里，柳亚子对于李叔同出家的看法，一目了然，毫不含糊。

李叔同的同事夏丏尊初闻他出家，心里甚是内疚，十分不安。觉得李叔同出家，肯定是受了他的影响。因为，有一次为了避开某位不受欢迎的名士来学校演讲，夏丏尊约了李叔同一起走出校园，坐在西湖边上一个茶社里喝茶。当时，有两个年轻和尚的身影从他俩面前飘然而过。夏丏尊看着，心里好生羡慕，他对李叔同说，要是我俩也能出家做和尚该有多好。当时，李叔同没有吱声，好像不曾听见一样。夏丏尊的目光落到了李叔同的脸上，李叔同还是没有做出任何反应。后来，在得知李叔同出家的消息时，夏丏尊首先想到的，就是那天他和李叔同一起在西湖边喝茶的一幕。夏丏尊深深自责，怪自己不该多嘴，心里搁不住话，羡慕和尚便说想做和尚。他认为正是他在西湖边说出的那句话，引发了李叔同出家的念头，促成了李叔同真的出家。

夏丏尊的自责，多少有些道理。李叔同在出家之前，曾经有过一次“断食”体验。“断食”的地点也是在虎跑寺，时间持续了十七天。在夏丏尊看来，李叔同的那次“断食”，完全是因他而起。夏丏尊曾经在一本日本杂志上看到一篇介绍“断食”修行方法的文章，他跟李叔同随便一谈，李叔同却表现出浓厚的兴趣，当即要去了那本杂志，说带回去好好看看。而后，当年冬天放年假的时候，李叔同在一位名叫闻玉的校工陪同之下，到虎跑寺体验了一次“断食”修行。当时，夏丏尊并不知情，学校放假，他回到了家乡上虞。开学返校后，他才知道李叔同真的去“断食”了。看到原本清瘦的李叔同比过去更加瘦弱了，一问才知道他的体重剩下不足80斤。夏丏尊顿时感到十分后怕，责备自己误导了李叔同，害苦了李叔同。

夏丏尊从李叔同“断食”这件事上，看到了自己对李叔同的影响。所以，在得知李叔同出家的时候，夏丏尊感到了特别的内疚，他以为李叔同的出家肯定是受到了那天西湖边喝茶时他说那句话的影响。他后悔那天不该随随便便说出那样一句话，让李叔同走火入魔，断送了他大好的人生前程。

其实，从根本上说，事情还不是这么简单。李叔同的出家，几乎就是命中注定的事情。李叔同在他的《初到世间的慨叹》里回忆说：“听我母亲后来跟我讲，在我降生的时候，有一只喜鹊叼着一根橄榄枝放在了产房的窗上，所有的人都认为这是佛赐祥瑞。而我后来也一直将这根橄榄枝带在身边，并时常对着它祈祷。”李叔同认为，他的生命一诞生，就跟佛教结了缘。而且，他的佛缘早在前世业已修定。

李叔同生在一个十分浓郁的佛教环境里，使得他很早便接近了佛家。在李叔同的出生地天津河东，他家那座四进四出的“进士宅邸”，正好坐落在一座地藏庵的门前。李叔同的父亲又是一位佛教信徒，作为一名居士，他虔诚信佛，为人宽厚，乐善好施，被人称为“李善人”。李叔同很小的时候，就跟着大人一起念佛，懵懵懂懂地接触到了佛教经典，受到了佛法的熏陶。幼年时期，那段浸润在佛教氛围里的生活经历，在他心灵里留下了深深的烙印，为他后来出家埋下了伏笔。

李叔同怀有一颗悲悯之心，始终慈悲为怀。在家里，他对家人仁慈。他曾经是孝子，是慈父，是一个温情脉脉的丈夫。出门在外，他对身边人同样非常仁慈。教书期间，对学生关怀有加，遇见有困难的学生，他总是主动施以援手，帮助人家解决难题。甚至，在他出家的前夕，李叔同还在为他的学生刘质平在海外留学的资费操劳。刘质平是李叔同在浙江省立第一师范所教的学生，李叔同发现刘质平身上存有很好的音乐潜力，在师范学校毕业后，李叔同鼓励他东渡日本去留学。刘质平家境不富裕，无力承担留学资费。刘质平一筹莫展时，李叔同主动地把自己的每月收支情况，给刘质平算了一笔账：“现每月入收薪水百零五元。出款，上海家用四十元（年节另加），天津家用廿五元（年节另加），自己食物十元，自己零用五元，自己应酬费买物添衣费五元。如依是正确计算，严守此数，不再多费，每月可余廿元。”李叔同如此简单匡算之后，果断做出决定，在自己的薪水中每月拿出二十大洋资助刘质平。刘质平留学日本一事，终于梦想成真。

出家之前，李叔同唯一的牵挂是刘质平。他知道，他一辞职，学生刘质平的留学资费便要断供，再无来源。他必须在出家之前，把这件事情安排妥帖。在找了几个他曾经帮助过的人借款无果之后，李叔同打算推迟出家，继续保留他的教职，以拿到他每月的那一份薪水，保证刘质平的留学费用，直至刘质平从日本学成归来。刘质平知道情况后，感动不已，当即中止了在日本留学，提前回到了国内。刘质平懂得老师的心愿，他不忍心因为自己在日本留学，耽误老师出家研究佛法这件大事。李叔同这才了无牵挂地辞去了教职，把自己的著作、藏书及生活用品，分送给了几个学生。在几个学生的护送下，他头也不回地去了虎跑寺，落发为僧。

关于李叔同资助他的学生刘质平留学日本的事，自民国至今，一直传为佳话。这件事，还真不只是传说，在《弘一法师全集》中存有明明白白的文字记载。1918 年 3 月 25 日，李叔同在杭州给远在日本的刘质平写信：

质平仁弟：

书悉。君所需之毕业为止之学费，约日金千余元。顷已设法借华金千元，以供此费。余虽修道念切，然决不忍置君事于度外。此款尚可借到，余再入山；如不能借到，余仍就职至君毕业时止。君以后可以安心求学，勿再过虑。致要致要。即颂，近佳！

演音

三月廿五日

演音就是弘一。弘一是法号，演音是法名。出家是李叔同当时的头等大事，所有准备工作全部就绪，李叔同竟然打算延期。为了一个学生在国外留学的学费，李叔同四处向人求情借款，实在借不到了，竟打算暂不出家，继续供职，以取得薪水，资助学生完成学业。这种仁慈之心，何止师生之情，不啻慈父于幼子的舐犊之情了。

在李叔同的学生里面，对李叔同出家一事理解得最为透彻的，还不是刘质平，应该是李叔同的另外一名得意门生丰子恺。丰子恺曾经在厦门做过一场题为《我与弘一法师》的演讲，在那次演讲中，丰子恺提到人生有“三层楼”，一楼是物质生活，二楼是精神生活，三楼是灵魂生活。丰子恺说，多数人都习惯于住在“一楼”，少数人能够住到“二楼”来，只有极少数人才能住到“三楼”上，如他的老师李叔同先生就已经住到了“三楼”上。当然，正因为已经住到了“三楼”上，李叔同就不再是李叔同了，他摇身一变，成为弘一法师，一位名扬四海的大德高僧。所以，出家为僧，皈依佛门，成为一名佛家子弟，这绝不是李叔同一时心血来潮，恰是他人生的最大理想。

丰子恺不仅仅自己精准地理解了李叔同出家这件事，还多次写文章公开发表，以释世人之疑惑。李叔同出家若干年后，丰子恺在一篇题为《为青年说弘一法师》的纪念文章中说：“李先生的放弃教育与艺术而修佛法，好比出于幽谷，迁于乔木，不是可惜的，正是可庆的。”出幽谷，迁乔木，那可是登高望远，弃暗投明！何有遗憾？唯有可喜可贺！

在大慈山上，沿着那条并不陡峭的登山路，轻松行走。或许，前方不远处就是虎跑寺了。虎跑寺，应该在虎跑泉旁边。见到了从山上流下来的泉水，寺庙也就不远了。只是，此行仅见到了虎跑泉，没有见到虎跑寺。原来，虎跑寺早已不复存在了，从前的寺庙已经变成了李叔同纪念馆，这里只有几名工作人员，不再有僧人住持。曾经的佛殿里，也没有了佛像，只有一尊李叔同的立姿汉白玉雕像矗立在殿堂中央，四面墙上，外加雕像左右两面的屏风上，都是有关早年的李叔同以及后来的弘一法师生平事迹的图文介绍。纪念馆里庄严肃穆，安静至极。在馆厅里，没有遇见其他到访者。走进这样的纪念馆，感觉还是走进了寺庙。在这座寺庙里，没有“四大天王”“八大金刚”“五百罗汉”的佛像，弘一法师是唯一的“大佛”。殿堂中间“供奉”的就是弘一法师的“佛像”，三面墙上、两边屏风上所“供奉”的也是弘一法师不同年代、姿态各异的“佛像”。

走进李叔同纪念馆，目光立即被弘一法师雕像头顶题匾上的四个大字吸引住了：“以戒为师”。开始，并不明白这是什么意思。后来，把这句话视为李叔同的为僧之道，看成李叔同僧侣生活的根本理念，也就不难理解了。情况果真如此。1918 年，李叔同在虎跑寺出家时，曾经立下了誓愿：不受供养，不蓄徒众，不作主持，实践躬行，以专心研究整理律宗、复兴南山律宗为己任。李叔同誓愿不空，他真的做到了。

如今，从“以戒为师”这四个字上可以看出，李叔同当初选择出家并不是通常所说的看破了红尘，找一个清静的地方把自己隐藏起来，躲避世俗。他出家就是为了“师戒”，他是以另外一种形式积极入世。正如李叔同后来在《遁入空门的修行》一文中所说：“为了追求一种更高、更理想的方式，以教化自己和世人！”可见，李叔同出家带着远大的理想、明确的目标任务，绝非常言所说，做一天和尚撞一天钟，那么消极，那么简单。

这一点，在李叔同僧侣生涯的后期，表现得尤为明显。为僧之后，李叔同放弃了许多他所喜爱的文学艺术门类，唯独对书法不离不弃。不过，他的书法不是作为一种艺术形式，跟随他，随时抛头露面，书法只是出于他抄写经文写作文章的需要，作为一种必不可少的书写工具而存在。

后来，面对众多的书法爱好者上门索字，弘一法师想到，与其硬性推辞拒绝，还不如借机弘扬自己的思想情怀。抗日战争爆发后，弘一法师的爱国情怀明显展露。他曾经告诫身边的弟子说：“吾人吃的是中华之粟，饮的是温陵之水，身为佛子，若于此时不能共纾于万一，为释迦如来装点门面，自揣不如一只狗子，狗子尚能为主守门，吾人却一无所用，而犹腼颜受食，能无愧于心乎！”遁世或者入世，读了弘一法师当年这段话，后来人不辨自明了。抗战期间，弘一法师利用自己手中的笔，书写了大量有关“救国”的文字，激发“救国”热情，支持抗日救国。“念佛不忘救国，救国必须念佛”！这是李叔同写得最多、送人最多的一个条幅。作为一个出家人，李叔同早把自己的小“家”完全放下了，而“国”这个大“家”却一直装在他的心里，始终不能释怀。

在李叔同纪念馆里，久久地肃立在弘一大师的“佛像”前，默默地在心里祭拜弘一大师。抬头，与弘一大师的目光相遇，真切地感受到了弘一大师那种仁慈智慧、深刻悠远的目光的温暖。

出了纪念馆大门，在门口廊柱前停下来，默念廊柱上的联对。六根廊柱上写有三副对联，皆出自李叔同之手。外边一联是：“勤能补拙俭以养廉，以情恕人以理律己”；中间一联是：“身在万物中，心在万物上”；内里一联是：“见事贵乎理明，处事贵乎心公”。毫无疑问，这些对联就是弘一法师的心声。读了这样三副对联，对于李叔同的为人理念，便有了一个大体上的认识，无论是俗世的李叔同，还是佛界的弘一法师，他都是一个勤俭的人，一个慈悲的人，一个明理的人，一个公心的人。

在原先的虎跑寺，除了李叔同纪念馆，还有弘一精舍和弘一佛塔。弘一精舍是当年李叔同“断食”的地方，弘一佛塔是弘一法师圆寂以后部分舍利子的存放之处。昔日的虎跑寺，如今完全成了李叔同的纪念场馆。

走出虎跑寺，走出大慈山，边走边思考着一个问题，那就是李叔同与杭州的关系。

李叔同虽生于天津，长于上海，曾经求学于日本，但是，李叔同作为一个俗人的成就主要发挥在杭州，或者说在杭州发挥到了极致。无论是作为书法家、美术家、音乐家、教育家的李叔同，还是作为文学家的李叔同，在杭州的生活，都曾经让李叔同光彩夺目。说到佛界，那就更明显了，没有杭州，便没有弘一法师。李叔同选择在杭州出家，杭州便成了弘一法师的新生之地。在弘一法师出家之后 24 年僧腊里，有一半以上的时间，他都在杭州或者在杭州附近研律弘法。晚年，他才去了闽南，在那里过着“三衣一钵”的苦行僧生活，直到最后在泉州圆寂。圆寂后，他的部分舍利子还是从闽南回到了杭州大慈山上的虎跑寺，由丰子恺、叶圣陶等人出资修塔存放。弘一法师离不开杭州，最终魂归杭州。

杭州，于弘一法师来说，是起点，也是终点。可以说，是杭州成就了弘一法师！没有杭州，便不会有大德高僧弘一，只有俗世精英李叔同。

所以，祭拜弘一法师在天之灵，没去他的出生地天津，没去他的成长地上海，也没有去他的圆寂地泉州。唯独来到了杭州，登上了西湖岸边的大慈山，找到了他的出家之地，昔日的虎跑寺。

2016 年 10 月 6 日杭州归来写于合肥

“二一”老人

“二一”老人者谁？晚年之弘一法师也。

得知弘一法师尚有“二一”老人称号，是去年秋天，在杭州大慈山上虎跑寺里。如今的虎跑寺，不再是僧人住持的寺庙，专作了李叔同纪念馆。

那天，在李叔同生平事迹展厅里，看到了弘一法师晚年自称“二一”老人的介绍。一时没弄清楚“二一”老人称谓意思何在，有何出处。心里存疑，倒也不急。进门前，先购了一套《李叔同全集》，相信所需要的答案，在书里肯定能找到。

回来后，天天早出晚归地忙乎，忘了寻求答案一事。直到近日翻开《李叔同全集》，读弘一法师《南闽十年之梦影》时，才与“二一老人”再次相遇。至此，对于“二一”老人之称谓，心里了然。

弘一法师所言“二一”老人，是自称，更是谦称。原来，“二一”老人之称，确有来处，亦有所指。来处是两句古诗，一句是“一事无成人渐老”，另一句是“一钱不值何消说”。两句诗皆以“一”字开头，且意义相关，意味接近，顺理成章成就了弘一法师“二一”老人称谓。指向十分明确，来南闽十年，弘一法师对自己的作为不满意。他认为，“在这十年之中，在南闽所做的事情，成功的却是很少很少，残缺破碎的居其大半，所以，我常常自己反省，觉得自己的德行，实在十分欠缺。”

其实，弘一法师对自己不满意，只是自谦自律。他再不满意，“一事无成”“一钱不值”，这“二一”还真不能安在他身上。怎么说，他也摊不上这“二一”。

弘一法师身为富家之子，其父是当时天津有名的银行家。当年上海滩上“翩翩浊世佳公子”，一变为“二十文章惊海内”的青年才俊，再变为“激昂之志士”“多才之艺人”“严肃之师者”。最后，摇身一变，成为“戒律精严之头陀”，一代大德高僧。他将人生于“绚烂之极”时，戛然而止，突然“归于平淡”。

世人对弘一法师评价极高。林语堂说过：“李叔同是我们时代里最有才华的几位天才之一，也是最奇特的一个人，最遗世而独立的一个人。”“他曾经属于我们的时代，却终于抛弃了这个时代，跳到红尘之外去了。”民国才女张爱玲有这样的说法：“不要认为我是个高傲的人，我从来不是的，至少，在弘一法师寺院围墙的外面，我是如此的谦卑。”张爱玲孤傲，世人皆知。走到寺院墙外，未见到弘一法师，她便谦卑起来。这情况她不说，还真无人知晓。

弘一法师的人生，实现了从消极沉沦到辉煌灿烂再到静水流深的巨变。如此丰富的人生，与他自称“二一”实在相去甚远，正如长庚与启明，不可同日而语。弘一法师偏作如是说，向来风格使然。他律己甚严，曾自列十点以为镜：虚心、慎独、宽厚、吃亏、寡言、不说人过、不文己过、不覆己过、闻谤不辩、不嗔。清规戒律，如此之多之严，难怪弘一法师自谓“二一”。

“二一”老人自称，传于弘一法师57岁时，他在厦门南普陀寺佛教养正院的一次演讲。那时，他到南闽已十年，这段岁月于他来说如梦如影。演讲中，弘一法师回顾了自己与南闽的渊源。第一次到厦门，纯属偶然。那次原本从海上去暹罗国，路过厦门，上岸入住南普陀寺，“因着诸位法师的挽留，就留滞在厦门，不想到暹罗国去了。”命中注定与南普陀寺有缘，他便随缘。于是，就有了第二次来南闽。这次，还是住在南普陀寺。他发现南普陀寺“人才济济”，很有一种难以形容的盛况。离开以后，他想再来。第三次到了南闽，便不再返浙。在厦门、泉州一带，精研戒律，弘扬佛法，直至终老圆寂。

那次演讲，弘一法师向僧众坦言：“我的性情是很特别的，我只希望我的事情失败，因为事情失败、不完满，这才使我常常发大惭愧，能够晓得自己的德行欠缺，自己的修养不足，那我才可努力用功，努力改过迁善。一个人如果事情做完满了，那么这个人就会心满意足，洋洋得意，反而增长他贡高我慢的念头，生出种种的过失来。”

有此理念，弘一法师怎不时刻自责“一事无成”“一钱不值”！“二一”老人之称，不请自来。

想起虎跑寺里一副对联。赵朴初先生题写，赞美弘一法师：“无尽珍奇供世眼，一轮圆月耀天心。”弘一法师所谓不完满，其实非常圆满。正如天上一轮圆月，令天下人敬仰不已。

2017 年 3 月 7 日夜写于合肥

缘缘堂悟缘

利用国庆小长假的时间，完成了一桩由来已久的心愿，去浙江桐乡拜谒了丰子恺的缘缘堂。去时，携带了一本已经卷角的《缘缘堂随笔》，一路上且行且看着。

这样的行走和阅读，真的别有一番风味。行走的目标，明确到独一无二。阅读的感觉，真实而又亲切，书中所写的物事，年代久远，又几乎近在眼前，仿佛触手可及。

早年记住了丰子恺，是因为《口中剿匪记》，被这位长须飘飘的老先生幽默风趣的语言深深吸引住了。及至遇见《缘缘堂随笔》，尤其读过其中《怀李叔同先生》《我与弘一法师》等篇章，对老先生不得不刮目相看了。

从前，特别钦佩老先生的“三层楼”论。在《我与弘一法师》中，丰子恺说，人的生活可以分作三层：一是物质生活，二是精神生活，三是灵魂生活。物质生活主要说衣食。精神生活就是文学艺术。灵魂生活就是宗教。人生就是这样的一个三层楼。懒得或者无力走楼梯的，就住在第一楼，即把物质生活弄得很好，锦衣玉食。芸芸众生，莫不以此为目标。高兴而且有力走楼梯的，就爬到二楼上去玩玩，或者久居其上。这样的人也很多，诸如所谓的“知识分子”“学者”“艺术家”。还有一种人，“人生欲”很强，脚力很大，对二层楼还不满足，就再走楼梯，爬上三层楼去。这就是宗教徒了，丰子恺指的是他的老师李叔同，也就是后来的弘一法师。

其实，这种有关“三层楼”的说法，不单是丰子恺的人生观，也是他的文学艺术观。丰子恺说过，艺术的最高点与宗教接近。“无声之诗无一字，无形之画无一笔”“文章一小技，于道末为尊”“太上立德，其次立言”。丰子恺尤其信奉此说，在他的文章里，不时会邂逅到这些影子。

初次阅读《缘缘堂随笔》，尚且年轻，情感饱满，一触即发。在思想上与丰子恺的观点产生了猛烈的碰撞，碰出了一簇绚丽的火花。当即心生一念，等有机会了，一定去看看丰子恺的缘缘堂。

只是，等了多年，也没有等到这种机会。后来，才发现，机会可不是能够等出来的。这次去缘缘堂，便是自己给自己创造了一次机会。

古老的京杭大运河，从杭州出发，经过苏州、南京，一路向北，直抵京畿。当运河路过旧时崇德县（即现在的桐乡市）石门镇的时候，似乎突然遇见了某种情况，需要紧急避让，于是一个侧转，在这里拐了一个120度的大弯子，随后，朝着东北方向扬长而去。石门镇，因此也叫石门湾。在运河西岸，古时吴越疆界处，有一条支流，离运河约三百米处，一座石桥横跨小河上面，那桥，叫木场桥。桥的南头，有一所宅院，院墙沿着河岸，墙外留有一条道路，院门正好对着桥头。人在石桥上，透过敞开的院门，便能看见院子中央的一尊黑色的坐姿雕像。那个宅院就是丰子恺纪念馆。那尊雕像，面貌清癯，戴一副圆形眼镜，蓄着直挺挺的长胡须，他当然就是宅院的主人丰子恺先生了。院中还有小院，小院里的建筑，便是闻名天下的缘缘堂。

进到院子里，第一件事是瞻仰丰子恺的雕像。在雕像前肃立良久，心中默默祭拜。目光与子恺先生的目光对视，似乎想从子恺先生仁慈睿智的目光中，悟出人生和艺术的真谛。目光由上而下，在雕像上打量，像在寻求某种答案。目光最后落在雕像的基座上，那是一块黑色的花岗岩方石，上面刻有六个字：“人生短，艺术长”。看到这六个字，立刻眼前一亮。还需寻求什么？这不就是人生和艺术的真谛吗？子恺先生早已悟出来了，而且被镌刻于此，告知后来人。这次，从千里之外来到这里，便印证了丰子恺先生早先说过的那句话：“人生短，艺术长”。

之后，从纪念馆的院墙上，找到了缘缘堂的院门，进到了院中的小院，参观缘缘堂。

从前，一直认为缘缘堂是一幢大宅院。到了缘缘堂才知道，情况并不是想象的那个样子。所谓的缘缘堂，不过是一幢三楼三底的楼房，加上楼前楼后的两个很小的院落。不算气派，但也很有特色。青砖黑瓦，朱栏粉墙，呈典型的江南旧派民居的风格，示人以深沉朴素之美。不过，缘缘堂的建筑之美，绝不是招引人们远道而来的理由。后来人从天南海北而来造访缘缘堂，无一不是冲着它的主人丰子恺来的。读过《缘缘堂随笔》之后就明白了，缘缘堂曾经是丰子恺物质生活的家园，也一直是他精神生活的家园。借用丰子恺“三层楼”的说法，缘缘堂既是丰子恺的“一层楼”，也是他的“二层楼”。当然，丰子恺没有明说他的人生也有“三层楼”，他只是带着艳羡的口气说弘一法师已经住在“三层楼”上面。其实，丰子恺本人又何尝没有到达“三层楼”上？丰子恺也有他的“三层楼”。丰子恺的“三层楼”，还是他的缘缘堂。

多年来，反复阅读了《缘缘堂随笔》，尤其是这次实地拜访了缘缘堂，对缘缘堂的前世和今生就看得越来越清楚了。不，这个“今生”之说，还是不够准确，应该是看清楚了缘缘堂的前世和来生。因为，呈现在世人眼前的这幢古色古香的旧式建筑，并不是缘缘堂的原身，它只是缘缘堂的再生。丰子恺笔下的缘缘堂，早毁于侵华日军的炮火之中。这幢缘缘堂，只是当地政府于 1985 年在原址上仿照原貌复建而成。

在缘缘堂南面的院墙上，刻意保留了一扇玻璃橱窗式的“焦门”。玻璃后面那扇“焦门”，是由一些不大的黑色木炭构成。这些烧焦了的木炭，都是缘缘堂的原物。当年，侵华日军扫荡杭嘉湖平原时，丰子恺因为逃难离开了缘缘堂，留守在家的丰子恺堂兄于炮火中抢出了这些燃烧的门板，并保存下来。抗战胜利后，兄弟重逢时，堂兄把这些烧焦的门板，交给了丰子恺。丰子恺含着泪水，在地上把那些被烧焦成炭的门板，拼成了一扇“焦门”。在重建缘缘堂时，“焦门”被固定在缘缘堂的院墙上。如今的“焦门”，俨然一扇业已锁死的“记忆之门”。门里的那一段历史，让人无法回避，却又不堪回首。

早年读《缘缘堂随笔》时，曾经想过一个问题，丰子恺缘何将他的住宅命名为缘缘堂。到访缘缘堂的时候，这个问题已经不是问题了。

按照丰子恺的说法，他的缘缘堂先有“灵”，而后才有“形”。缘缘堂的“灵”，诞生于民国十五年。那年初秋，丰子恺在上海江湾永义里的宿舍里，接待了由杭州云游到上海的弘一法师。丰子恺在《缘缘堂随笔》中写过回忆弘一法师的文章，弘一法师出家前，还是俗人李叔同的时候，曾经在浙江省立第一师范学校教过几年绘画和音乐，对学生丰子恺十分赏识，是丰子恺的恩师。丰子恺后来说，当年在学校有两位老师对他的影响很大，一位是“爸爸”式的李叔同，一位是“妈妈”式的夏丏尊。尤其李叔同，对他的影响最大。那时的李叔同，人尚在俗世之中，还住在“二层楼”上，实际上他的心却早早攀登到了“三层楼”上面。丰子恺在读期间，李叔同辞了教职，在杭州虎跑寺出家为僧。

那次，弘一法师云游到上海，客居在上海江湾丰子恺宿舍时，丰子恺请弘一法师给他命一宅名。弘一法师让丰子恺随意写下一些自己喜欢且可以互相搭配的文字，然后团成小纸球，撒在佛祖释迦牟尼画像前的供桌上，然后抓阄。丰子恺抓了两次，两次抓到的都是“缘”字。丰子恺心里明白，他的宅名就该叫作“缘缘堂”。当即请弘一法师写了一横匾，经九华堂装裱后，挂在江湾的租屋里。后来，在《告缘缘堂在天之灵》一文中，丰子恺说，缘缘堂名的诞生，便是缘缘堂之“灵”存在的开始。此后，丰子恺迁居嘉兴，再迁居上海，那块“缘缘堂”的横匾，一直跟着他走，“犹似形影相随，至于八年之久”。

真正赋缘缘堂以“形”，是在民国二十二年春天。丰子恺于石门湾梅纱弄里老屋后面，花销了多年积攒的稿费 6000 大洋，“建造高楼三楹”。于是，“缘缘堂”堕地，有“灵”又有“形”了。从此，丰子恺辞去了教职，住在雅洁幽静的缘缘堂里，潜心读书，又写文章，又作画。可惜，这样美好的时光不能长久，还不到五年。之后，侵华日军的飞机终日骚扰石门湾，在炮声中，丰子恺不得不携家眷仓皇而又不舍地离开了缘缘堂，开始了漫长的逃难生涯。住在缘缘堂的那一段时间，是丰子恺一生中文学艺术创作的黄金时代，在缘缘堂，丰子恺共完成了文学及绘画作品近 20 部。

1937 年底，在丰子恺离开石门湾不久，侵华日军丧心病狂地扫荡杭嘉湖平原，把美丽富饶的杭嘉湖平原糟蹋得千疮百孔。有一枚炸弹从飞机上飞下来，落在离缘缘堂不远的地方。炸弹落地，炸出了一个深坑，坑里燃起了一团烈火。丰子恺心爱的缘缘堂，在一丛熊熊火光之中化为一堆灰烬。

重读《缘缘堂随笔》，又实地造访缘缘堂，目的还不是为了考证有关缘缘堂的这一段历史。实际上，也只是想满足一下自己的好奇心，了解到丰子恺到底是一个什么样的人。这次到桐乡石门湾的探寻之旅，便是一次从文字到实地，再由实地回归文字的特别行走的机会。

通过这次行走，对丰子恺的认识更深了一层。当年，未曾出家修行，一直生活在俗世之中的丰子恺，绝不是一个凡俗之人。虽然他并没有像他的老师李叔同那样削发为僧，只是坚持做一个普通的佛教居士，甚至，连酒肉也未能禁戒干净，偶尔还是会尝尝金华火腿。其实，丰子恺在骨子里就是一个悲悯之人。他一向最忌杀生，每年释迦牟尼生日那一天，他再忙也会停下来，必定带着家眷去野外放生。后来，丰子恺专门作《护生画集》六集，奉劝世人护生戒杀。

依照丰子恺的说法，他的护生之旨是护心。“不杀蚂蚁并非为爱惜蚂蚁之命，乃为爱护自己的心，使勿养成残忍。顽童无端一脚踏死群蚁，此心放大起来，就可以坐了飞机拿炸弹来轰炸市区。故残忍心不可不戒。”丰子恺以宣传护生的方式，来弘扬佛法，护卫人的心灵，让人远离残忍，让仁慈之心温暖人世。

丰子恺的仁慈之心似乎与生俱来。小时候，父母给他取的乳名叫“慈玉”，大名“丰润”。上学时，老师为了让他的名字好写好认，就自作主张把他的原名“丰润”改为“丰仁”。于是，丰子恺的人生，便是自“慈仁”二字出发，一路走来，始终抱有仁爱和慈悲的情怀。

后来，丰子恺在浙江省立第一师范学校与他的老师弘一法师结缘。这缘，便是源于师生双方相同的那一颗慈悲之心。这缘，是命中注定，缘上加缘。丰子恺非常看重这份缘，专门建造了一座缘缘堂，用来承载这一份缘。

所以，丰子恺视他的缘缘堂如己之性命。当年，在江西萍乡得知缘缘堂被毁后，丰子恺痛不欲生，一口气写下了《还我缘缘堂》《告缘缘堂在天之灵》及《辞缘缘堂》等一系列怀念缘缘堂、声讨日军侵略暴行的文章。在其他许许多多的文章里，他都不时地、情不自禁地提到了缘缘堂。而且，后来出书，他一而再、再而三地以“缘缘堂”作为书名，除了《缘缘堂随笔》，还出版有《缘缘堂再笔》《缘缘堂续笔》以及《缘缘堂新笔》。

这次，从缘缘堂归来，在丰子恺纪念馆的售书处享用了一顿有关丰子恺文学成果的大餐，以“缘缘堂”命名的“随笔”“再笔”“续笔”和“新笔”的书应有尽有，满载而归，成为此行缘缘堂给予的最好的礼物。

在缘缘堂瞻仰期间，缘缘堂里非常安静，只遇见几批三三两两零星的访客。买书的时候，与丰子恺纪念馆的工作人员闲聊时知晓，这里从来不接待大批量的游客，游客多了，他们会控制参观人数，限量进入。听了这话，到访者会扪心自问，难道仅仅只是作为一名游客而来？换一个角度看，“缘缘堂”并不是一处旅游景点，“缘缘堂”其实就是一本内容极其厚实的大书，所谓的“游客”，其实都是读者。这次，取道杭州，途径桐乡，来到京杭大运河边，古时吴越分界处的石门湾，目的就是要脚踏实地真正读懂“缘缘堂”这本大书。

2016 年 10 月 4 日访缘缘堂归来写于合肥

诗人恨水

提起张恨水，人们总会首先想到，他是一位民国时期的小说大家，自然而然会想到他的《春明外史》《金粉世家》《啼笑因缘》以及后来的《八十一梦》等小说作品。估计，很少有人会把张恨水与“诗人”二字联系在一起。

其实，从本质上说，张恨水还真的就是一位诗人。在他的身上，始终存在着诗人特质，他一直保持着诗人情怀。

追溯张恨水的文学生涯，似乎可以这样说，张恨水的文学创作是从诗词开始，最后，还是在诗词上结束。张恨水虽以小说闻名于世，写出了一百多部中长篇小说，他的诗词成就同样不容忽视。他一生写出了几千首诗词，还不包含镶嵌在小说当中那些灿若繁星的诗词。拥有如此之多的诗词作品，不能不让人想到身为小说家的张恨水，同时也是一位诗人。

不仅数量多，张恨水的诗词也写得非常精彩。当年，在张恨水的小说受到广大读者追捧的同时，他的诗词作品在读者中的影响也同样巨大，应该说一点都不逊色于小说。

1940 年 4 月 26 日，张恨水曾经在重庆《新民报》副刊《最后关头》发表《浣溪沙》词作四阙，表现了张恨水寄居在重庆乡下茅屋里困窘的生活状况。其中，有这样的一些词句：“入蜀三年未做衣”“瓦盘久唱食无鱼”“借物而今到火柴”“却无美酒向人赊”。这组作品发表之后，引起了张恨水意想不到的反响，不少热心读者纷纷给张恨水写信，寄上自己填写的词章来与张恨水唱和，一时场面相当热闹。甚至，还有些热心爽快的读者明确表示，愿意资助在重庆生活困难的张恨水。在这种情况下，张恨水便有了一种担心，怕被人误解他发表词作是在向读者“哭穷”，才不得已将一场轰轰烈烈的唱和活动匆匆收尾。在宣布收场时，张恨水写出了诗文作答：

酸词余话

《浣溪沙》词发表后，读者有若干函赐和，抛砖引玉，自属幸事。唯此等酸文，偶然自嘲，虽不伤大雅，若再三为之，似有意哭穷，读者不察，将谓《最后关头》同文向某抛下敲门砖，开始对奖助金进攻矣，恶乎可？请结束一诗曰：

不食嗟来四十年，戴将白眼看青天。
解嘲本属寻常事，莫把文章事乞怜。

张恨水的诗词抒写真情，以真情打动了人，招来了读者诸君的同情。对于读者的好意，张恨水却不愿意领取。宣告唱和结束的诗文同样写得情真意切，态度极其严肃认真。面对作者的认真，读者诸君也不得不认起真来。至此，一场诗词唱和，才在张恨水的认真当中画上了句号。

1956年夏天，张恨水随中国文联组织的作家、艺术家西北访问团到陕西、甘肃一带访问。在兰州，时任甘肃省省长邓宝珊先生请访问团成员到家里小聚，且邀了两位清末进士前来作陪，其中一位83岁的范老先生听过主人介绍客人的名字后，眼睛直盯着张恨水，十分惊讶地说："你就是张恨水？你的诗词写得极好，我在《春明外史》书中读过。你的小说写得好，诗词写得尤其好，给我的印象特别深刻。"张恨水一听，十分感动。一部几十年前的旧作，远在几千里外的大西北兰州，还有人记得，而且叫好，竟然是因为小说中插入的那些诗词记住了这一部书。

张恨水作诗填词起步很早。6岁时入私塾，启蒙。读过《千家诗》之后，张恨水便"莫名其妙地喜欢上了诗"。13岁那年，有位曾经教过他八股文的储姓先生，某一天突然发现张恨水很有诗才，力劝张恨水学习作诗，说他可以从旁指点。张恨水本来就对诗词很感兴趣，听储先生这么一说，他欣然从命，遂跟着这位从家乡黄土岭来到南昌的储先生学习作诗填词。后来，张恨水在撰写他的《写作生涯回忆录》时，还记得当年被储先生圈点过的一句诗："枝横长岸北，树影小桥西。"这个诗句，大概就是张恨水的诗词处女作了。虽然它还不是一首完整的诗词，已经能够让人看到一个懵懂少年，在文学道路上摸索学步的身影。17岁那年，父亲因患急病去世，张恨水跟随母亲回到了原籍安徽潜山黄土岭。在那间"黄土书屋"

里，张恨水足不出户，终日如老僧问禅那般，面壁苦读诗书，凭借吟诗填词消解心中的苦闷，竟然一口气写出了厚厚的一本诗集和一本词集。

张恨水平生喜爱作诗填词。晚年，他曾经对他的儿子张伍说过，他是一位“半新半旧”的人物。其实，在世人眼里，张恨水所谓的“半新半旧”，恰恰是在他身上的激情和儒雅这两种元素的体现。生活中的张恨水，习惯于吟咏诗词以表达自己的情感。

1919 年秋天，张恨水离开了芜湖来到北京。一开始，工作不是太忙，张恨水有空便读书，他认真攻读了一本随身携带的《词学大全》。读书时兴之所至，张恨水填了一阙《念奴娇》。当中有这样的句子：“**十年湖海，问归囊，除是一肩风月。**”因为这阕词，张恨水的文学才能一下子被人发现并欣赏，增加了一份工作，解决了他生活中的困难。还是因为这阕词，张恨水随后做上了《世界日报》的副刊主编。后来，张恨水因故离开《世界日报》时，为答谢读者，作了一阕《满江红》。词中有这样的句子：“**金线压残春梦了，碧桃开后繁华歇。**”因此，在张恨水的人生历程中留下了一件逸闻趣事，他以一阕词走进了《世界日报》，最后又以一阕词走出了《世界日报》。正如时人所说，进由一阕词，出有词一阕。

1934 年冬，张恨水由北平到了南京，面对颓败的时局，心中愤懑，感慨万分，于是作诗一首：“不必功名等白头，早将心迹托浮鸥。国如用我何妨死，事总因人大可羞。腹俭已遭家室累，卖文还作稻粱谋。凭栏无限忧时泪，如此湖山号莫愁。”诗为心声。这些掷地金响的诗句，自是张恨水的心声。为国家，为民族，张恨水愿意牺牲自己的一切，投笔从戎，哪怕战死疆场，裹尸马革。抗战爆发后，张恨水再一次深感“百无一用是书生”，一度想卖掉手头的印刷设备，放弃办报，进入大别山中打游击，投身于抗日洪流之中。

抗战胜利后，张恨水于 1946 年初回到了阔别 8 年的家乡。在见到老母亲的那一刻，张恨水情不自禁，“扑通”一下跪在沙土路上。过后，张恨水想起母子相见的情景，便吟出了这样的诗句：“八载回来喜欲狂，夕阳楼下置归装。凭栏远见慈亲立，拜倒风沙大道旁。”因为办报工作需要，回家半个月后，张恨水不得不含泪拜别老母亲。辞别母亲，走出家门时，一首诗不请自来，张恨水随口而出，轻声吟诵：“为报知音一段情，又随铁马赋长征。终思老母牵衣道，岂为家人负友生。”

张恨水口占诗词，出口成章，在当年曾经传为佳话。一次夜半，有朋友来《南京人报》串门，张恨水放下手头正在忙碌的工作接待来客。当时，恰好赶上报纸副刊《南华经》付排，版面上开了一扇“天窗”，没有合适的稿件填补。印刷在即，当班编辑一时不知所措，急得在楼下大声叫喊，问张恨水怎么办。张恨水让客人稍候，不慌不忙地走到楼栏边对楼下的编辑说：“别急，我说你记，等版面差不多了，就喊停。”于是，张恨水如同台上演员演说台词一般，手扶楼栏，张口吟诵：

楼下何人唤老张，老张楼上正匆忙。
时钟一点都敲过，稿子还差二十行。

日里高眠夜里忙，新闻记者异平常。
今生倒做包文正，日断阴来夜断阳。

齿牙半动视茫茫，已过中年底事忙？
应是要当姜白发，还图八十遇文王。

直到楼下编辑喊“停”，张恨水才止住了易发难收的“诗兴”。这件“凭栏口占”打油诗的轶事，曾经成为南京报界的美谈。事后，也有人不无遗憾地说，楼下的编辑不该过早地打断了张恨水的“诗兴”，应该晚一点喊停，看看张恨水到底一次能口占多少首诗。

张恨水的一生，从未离开过诗。即使在他最困难的时候，他也没有放弃诗词写作。1949 年 5 月，张恨水突发脑出血。由于抢救及时，病情得到了有效控制，后期恢复也很好。但还是有很长一段时间，张恨水不能正常工作，不得不暂时停下他相伴几十年难以割舍的写作。后来，身体稍有好转，行动还不太方便，口齿也不大清晰，说话还不够利索，张恨水已经有了强烈的写作冲动。由于体力不能支持他有太大的写作工作量，写不了小说等大块文章，他就写些简短文字，重点在诗词上下功夫。

病后试笔，张恨水写出的第一首诗是七律《夜坐小忆》：

隔墙榆柳最知秋，落叶如潮夜不休。
叶落阶荒平谷冷，潮过月白大江流。
三年病久难提笔，万里家空怕上楼。
莫待明朝消息到，断肠风雨五更头。

养病期间，张恨水一共写出了几百首诗词，且以工整的毛笔楷书一首一首地誊写在两个红格宣纸上，题名为《病中吟》。其中，一些诗词公开发表后，反响巨大。如1956年张恨水于病休当中应邀游历了北京八大处，回来后赋诗四首，发表于《工人日报》副刊。其中一首曰：

白果年高可拂檐，铺门小竹晚寒添。
徘徊人静三更妙，一寺花香月满帘。

诗歌见报之后，曾有一位广东读者来信说：“读到‘一寺花香月满帘’，真是佳句生香，诗意盎然，令人神往八大处，吾亦盼在有生之年能到八大处一游。”显然，这位读者不是个普通的读者，他当是个懂诗的人。或许，他本人也如同张恨水一样，是吟诗作词的一把好手呢。

在张恨水众多的诗词当中，最让人唏嘘不已的，要数他写给亡妻周南的《悼亡吟》。张恨水与妻子周南相濡以沫，情深意笃。比张恨水年轻20岁的周南却英年早逝，先他而去，这对张恨水是一记致命的打击。周南死后，好多年里，张恨水一直沉湎于对周南的无尽思念，迟迟走不出那种沉重的悲伤情绪。日日思君不见君，张恨水便以诗寄情，写下了百余首悼亡诗。这些诗词，大多是对他和周南往日生活的回忆。如周南婚后曾经跟张恨水习诗，读袁枚《随园诗话》时，周南忽然对随园心向往之。后来居南京时，张恨水终于圆了妻子的心愿，于忙碌之中抽出时间，陪周南去南京小仓山寻访过随园旧址。在《悼亡吟》中，张恨水有诗写到此事：

随园说在小仓山，寻墓问诗半日闲。
摘朵菊花斜插鬓，何年忘却旧时颜。

一年一度的七夕，是牛郎织女鹊桥相会的日子。到了这一天，张恨水格外想念他的妻子周南。牛郎和织女尚能七夕相会，他和周南一别之后竟然后会无期！口占一首绝句《七夕》，看似信口吟出，实则情真意切，显得缠绵悱恻，读来荡气回肠：

牛女双星别更亲，一年一会爱情新。
我今七夕登高望，望尽山川不见人。

作为小说家的张恨水，真可谓著作等身了，一生写下了三千多万字的文学作品，创了中国现代文学史上之最。张恨水最后的文字却是一阕词，那是他写给亡妻周南的《浣溪沙》：“化为鹧鸪引兴歌，这山歌口那山和，化为鹧鸪叫哥哥。化成鸪啼浑是血，人间碧落有银河，人莫奈何奈情何。”

彼时彼刻，遣词造句语法修辞以及诗词格律，一概不再重要，那都不过是些雕虫小技罢了。张恨水的绝笔辞章，其真情令人动容，感人肺腑。

放眼张恨水的一生，明显地感到被一种盎然的诗意笼罩。他的人生旅途，始终有诗词相伴左右。他的本名叫“心远”，一个极富诗意的名字。他的笔名“恨水”二字，直接源于古人词句。张恨水素以小说著称，他在小说中嵌入了大量的诗词，小说的语言也富于诗意，他把小说写得诗味浓厚。甚至，张恨水一些小说的题目就来自古诗词，如《大江东去》《巴山夜雨》。无法想象一位没有深厚的古诗词素养的作家，能够写出那些镶嵌了众多古诗词富于诗意的小说。

撇开为文，单说为人，张恨水是一个真性情之人。他始终怀有一颗赤子之心，一直保持着诗人的纯真情怀。

恨水心中有诗意，恨水人生有诗味，恨水本色是诗人。

2016 年 11 月 27 日写于合肥

爱惜羽毛的张恨水

作为张恨水的同乡后辈人，特别钦佩张恨水。钦佩张恨水的才华，更加钦佩张恨水的为人。张恨水是家乡的荣耀，他的一生，只为家乡争光，从未给家乡丢过脸。

文人张恨水，实属武门子弟。张恨水的骨子里，有文人的儒雅，也有武人的耿介。为人一世，张恨水向来不失礼仪，尤其不丢节气。

自古文人多清高，哪怕囊中羞涩，食不果腹，也不屑谈钱。张恨水却坦言，他的第一次投稿，是因为钱，冲着稿费去的。那时，他在苏州由孙中山先生创办的一所农业专科学校读书。因为爱读文学书刊，张恨水每月从捉襟见肘的生活费中省出两角钱来，用于购买上海商务印书馆编印的《小说月报》。

之前，张恨水原本打算出国留学。他很想留学欧美，父亲却建议他去日本，留学日本费用相对低廉一些。张恨水不想去日本，他认为日本的文化根源还在中国，留学日本近乎舍本求末，尽管当时的日本足够强大。父亲又一时凑不齐给儿子去欧美的留学费用，张恨水出国留学一事遂搁置下来。没想到，就在张恨水等待机会出国留学时，他的父亲突然患病，竟撒手而去。家里的顶梁柱一倒，天就塌了下来。原本小康人家，转眼成困难户。张恨水出国留学的梦想自然付诸东流，无法再实现。张恨水后来能够到苏州读书，还是得到了一位堂兄的资助。父亲去世后，张恨水一下子成熟起来。作为家中长子，张恨水责任心极强，希望找到一条谋生的路子，能够养家糊口。

有天，张恨水偶然从《小说月报》上看到一则征稿启事，得知在《小说月报》上发表文章有稿费，且稿费标准相当高，千字三块钱。那时的三块钱可不是一个小数目啊，据说一个普通警察的月薪才一块大洋。张恨水眼前陡然一亮，他觉得已经为自己找到了一条很好的出路，而且他相信自己一定能够走得通这条路。

张恨水信心满满，想到做到，当即在课桌上埋头作起小说来。花了三天时间，写出了两篇小说，一篇文言，一篇白话，一篇喜剧，一篇悲剧，总共七千多字。完稿之后，张恨水悄悄地把稿子寄给了商务印书馆《小说月报》编辑部。很快，编辑部就来了回音。《小说月报》编辑恽铁樵先生在回信中说："稿子很好，意思尤可钦佩，容缓选载。"虽然这两篇稿子后来并没有在《小说月报》上发表出来，恽先生的回信还是给了张恨水极大的鼓励。此后，张恨水的写作激情越发高涨，稿子越写越多，对外投稿也越投越勤。正是从这次投稿，张恨水真正开始了他的文学创作生涯。

张恨水的一生，全靠他手中的一支笔谋求生存，养家糊口。早年办报，他做了"新闻的苦力"，且兼写小说。后来，离开了新闻行业，成为一位靠稿费过日子的职业作家。在他的创作高峰期，每年创作出不下百余万字的作品。张恨水的作品向来供不应求，许多时候报刊的版面都在等他的作品。张恨水的小说，多般先在报纸连载，一边写，一边登载，小说还没写完，就有书商主动找上门来签约出版。他的很多书一版再版，常见洛阳纸贵。甚至，在市场上盗版和盗名张恨水的书，不断涌现，防不胜防。张恨水登报声明也杜绝不了，读者见了署名"张恨水"的书，便愿意掏钱购买，哪怕买到"假货"也不可惜。张恨水凭着自己的才华和勤奋，彻底改变了自己、改变了他一个家庭的命运。那些年，作为畅销小说作家，张恨水的稿酬收入十分丰厚。毫不夸张地说，当年的张恨水仅凭着自己的一支笔，养活了一个十多人的大家庭，且在北京置下了一幢很大的宅院。

最初的投稿，直冲着稿费。后来的辛勤创作，张恨水的确挣得了不菲的稿费收入。在外人看来，张恨水写作，似乎目的就是为了挣钱。其实，事情绝不是这么简单。该写的文章，没有报酬，张恨水照样写，而且不辞辛苦，写得比平时还急。该出版的书，不等书商邀约出版，张恨水宁可自己掏钱也得把书先出版出来。抗战爆发后，张恨水出版的《弯弓集》便是这样。书的内容完全是宣传抗日，且都是张恨水为支持抗日一口气写出来的，有小说、有戏剧、有诗歌、有散文。为抢时间，让自己的书早一点发挥宣传、动员抗日的作用，张恨水选择了自费出版。此前，张恨水没有过自费出版，之后更没有自费出版，他一生中自费出版的书，只有这本《弯弓集》。作为作品畅销的作家，张恨水放得下架子，不顾及面子，心甘情愿自己掏钱出书，为的只是民族大义。

文章千古事，辛苦寸心知。辛辛苦苦写一篇文章不容易，获取报酬天经地义。张恨水对于写作的报酬分得很清楚，该收的则收，自认为不该收的报酬，他坚决不收。关于这一点，最典型的体现在《虎贲万岁》的写作上。《虎贲万岁》是张恨水作品中唯一写真人真事的长篇小说。小说写的是1943年10月的“常德会战”，日军6万余人，围困了8000人的“虎贲”之师。苦战10余日，终于把日军逼退，回到长江北岸。此时，全师8000人，仅存83人。战后，师长余程万想请张恨水把爱国将士们可歌可泣的壮烈事迹，写成小说留给后人。张恨水起先不接受这一任务，他不熟悉战争情况，担心写不好。后来，听幸存者回忆战争经历，张恨水被爱国将士的精神深深打动。他改变了想法，同意写这部小说。《虎贲万岁》这部小说，在张恨水手上，写得极其艰难，因为他是格外的严肃认真。30万字的长篇小说，张恨水花了两年多的时间才完成。这对处在盛年时期的张恨水来说，是十分罕见的。正常情况下，30万字的小说，张恨水只要三个月便能完成，他每年的写作量超过100万字。《虎贲万岁》完稿时，余程万特地派人送来了一笔相当丰厚的酬金，张恨水却断然拒绝了。其实，当时的张恨水住在重庆乡下，生活极其困难。他曾经“入蜀三年未做衣”，“瓦盘久唱食无鱼”，都到了“借物而今到火柴”“却无美酒向人赊”的地步。张恨水实在太需要一笔钱来改善一家老小的生活了。可是，张恨水还是坚辞了余程万的酬金。甚至，连余程万后来在南京要请张恨水吃顿饭，张恨水都没有应许，他仅仅接受了余程万的一件礼物：一把从战场上缴获来的日军的尖刀。这把尖刀，让张恨水有了很大的成就感。

离开新闻业，成为职业作家之后，没有了稳定可靠的薪金来源，张恨水的生活中没少出现“青黄不接”的窘象。最困难的日子，是张恨水生了病不能提笔写作的那些年，没有稿费收入，他便没有了生活来源。1949年5月张恨水突发脑出血，虽抢救及时，病情控制及后来恢复尚好，但还是有相当长一段时间，张恨水不能正常写作，一家老小的生计便成了问题。好在及时得到了政府的关心和救助，张恨水才得以渡过了难关。时任国家文化部部长茅盾先生得知张恨水的病情后，立即采取救助措施，将张恨水聘为文化部特别顾问，让张恨水每月有了120元薪水。这份薪水，的确解救了张恨水当时的燃眉之急，保障了张恨水的医药费及生活费开支，帮助张恨水渡过了难关。对于政府的照顾，张恨水心存感激，却又于心不安。他认为这份所谓“特别顾问”的薪水，不过是挂个名领取的“空饷”，属于不劳而获。待病情稍有好转，张恨水迫不及待地重新提笔写作，重又给报刊投稿。又有了稿费收入后，张恨水便迅速主动地提出来，辞去了文化部的顾问职务，不再在文化部凭空领薪。

张恨水年轻时曾经多次面临“做官发财”的机会，但他一次次地放弃了机会，他不愿意混迹官场。张学良坐镇东北时，读到了张恨水的小说，十分兴奋，特别欣赏张恨水的文才。张学良曾派副官进京拜谒张恨水，邀请张恨水做他的文化顾问，许诺月薪100大洋，张恨水却轻轻松松地以“君子不党”为由婉拒了。后来，蒋介石、宋美龄曾经亲自上门看望张恨水，希望张恨水能“为党国效劳”，并表示会给他以合适的位子。张恨水客客气气地接待了上门客，最后却仅让用人送客出门。为此，蒋介石怀恨在心。重庆时期，蒋介石曾经发话，“张恨水写得太多了，该休息休息”，差一点把张恨水弄到臭名昭著的贵州息烽集中营里去了。

在张恨水50岁生日宴会上，老舍先生说过这样一句话：“恨水兄是最爱惜羽毛的人!”由此，张恨水爱惜羽毛一说，便在文坛盛传开来，至今仍是一段佳话。

其实，关于爱惜羽毛，张恨水早有过自己的说法：“流自己的汗，吃自己的饭!”这话让人听着亲切，似是来自张恨水家乡的一句俗语。简单朴素的话语当中，却饱含了十分深刻的人生哲理。

张恨水还有一个直白浅显而又脍炙人口的诗句：“卖文卖得头将白，未用人间造孽钱。”在张恨水身后几十年来，这句诗一直被广为传颂，让后来人对张恨水肃然起敬。读到了这句诗，便懂得了张恨水的为人。这句诗，正是张恨水从文一生气节凛然的真实写照。

2016年12月3日写于合肥

“北漂”的恨水

民国八年秋天，张恨水辞去了芜湖《皖江报》总编辑的职位。尽管他在《皖江报》小试牛刀，但取得了巨大的成功，获得了广泛的认可，报馆东家再三挽留，不让他走，张恨水还是执意离开。当时的囊中羞涩，也未止住张恨水向往远方的脚步。没有盘缠，张恨水当掉了身上唯一值钱的“行头”，一件半新的皮袍。而后，又向熟识的一位在路边摆摊卖纸烟的好心老伯借了十块钱，搭乘津浦线北上的火车，到了他神往已久的北京。

北京的秋季，是一年当中最好的时节。金风送爽，瓜果飘香，西山的红叶如火如霞，照亮北京城的半边天空。张恨水一下火车，心旷神怡，对心仪已久的北京感到特别的欣喜。当晚，他住进了宣外大街一家安徽地方会馆。所谓会馆，原本是各地同乡会为进京会试而设立的免费“招待所”。民国后，变成了为流落在京候差、找差人士不要钱的同乡公寓。住进了家乡开在北京的这间会馆，意味着张恨水“北漂”生涯的开始。

此时的张恨水进京的真正目的并不是找差，他是想到北京大学去求学。他见几个同乡熟人，跟他条件差不多的，先后进了北京大学，心生慕意。张恨水清楚，他们都不是正规地考上了北大，是先到学校听课，作一年的旁听生，而后，再经过一定的考验，才收编为正式生。张恨水觉得这是一条捷径，他也想去试一试。没有资费，他可以半工半读，自己养活自己。于是，张恨水毅然辞掉了芜湖的工作，怀揣一支笔就来到了北京。

张恨水一点不糊涂，到了北京，得先找工作，让自己立下足来，然后才能去上学。进京之前，张恨水曾经向在京的一位同乡好友王夫三先生咨询，得到了王先生的鼓励和支持。到京次日，王夫三先生引荐张恨水，拜访了上海《时事新报》驻京记者秦墨哂先生。秦先生表示，欢迎张恨水到他这里来工作，不过报酬很低，月薪 10 块钱。张恨水初来乍到，钱多钱少，他并不计较，找个差事先干着，让自己稳定下来，才是当务之急。张恨水没有讨价还价，满口应承了下来。入职后，向东家预支了一个月薪水，寄回芜湖还了那位卖纸烟的好心老伯的借款。

不久，一个偶然的机会，著名报人、时任北京《益世报》总编辑成舍我先生看到了张恨水填写的词章，一阙《念奴娇》。成先生似乎正缺得力助手，发现了张恨水的文学才华后，当即决定请张恨水来《益世报》工作。张恨水正愁 10 块钱的月薪入不敷出，无法养家，有了《益世报》送上门的兼职机会，他自然求之不得。而且，相对于《时事新报》，《益世报》给张恨水开出的薪酬高多了，每月 30 块钱。在《益世报》的工作和收益，让张恨水看到了留在北京的希望，更加坚定了他在北京以一支笔打天下的信心。

大约在《益世报》工作了一年之后，由于张恨水喜欢在业余时间大声朗读英文，住在同一个院子里的报馆经理新娶的太太嫌吵。枕边香风一吹，张恨水旋即离开了大院，调任天津《益世报》驻京记者，他的任务是每两天写一篇通讯。这对张恨水并不是坏事，反而是一次很好的机会，使得张恨水的收入大幅增加。当时，张恨水的月薪已经达到了 70 块钱，很让同行们羡慕。

三年后，成舍我和张恨水因故相继离开了《益世报》，各奔东西。一阵辗转之后，这两位报界名人又继续联手。成舍我创办了一张《世界晚报》，聘请张恨水包办副刊，张恨水欣然接受，给副刊取名为“夜光”。副刊的外来稿件很少，主要靠张恨水自己写稿。除了写稿，张恨水还要完成编排、校对等工作，月薪 30 块钱。

张恨水后来回忆说，初到北京那几年，他完全“成了新闻工作的苦力，没有心情，也没有工夫，再去搞什么文学”。正是忙碌充实的新闻工作给了张恨水必要的生存条件，让张恨水这片“北漂”的浮萍，渐渐地生出根系来，虽还扎不进脚下的土地，已能从那一池深水中汲取营养了，使得他生存无虞。那段时间，张恨水在多家新闻机构兼职。除了《时事新报》《益世报》的工作，他还兼任了芜湖《工商时报》的驻京记者，北京世界通讯社的总编辑。“天天的新闻文字，要写好几千字，笔底下是写得很滑了”。张恨水后来回忆说，只要有材料，他就可以把一篇通讯处理得很好，绝无难事。写作新闻稿，张恨水完全得心应手了。

除了固定给兼职的新闻机构写稿，张恨水还常常应约给上海的《申报》《新闻报》写通讯。这两家报馆，对于来自北京的稿件，向来高看一眼，极肯花钱，一经取录，每篇通讯稿费10块钱。有好材料，写篇通讯非常轻松，张恨水花费不了一个小时。那段时间，张恨水每月收入总在一二百块钱。张恨水在他的《写作生涯回忆》里说，那时的一二百块钱，是个相当引人羡慕的数目。写稿多，投稿多，当时张恨水发表文章署名也多，不下七八个吧。他后来还记得，用得最多的署名，除了“恨水”，便是“随波”。署名之多，足见张恨水当时写稿之多、发稿之多。

事业有了进展，生活便有改观，爱情也不期而遇。民国十三年，供职于北平《世界晚报》的张恨水迎娶了他的第二位妻子胡秋霞。胡秋霞的名字是张恨水后来取的，她原名胡招弟。年轻漂亮的招弟一进张家门，让张恨水寂寞清冷的旅居生活平添了生机与激情，张恨水颇具寓意地在新房内悬挂起一副著名的对联：“落霞与孤鹜齐飞，秋水共长天一色。”到访张家的朋友，对这副对联无不心领神会。“落霞”寓意落难中的胡秋霞，她是个孤儿，张恨水和她第一次见面的地方是孤儿院。“孤鹜”自然指张恨水本人了，“漂”在北平讨生活，单枪匹马，无依无靠，他时常感到心灵上的孤寂。当秋霞遇上了恨水，那不就形成了一泓“秋水”吗？秋水长天，水天一色，让人想到地老天荒。一段诗情画意的婚姻生活，便从墙上这副对联开始。

真正让张恨水在北京立下足来，由一叶浮萍成为一棵根深叶茂的树，并不是新闻工作，还是张恨水的文学创作。在北京住了将近五年，张恨水开始创作他的成名作《春明外史》。小说从1924年4月12日起在《夜光》上发表，每天五六百字，直到1929年1月24日才刊登完毕，约百万字。

其间，自1927年2月14日开始，另外一部百万字长篇力作《金粉世家》在《世界日报》上开始连载。《春明外史》载完之后，1930年3月17日，曾经轰动一时的《啼笑因缘》开始在上海《新闻报》连载。几部长篇的相继发表，张恨水立即成为民国文坛的一位明星作家，恨水的名字妇孺皆知。当年，连大文豪鲁迅的母亲鲁瑞老太太都爱读张恨水的小说，鲁迅时常买了回去送给母亲。读者热捧，让出版商看到了张恨水的大好“钱”途。远在上海的世界书局随即向张恨水抛来了“媚眼”，1930年秋，张恨水应邀来到上海，与世界书局商谈签订《春明外史》和《金粉世家》的出版合同。世界书局热忱欢迎设宴款待了张恨水，表示稿酬从优，且当即预支了八千块钱稿费。

第一次拿到了超出想象的稿费，又受到了出版商极高的礼遇，张恨水异常兴奋。为人仗义的张恨水，有了好事便想到了朋友，要让朋友分享他的快乐。张恨水请客，邀请了同乡好友郝耕仁到上海玩，又从上海同去杭州游览西湖。郝耕仁大张恨水 10 岁，他以兄长的身份提醒了张恨水，有钱了应该节约一点，千万别把自己的血汗钱不当回事虚掷了。在郝君的提醒之下，张恨水才止住了蓬蓬勃勃的游兴，折身返回。

回京后，张恨水手头还剩有不少钱。预留了弟弟妹妹教育、婚嫁所需之后，他租下了一所大房子。房子带院，院子很大，院里栽了不少花木，环境十分幽静。

随后，张恨水又有几部长篇小说《别有天地》《满江红》《落霞孤鹜》《美人恩》等，在世界书局的《红玫瑰》杂志先后发表，或出版成书，张恨水又一次从世界书局获得了巨额稿酬。这件事曾传为民国文坛的佳话。当时，一些小报将事件放大，传得沸沸扬扬，说张恨水仅在十几分钟内，收到了几万块钱稿费。拿着这笔巨款，张恨水在北平买下了一所王府，自备了一部汽车。张恨水后来解释说，一笔几万块钱稿费收入不切实际，那次从世界书局获取稿费实际是一万几千块钱。至于买下王府，纯属子虚乌有。汽车呢，倒有一部，归他使用，不归他所有，是报社资产。

正是来自世界书局的稿费收入，彻底地改变了张恨水的生活状态。住在一所租下来的大宅院里，张恨水有了两间书房，可以在优美安静的环境中潜心写作。一向谨慎消遣的张恨水，也可以自由消遣了。其实，他的消遣极简单，收买旧书和假古董，逛花市买花草，如此而已。

很快，张恨水真的在北京置下了自己的房产。不是王府，也是一座大宅院。房子坐落在北京北沿沟，离砖塔胡同很近。房契上的主人不是张恨水，是他的第三位妻子周南，张恨水以爱妻之名为他心爱的宅邸命名“南庐”。那幢“南庐”非常气派，有四进院落，三十多间房子。入住前，张恨水精心配置了高档红木家具。若非浓郁的书香气息充满“南庐”，到访的客人一定不肯相信“南庐”竟是一个曾经困窘的文人之家。

张恨水在北京因为乐业而安居，因为安居又更加乐业。正是乐业和安居，张恨水才彻底结束了他的“北漂”生涯，终成为他曾经梦寐以求的北京人。

张恨水曾经出版过一个随笔集，书名《北京人随笔》。可以想见，这个“北漂”的外乡人，在他梦想成真之后，作为一个新北京人，张恨水的心里一定会感到无比的自豪。

2016 年 12 月 11 日写于合肥

印象恨水（六章）

淘气的恨水

少年张恨水，聪明伶俐，遇事反应快。小小的年纪，出语不凡，不落俗套，常常于稚气当中捎带淘气，让人啼笑皆非。张恨水本人后来也承认，他小的时候的确有些淘气。

张恨水写过一篇极短的随笔，不过百十来字，题为《天天笋炒肉》。如题所示，随笔写的就是“笋”和“肉”。“笋”是未成年的“竹”。此处的“笋”，若是替换为“竹”，将“竹”和“肉”放在一起，明眼人一看就会明白，此话题定是源于苏东坡。

果真，《天天笋炒肉》的话题，是由东坡的诗句引发生成。东坡诗云：“宁可食无肉，不可居无竹。无肉令人瘦，无竹令人俗。”两对通俗易懂的诗句，天下读书人几乎无人不知晓了。诗句出自东坡的《於潜僧绿筠轩》，若将其说完整，其后还有几句：“人瘦尚可肥，士俗不可医。旁人笑此言，似高还似痴。若对此君仍大嚼，世间哪有扬州鹤？”

淘气的小恨水，似乎正处于少年叛逆期。他摸准了“竹”和“肉”之间的关系，凭借着他早早形成的近乎中庸的人生哲学，针对东坡非此即彼的取舍，想出了一个两全其美的办法。于是，张恨水应对东坡诗的前四句，“和”了一首诗：“有竹也不瘦，吃肉也不俗。肥雅皆兼之，天天笋炒肉。”

张恨水当然知道，东坡的意思恰好相反。东坡认为，雅俗不可兼得。扬州太守既然风流成性，便不可能骑鹤成仙了。张恨水还是故意作出了淘气调皮的“和”诗。

不过，少年恨水口占“打油诗”，倒是童言无忌，意趣也盎然。读后，令人不禁莞尔。

幽默的恨水

幽默这东西，往往深藏在人的骨子里，让人从骨子里幽默出来。所以，人的幽默感，很少直接写在脸上。幽默的人，他一张口，便惹人笑。

恨水亦幽默，如今只能见诸他的文字。读张恨水的书，一不留神便会跌进恨水独特的“张氏”幽默之坑。

恨水于三十出头时写过一则短文，题为《老年新婚诗》。文中说，他最讨厌在那些贺人新婚的诗里，胡乱堆砌一些才子佳人的典故。他曾经送给老友几首新婚打油诗，其中有这样的诗句：“几番悄立西窗外，搔首风前盼夕阳。”自以为这样的贺老年新婚诗写得不错，虽没有用浓艳的字句，却也道出了老年新人的心理，犹有趣味。后来，张恨水读了别人写的一首贺老年新婚诗，不禁拍掌叫绝。他认为，自己以前写给朋友的那些老年新婚诗，都该一把火烧掉了，相形见了大绌。

张恨水读到的这首老年新婚诗，新郎和新娘都是六七十岁的老人。人老，心可不老。新婚之际，一对“老新人”娇态可掬。诗是这样写的：“白头人尚恋佳期，重著红裙试画眉。若合老彭年八百，此生何止抱孙期？六十新娘七十郎，捉刀我欲赋催妆。羡伊一出风流戏，唱到团圆好下场。红鸾星耀恰芳辰，筵设华堂饮众宾。快请新人扶杖出，弯腰容易拜媒人。”

如此一对新人，出来拜谢媒人还需要弯腰鞠躬吗？他俩的腰身原本已经弯曲如弓，继续弯下腰来差不多就该以头点地了。你看，这两口子步履蹒跚，颤颤巍巍，走路都离不开拐杖呢。

感恩的恨水

在吾乡，有一句俗语说，泥巴田里沤死秀才。意说，你读书再多，本事再大，没有人赏识你，还不照样乖乖地烂死在泥巴田里。反过来说，你有出息了，并不是因为你本事大，是因为你遇到贵人了。有贵人相助，你才成事。所以，人得感恩。

张恨水三十五岁时写过一篇随笔，名叫《成名有幸有不幸》，意为人之成功与成名，皆有幸与不幸。文以西施为例说，西施，举世所称为美女也。然使其不遇勾践，则荆钗布裙，终其身为浣纱女而已。昔人咏西施曰："人间多少如花女，头白溪边尚浣纱。"又以严子陵为例说，严子陵，举世所称为高士也。然使其不遇光武，则一蓑一笠，终其身为钓徒而已。昔人咏严子陵曰："当时若着蓑衣去，烟水茫茫何处寻？"张恨水说，千古以下，吾人所知者，不过一西施，一严子陵。其未得而见，未得而闻，终于等诸腐草萤火，归于无何有之乡者，吾安知其有几千百万人哉？

张恨水还以一乡人为例说，吾乡有富家子，读诗文，夏日闲居无事，迁居山中石寺避暑。因假得友人书籍若干，籍遣睡魔。偶于书中得句云："满山黄叶无人径，破庙欹斜对古松。"又曰："百年老死无人问，日倚荒松看鹿群。"于是大为感动，以此为鬼境。然则弃繁华而山居，亦与鬼为邻耳。因之辇金入省，广为结交。幸得贵人提携，今亦出拥扈从，居然一达人为一乡所知名矣。恨水文中所言的乡人，未知是否真有其人，道理毋庸置疑。

不过，张恨水文中所说的地方，在吾乡似乎还真的存在。在张恨水故居之后，西北方向七八里地的双河口村土桥村民组的深山老林里，有一古寺庙，乡人习惯叫它"石佛寺"。或许，它就是恨水笔下的"山中石寺"吧。

有主见的张恨水

身为作家，不能没有主见。人云亦云，那还能写得出来好的作品吗？张恨水习惯于让脑子长在自己的头颅里，遇事独立思考，有自己的见地，绝不跟风。

民国期间，梁启超可是一位颇有影响、亦颇有争议的人物，身后众说纷纭，毁誉参半。对于梁启超的评价，张恨水有他自己的看法，曾经写过一则短文《梁启超也身后萧条》。

梁启超一死，骂声鹊起。骂得最多的，无非是说他是保皇派、研究系。张恨水不赞成“骂梁”一派。他认为，“梁启超死了，不管他以前干些什么，就现在说，中国文学界，少了一个做整理工作的人。”张恨水觉得，梁启超的死，对于当时的中国文学界来说，是一件可惜的事。

有人谩骂，也有人在赞美。梁启超死后，他的朋友们替他宣传，说文人死后必定一无所剩。其实，梁启超先生还不能算是纯粹的文人呢。“美梁”一派中，有人甚至说，梁启超“身后极其萧条”。对于梁启超如此溢美之词，张恨水亦不轻易苟同。他说：“梁先生果然身后萧条吗？生前也不该住协和医院头等病室了。况且人家说他某某银行尚存有若干万呢。我觉得用身后萧条去捧梁先生，那简直是骂他。”

乱世之中，人有自己的头脑，持有主见，不随波逐流，不晕头转向，还真不是一件容易事。张恨水做到了。

辛辣的恨水

在民国文坛上，辛辣的嘲讽并不少见，鲁迅的作品里最是常见。读张恨水的书，很少遇见辛辣嘲讽的文字。很少，不等于没有，不等于张恨水不会辛辣地去嘲讽他所需要嘲讽的对象。

三十岁的张恨水，写过一篇随笔《袁子才可以当一个名将》。文章说，“美人自古如名将，不许人间有白头。”袁子才当年，很是夸奖这两句诗，以为很有理。张恨水认为，这话也不尽然。因为美人老了，的确可能不美，但是，名将老了，却不见得不再有名。故用名将来做美人的譬喻，那是不合逻辑的。

袁子才何人？清代的一位诗人，《随园诗话》的作者袁枚。袁子才当年有文妖之戏称，他一生干了不少趣事。张恨水说，袁子才的人生观，无非就是吃点喝点，还要逛点。袁子才的吃喝天下有名，他爱吃爱喝，且会吃会喝，还写出了一本《随园食单》，教天下人如何吃好喝好。张恨水还说，依着袁子才的意思，让袁子才来当将官，他定是一位名将。因为，古人说过，“儒将风流”。袁子才风流，他自然是儒将，亦是名将啊。

如此轻描淡写波澜不惊的文字，辛辣味浓。比起刀光剑影，似乎更具“杀伤力”。

疾恶如仇的恨水

文学总在追求真善美。作家最忌真假不辨，善恶不分，美丑不识。

一向温和敦厚的张恨水，也有疾恶如仇的时候。读张恨水的随笔《致苦茶斋主》，这种感觉尤其明显。

苦茶斋主即周作人。因在日本入侵中国期间，做了日本人的走狗，沦为文化汉奸，被民国法院判刑入狱，为世人大不齿。报载周作人向法院申请复审的诉状：“对于六十三岁风烛残年之被告，减处徒刑十四年，似与无期徒刑无差别。量刑未免太重，画饼岂能充饥?”

张恨水于报上看到周作人的诉状，不生同情心，反而很气愤，当即表明自己的观点：“周误矣。法固以有老少论者，而与周所设想不同。”这位知堂老人，所谓的苦茶斋主，过去爱作格律诗，张恨水亦“仿其体以酬之”。

风烛残年愿尽赊，锒铛铁索上京华。空传小品千篇好，难挽衰翁一念差。曾笑关门存汉帜，未知娶妇误樱花。红楼老友伤心甚，不复登堂吃苦茶。

六十徒刑十四年，古稀得度亦突然。有生恐是牢中死，论老原难法外怜。自道充饥来画饼，谁教授敌着先鞭？襟怀谅不还冲澹，鲁迅汹汹在九泉。

对于周作人的落水，当年茅盾、郁达夫、老舍等十八位文学界名人联名发表了致周作人的公开信。公开信的落款上虽无张恨水的签名，张恨水对于周作人的失节同样痛心疾首。向来仁慈敦厚的张恨水，在周作人失节这件事上，他是非分明，弃恶扬善，离丑向美，毫不留情地在报纸上对周作人给予了猛烈抨击。

2017 年 1 月 2 日写于合肥

张恨水笔记老合肥

张恨水与合肥有缘。除却张恨水是安徽人，合肥是家乡的省会，还有更深一层的亲切感存在于张恨水的心里，让他惦记合肥。他最敬重的一位堂长兄张东野先生，当时家住合肥，张东野先生解放初期曾经做过合肥市人民政府副市长。

张恨水最后一次到合肥，是在1955年的初夏。当时的张恨水，大病初愈，尚在康复期。1949年5月，张恨水突发脑出血。因抢救及时，治疗得当，他才转危为安，病后恢复得也不错。人到晚年，尤其是病后，思乡之心更切。张恨水在生活已能自理、行走不成太大问题的情况下，不顾家人阻拦，只身一人从北京出发，由天津坐火车来到了合肥。

那会子从京、津来合肥，坐火车须由蚌埠转车。张恨水是在早晨6点钟左右到达蚌埠的，8点多钟转乘从蚌埠开往裕溪口的火车前往合肥。从蚌埠到合肥，一路所见，张恨水写进了他的一篇随笔《到了合肥》里。

文中有这样的记载："车子行百余里，已经入合肥境界。两旁一望，田地已分阡陌，不像北方，山野田地相通，很少地外又筑田埂的……所有村庄，都含有皖西北意味。一所村庄，约有三五十家。人家之外，均觉树木葱茏。唯有一点，大大异乎江南……这里人家，十分之九，均系稻草铺屋。合肥虽然是有名的地方，但稻草铺屋，尚系未改。"如此平实的文字，宛如一幅发黄的黑白照片，忠实地记录了六十年前合肥北部农村的历史旧貌。

对于当时的合肥市区，张恨水留下了这样的文字："车行（至）十二点二十分，已抵合肥。合肥，现在已经改为省城，人口有四十多万。从前的合肥，不过三四万人，解放以后加多，真是蒸蒸日上。城墙已经拆除，有几条马路，横贯南北。市上盖的房子，非常之多，一两年后，草盖民房，将以瓦房代替，那时合肥更好。”可见，那时的合肥，虽已经是省会城市了，草屋还是寻常可见的。用稻草铺屋，是旧时习俗，在当年也是必然的选择。恨水先生乐观，相信“一两年后”合肥市区的草屋就会销声匿迹，面貌一新。是的，现在回头来看，恨水先生看得很准，时间足以改变一切。

在合肥，张恨水除了跟着他的堂长兄张东野先生去拜访了一些久别的亲友，还参观了合肥的几处名胜古迹，去了逍遥津、明教寺，还有包公祠。在张恨水的随笔《逍遥津与明教寺》里留有这些文字：“逍遥津是公园，有马路可通，是三国时候张辽击败孙权的地方……入门一条马路，跨过儿童公园，马路分歧可进。再进去，花圃草地，分排两边。沟渠水道，微微环绕，围绕公园之半边。有三五亭榭，靠花木荫处，颇有诗意。”寥寥数笔，交代了逍遥津来历之典故，描绘了逍遥津眼前之面貌。“明教寺，在逍遥津偏东。此寺四围全系平地，唯寺之所在，在土堆上建筑起来。按台阶数了一数，共二十六砌。庙凡三进，各庙都差不多。唯前院有一土台，上覆一亭，亭中有一井，上系一木制之额，其上有字曰：‘屋上古井’。此寺大概建于明初，井，古来就有。”恨水先生心细，登了一列台阶，竟然心中有数，还能够说得出台阶的级数。所以，对明教寺的描述，文字不多，却能让人身临其境，尤其逼真。“包公祠，这就是民间盛大传说包拯的祠堂。此祠在合肥南门外，护城河边。我们横跨一马路，看到一片长可里许的湖洲，这就是包湖（河）公园了……又跨过一道新式绿木桥，先达一洲。这里平坦湖心，花木畅茂……入门，为四方形之建设。三方为廊，中隔一天井，是即正殿。其正面供一神龛，中供泥塑包拯像。像非若世间传说，是包老黑，且五官都是黑的，倒是与常人一样白面长髦，官服抱笏。”文字的功能真是太强大了，作用太重要了，当时描述的不过是眼前的事实，若干年后读起来，文字的内容便是一段历史了。譬如，张恨水笔下的包公祠位于“合肥南门外”，那地方如今早已是这座城市的核心区域了。今天的合肥南大门该在哪里？还真不好界定。古南门之南十公里处？那地方早是城区了。二十公里处？那地方也已是新城区了，不能算作新南门。估计再向南三十公里、五十公里也挡不住这座城市的铺张，新南门永远在城市的南边之南。

那次，张恨水在合肥还看了两场戏，一场是古装戏《双丝络》，一场是现代戏《借罗衣》。都是合肥地方戏，张恨水说看的是“倒七戏”。他还专门写了一篇随笔，叫《倒七戏》。文章开头就说：“倒七戏是合肥的地方戏。为什么叫倒七戏呢？据当地人的解释，凡角色出台，口里要唱七个字一句台词。等到唱完了，调转身来，面向台下。所以开始倒步唱了七个字，这就是倒七戏。现在当地戏要大众化，这七个字一倒，已经没有了。不过倒七戏这个名词，还依然存在。这是当地人说的话，可靠不可靠，我不知道。”其实，“倒七戏”就是后来的庐剧，也叫“小道戏”。提起“小道戏”，合肥人可就自豪了。相传，晚清重臣李鸿章当年受派出国访问时，对方突然奏起了国歌，大清王朝却没有国歌，李鸿章急中生智，命随行人一起唱起了一段小调，那小调便是李鸿章家乡合肥“小道戏”。

张恨水出生于1895年夏天，1955年夏天来合肥期间，恰逢他过六十周岁整寿。他的堂长兄张东野先生为他举行家宴祝福，没请外人，只是家人欢聚。饭后，老兄老弟俩喝着家乡茶，说着家乡话，一直谈到夜深人静。回京以后，张恨水忆起在合肥兄弟相聚的情景，感慨良多，作《南下杂感》诗三首，其中一首曰：

“乙未六十只身南下，路过合肥，在东野兄处过旧历四月二十四，予生日也。回来，六月初一因补记之。遍传六十忽然来，单影孤征笑口开。尚有老兄将弟唤，且由阿侄背人猜。因缘乱植相思豆，文字难成锦绣堆。淡泊不多春意在，窗前几朵是残梅。”

张恨水此行的目的地不在合肥，是家乡安庆，他的妹妹当时还住在安庆城里。离开安庆时，张恨水取长江水道坐轮船先到南京、再到上海，然后，由上海坐火车返京，途中曾在济南下车逗留两天。一路上，张恨水或拜访亲朋故旧，或参观名胜古迹，或考察风土人情。这趟旅行之后，张恨水一口气写下了19篇随笔，其中，有三篇直接写合肥。后来，这些随笔以《京沪旅行杂志》为题，曾经在香港《大公报》上连载。今天读来，仍感亲切。

2017年1月2日写于合肥

恨水新故居

丁酉年春节前回到了家乡黄土岭村，听到一个令人高兴的消息：张恨水故居落成。

消息来得有些突然，却不意外，想想也必然。说它突然，去年间几次回到了黄土岭村，并没有听说张恨水新故居正在兴建。说其必然，张恨水在黄土岭恢复故居，家乡人期盼已久，是众望所归。

话说至此，不得不还原一段历史，即张恨水故居从有到无，而后又无中生有的过程。

其实，张恨水的出生地，并不在安徽省潜山县的黄土岭村。这里只是他的祖居地，他本人出生于江西广信。父亲在江西做过小官，张恨水的童年和少年时代在江西度过。其间，张恨水也曾多次回到原籍黄土岭，住在祖居老宅里。张恨水很喜欢黄土岭的老宅子，尤爱那间窗外有棵桂花树的老书房，那便是张恨水笔下的“黄土书屋”。他对“黄土书屋”念念不忘，多次在文章中写到了对于“黄土书屋”的怀念，那里曾经孕育了他的文学梦想。如今，在潜山县城西北隅的章法山上张恨水陈列馆里，在省会合肥市滨湖新区安徽名人馆里，在北京中国现代文学馆里，都还能见到张恨水“黄土书屋”的老照片。

面对那张老照片，一点都不觉陌生，感到似曾相识。对老照片上那个地方，真是太熟悉了。20 世纪 70 年代前半段，几乎天天都会到那个地方。因为，那里曾有黄土岭小学校。那些年，全村的孩子都在那里上学。校舍是一所破旧的古祠堂，系储氏宗祠，当地储姓人氏颇多。当年，张恨水还曾在那座祠堂里上过私塾，被一位储姓塾师发现少年恨水是一个少见的人才，读书过目不忘。在祠堂和恨水祖居老宅之间，隔着一口麻石砌岸的清水池塘。祠堂在池塘的东岸，恨水祖居老宅在池塘的北岸。在20世纪六七十年代，黄土岭村那一带的民房几乎一色的黄土砖墙。所以，见到了恨水老书房的旧照片，便以为自己曾经见过了储氏宗祠边，清水池塘北岸的那间“黄土书屋”。

其实，不然。在黄土岭小学校上学期间所见，已然不是张恨水的“黄土书屋”了，虽都是黄土砖墙。当年，张恨水在北京立足之后，旋即把母亲和弟弟妹妹们一大家子人全接到了北京，祖居老宅子便空了下来。直到抗日战争爆发后，张恨水才匆匆忙忙将母亲和其家人送回了老家，以避战乱。抗战胜利后，张恨水与母亲久别重逢，不是在黄土岭的老宅子里，是在安庆城里。房子必须有人居住。那种黄土砖墙的房子，若不沾染人气，便无活力，支撑不了多久，会在一场雨后坍塌下来，沦为一堆废墟。后来，吾辈所见，已经是别的村民在张恨水祖居原址上兴建的住宅了。早些时候，一直心犹不甘，不信此地真无恨水故居，认为其中某座旧屋便是。直到新世纪以后，张恨水祖居故址附近，全不见了先前的黄土砖墙瓦房，取而代之的是些两层三层的小楼，这才彻底意识到张恨水的祖居老宅子真的不在了。

突然听说，由政府出钱，村里出面，迁走了后来在张恨水祖居原址上建房的居民，新建了张恨水故居，心里便有一股按捺不住的激动。是在大年三十中午时分到的家，吃过午饭，便由二弟做伴，从家里出发，步行去张恨水故居。不足千米的距离，且是水泥路面，行走方便，走走也就到了。孰料，第二天，也就是大年初一，作家朱晔，一位安庆望江籍在北京工作的朋友，发来微信说，他正在从北京开车返乡的途中，很快经过潜山县，想过来看看张恨水故居。驱车千里，又是春节当日，作家朱晔一定是归心似箭了。还能绕道几十公里来看张恨水的故居，这种心情让人感动。他到的时候，已是傍晚五点多钟了，为赶时间，来不及先领客人进屋喝口热茶，就直接去了新落成的张恨水故居。故居还没有成立管理机构，没有专门的工作人员。怕天黑了找不到人开门，会让远道而来的客人扑空而失望。两天之内，两次去看张恨水故居，该是那两天去得最勤的人吧。

新建成的张恨水故居，是一所名副其实的“故居”。看起来，它就像先前的某个时代这里曾经有过的这样一户人家。据说，除了砖瓦等建筑材料略带些现代元素之外，在建筑风格上，故居还是最大限度地保持了张家老宅子本来的特征。

故居坐北朝南，是一幢灰砖黛瓦的旧派平房民居。门前，有一方青石板铺面的小广场。故居规模不大，前后两进，每排五间房子。中间有个长条形的天井，供采光和下水用，体现了旧时皖西南地区“四水归堂”的居家理念。进了故居，先找张恨水的书房，对张恨水的书房存有很深的阅读记忆。书房在前排，大致照顾了张恨水文字中有关“黄土书屋”的描述：“南面是个大直格子窗户”，窗外“有一棵桂花树”。当年，“黄土书屋”窗外的那棵桂花树，给张恨水的印象实在太深了。甚至，连他的笔名“恨水”，也因这棵桂花树而来。面窗观树，季节在眼前更替，“林花谢了春红”之类的自然现象，让多愁善感、心若游丝的年轻张恨水，产生了“自是人生长恨水长东”的感慨。那一年，张恨水才17岁。在他的父亲因患急病突然去世之后，他随母亲从南昌回到了原籍黄土岭。那段时间里，苦闷的张恨水把自己关在那间老书房里，终日用功读书作文。张恨水后来回忆说，窗外的桂花树，“增长了我不少的文思”。实际上，张恨水的文学创作正是起始于老书房，他在老书房里就作了好几部小说，一部是章回体小说《青衫泪》，一部叫《紫玉成烟》，还有一部叫《未婚妻》。此外，还有一篇笔记，题目就直接与窗外那棵桂花树有关，叫《桂窗零草》。

后排有一间堂厅，余下的是几间卧室。张恨水母亲戴氏的卧室，还有张恨水和他二弟张啸空的卧室，都在后排。在吾乡，村民看待宅院里的房间顺序，如同酒席上的座次，以里边为上，尤以东北角处为最大，归长兄居住。恨水是孝悌之人，特别孝敬母亲，十分爱护弟弟妹妹。家里的房间排列分配，定是由母亲做主。堂厅里，悬挂着一块牌匾，题名：“百忍堂”。牌匾的下方是一幅中堂。画上，有松，有竹，有梅，是一幅《岁寒三友图》。两边的对联曰：“欲知世味须尝胆，不识人情且看花。”看花，就看梅花吧，梅花香自苦寒来。很明显，这幅中堂的意义就在于教人如何做人了。如此图文，虽寻常可见，在那个时代它出现于黄土岭这块乡野之地，还是彰显了张恨水良好的家风家教。至此，会让人想到，人的成功不会无缘无故，除了他后来的刻苦努力，在很大程度上取决于他从小所接受的教育。

在张恨水故居，我注意到了一个细节。故居里挂有门牌的卧室共有四间，除了母亲戴氏和二弟啸空卧室外，还有两间，一间是徐文淑夫人的卧室，一间是胡秋霞夫人的卧室。张恨水和徐氏夫人是在祖居老宅里完婚的，徐氏夫人在老宅里住过很长时间。张恨水和胡氏夫人在北平完婚，胡氏夫人来过张恨水的祖居地，在老宅里住过一段时间。为何不见周南夫人卧室？当时有些不解，后来了解到，周南夫人未到过张恨水的祖居地，因而老宅里也就没有她曾经的卧室。

来张恨水故居之前，心里怀着一种十分隆重的崇敬之情。看过故居之后，说句实在话，心里面似乎有一点小小的失落。当年，这位被广大读者誉为“中国的大仲马”“民国第一写手”，一生创作了一百多部中、长篇小说，著述三千多万字的现代通俗文学大师张恨水先生，在他的身后，新建的故居竟是如此简朴平常，未免给人身后萧条之感。

回头一想，似乎又明白过来了。恨水先生向来作文高调，做人却很低调。在世人眼里，恨水先生最是一个“爱惜羽毛的人”。此语最初出自现代著名作家老舍先生之口，当年在一次公开场合，老舍先生对“恨水兄”做过如是评价。张恨水其人，向来重情重义，一身正气，始终坚持“流自己的汗，吃自己的饭”。曾经的一些人，只会说张恨水是“鸳鸯蝴蝶派”，却不知道张恨水是一位“国如用我何妨死”热血沸腾的爱国文人。在抗战开始后，他曾经打算放弃文学，放弃办报，进到大别山中，去跟着他的堂兄一起打游击。准备以他那无缚鸡之力的双手持枪弄炮，抗击日寇，保家卫国。

恨水的一生，有过富足，也有过困窘。无论贫富，节操不移。他曾经拍着自己的胸脯，十分自豪地对着自己的良心，吟诵出明白如话的朴实诗句:“卖文卖得头将白，未用人间造孽钱。”

乡人听得懂，且很喜欢张恨水的这句话。仅凭这句话，在家乡黄土岭，在乡人心中，张恨水永远拥有他的一席之地。家乡人会像爱惜自家房舍那样，爱护张恨水的新故居。像爱惜自己的“羽毛”那样，爱戴乡贤张恨水。

恨水精神，永驻故里。

2017 年 2 月 5 日写于合肥

正顺通街 98 号

记住了成都的一条街，一个门牌号，正顺通街 98 号。是因为一个人，一个曾经出生于斯、早年生活于斯的人，他是巴金。

后来，百岁的巴金，躺在上海医院的病榻上，他还惦记着，在成都市青羊区正顺通街 98 号附近，路边的那口双眼并列的水井。巴金说，只要双眼井还在，他就能找到自己的家。双眼井的旁边，曾经是巴金的故居，当年有一座五进三堂的深宅大院，是由巴金的祖辈置下。巴金在那里出生，一直生活到十九岁离开成都。

去年初冬，有一趟去四川大学培训的机会。去成都之前，已在心里念叨，到了成都之后，一定要抽时间去拜谒巴金故居。于是，上网查询，得知巴金故居坐落于一条名叫正顺通街的地方，门牌号是 98 号，旁边有一个标志物——一口双眼并列的水井，也就是巴金念念不忘的双眼井。

自以为记住了地点，且知道了目的地附近的标志物，便不愁找不到寻访的目标。真没想到，在成都，寻访巴金故居，竟是一桩难以实现的心愿。

那天上午，自旅馆出来，坐地铁，转公交，使用手机导航加上找人问路，七拐八拐地找到了正顺通街 98 号。在那里，看到了那口双眼并列的水井，却没有找到那幢五进三堂的旧式平房宅院。眼前的房子，一律是现代建筑，高楼林立，没有一间低矮的老宅。紧靠着双眼井的建筑，是一座新建的楼房，气派得很。该有十好几层高吧，外墙上镶嵌了“某某剧场”几个红色大字。剧场大院门前，坐着两个正在晒太阳的保安，神情慵懒。两人都有年岁了，估计在那地方做事也很有年头了。待向他们询问巴金故居时，两位保安你一言我一语说：“对，就是这个地方，已经没有了，早就拆完了，不过那水井还在。”

顿时，心里凉了。但还是不死心，继续追问道，是拆了以后，到别处重建了吗？两位保安不置可否，好半天不说话，似乎在思考。随后，其中一位说：“你可以到百花潭公园去看看，好像那地方有。”“有？有什么呢？是故居吗？”因为急切，问得有些逼人。那人无奈地摇摇头说：“我也不知道，你去看看吧，看过就知道了。”

没有看到巴金故居，只好仔细看看巴金故居旧址上的那口双眼井了。井早已干枯，上面用两块片石分别盖住了两个井眼，石砌栏杆围成了大约四五平方米的一片领地，与周围的高楼和店铺隔离开来，表明这口井受到了保护。在井边，立有一块石碑，碑上有字，字迹隐约可见，记载石碑立于1994年。很多年过去了，石碑的两个小角已经损坏，碑上的文字也已残缺不全。不过，这破败的石碑，与那口古老的双眼井在一起，倒是很匹配的，有一种沧桑感。

看过古井，心犹不甘，打车到了浣花溪南岸的百花潭公园。公园里自然没有巴金故居，但有一尊巴金铜像。2003年，成都市为了纪念文坛巨匠巴金百年寿诞，为巴金雕塑了一尊铜像。据说，这是全国最大的巴金铜像，安放于百花潭公园内的慧园广场上。铜像上的巴金，身着中山装，戴着一副眼镜，围着围巾，手拄一支竹制拐杖，正漫步走向前方。巴金是一位关心民间疾苦的文学家，一看这铜像便能洞察到巴金的精神境界。

在慧园广场，瞻仰了巴金铜像之后，向百花潭公园里的一位工作人员咨询，巴金故居在什么地方？那位解说员姑娘，显然受过良好的旅游专业训练，对成都旅游文化颇有知识储备。她毫不迟疑，张口就说：“巴金，是我们成都一张响亮的名片，政府非常重视。目前，巴金故居正在重建规划中，已经率先建成了巴金纪念馆，也叫巴金文学院，就在龙泉驿区。”至此，始信巴金故居目前是不存在了。又问那位姑娘，坐落于龙泉驿区的巴金纪念馆，离这里有多远？姑娘说：“不远，也就三十多公里吧。”听姑娘的口气便知道成都很大，市内三十多公里地，也不算远。

没有悬念，准备再次打车，前往龙泉驿。车已被拦下来了，都坐进了车里，司机却不愿意走。原来，在成都，市区和郊区的出租车在运营上是划界管理的。市区的出租车到了郊区，只能下客，不能上客。所以，市区的出租车便不太愿意去郊区。如果乘客一定要去，那就得加钱了，给双倍的价钱，把出租车回程空载的损失给补回来。遇上这种情况，司机会把话讲在前面，能够不去的尽量不去郊区，劝乘客改乘其他交通工具。这不，司机就说了，还是算了吧，你坐地铁过去会方便很多。3 号线地铁，坐到底，龙泉驿站，出站再打车，很快就到巴金纪念馆。

听从了出租车司机的建议，改乘地铁到了龙泉驿。出了地铁站，打车找到了巴金纪念馆。

巴金文学院坐落在成都东南龙泉驿区董家桥头，绿树成荫，风景优美的驿马河畔。院内布局采用了对称的四合院结构，中间的一幢建筑最为高大，共分两层，门额上的牌匾曰：“巴金纪念馆”。除了巴金纪念馆还有综合楼、会展楼和亭廊，所有建筑以灰瓦白墙为主，木格子窗、斜坡屋顶，平实的四川民居风格，衬托了巴金为人和为文的朴实。建筑之间因地制宜分布着大小不一的园林，栽种了成都人最喜爱的植物：竹子和芙蓉。亭台、小桥和溪流，恰到好处地给园林作了点缀，增加了园林的鲜活感。文学院里，环境的确幽美，让人感到那是一处修身养性的好地方。

一个人漫步在文学院里，站在小溪边，看水里的游鱼，驻足绿树下，听小鸟与小鸟的悄声对话。人在这样的环境里，很容易产生遗忘，忘了自己是谁，怎么来到了这里。

直到走进巴金纪念馆时，才突然醒悟。醒悟后，却意识到大院里还是缺少些什么。很明显，缺的是人气，这地方太冷清了。下午三点左右吧，巴金纪念馆里，空无一人。作为客人，见屋内无人，便不敢进门。站在门外喊了声：“有人吗?”两人应声而至，进到馆内，坐到了门口的位子上，他们该是馆里的门岗吧。

两人的态度十分热情，招呼来客尽量看，看完一楼去二楼。一楼大厅中间是一尊巴金坐姿雕像，旁边有巴金故居的模型。巴金的生平事迹实物及图片展，放在二楼。

上了二楼，偌大的展厅里，独自一人。无人介绍，不妨自己观看。看得很细，看得很慢，拍了不少图片。看的同时，心里除了油然而生的崇敬感，还有一种后背发凉、头发起立的恐惧感。毕竟，那个环境太过肃静了。

有点遗憾，离开巴金纪念馆时，没有记住纪念馆所在的确切地址，说不出纪念馆是在龙泉驿区某条路上的某某号。下次再去，还是说不出路名和门牌号，打车时就只好直说到巴金纪念馆了。

这次在成都，没见到巴金故居，无缘一睹那幢五进三堂的旧式深宅大院的风采，无法寻觅到《家》《春》《秋》中的人物掌故，心里有些美中不足的感觉。其实，有点美中不足也不错，恰好给自己留下了一份念想。有了这份念想，便有了下次再去成都的一个充足理由。

因为这份念想，会牢牢记住一个地址：成都，正顺通街，98 号。

2017 年 1 月 8 日写于合肥

沙河堡上访“菱窠”

下午一点钟，飞机降落在成都双流机场。随后，打车到了位于成都东郊一个名叫沙河堡的地方，在四川师范大学北门附近，入住一家酒店。

掏出手机，询问无所不知的聪明“度娘”，此地风物几何。不问不要紧，一问还真让人兴奋。原来，现代著名作家、翻译家李劼人先生故居近在眼前，显示距离还不到两公里。其实，来成都之前，想起了家在成都的李劼人先生，心里曾念叨过，到了成都定要去看看李劼人故居。只是苦于来前准备仓促，加上对成都不熟悉，尚未了解李劼人故居的确切位置。没想到，在成都入住的酒店，竟然临近李劼人故居，为圆此行的一个心愿提供了极大的便利。

少年时代，就记住了李劼人的名字。最早熟悉李劼人的名字，是因为一部长篇小说《死水微澜》。在记住作家名字的同时，记住了小说中故事发生地天回镇。这个地名很特别，富于诗意，它曾经多次出现在李白的诗中。除了小说中的地点，还记住了作家笔下那些惟妙惟肖的人物，罗歪嘴、顾天成以及蔡大嫂。

当天下午，只是会议报到，人到了就行，没有其他任务。有了一点自由支配的时间，可以外出走走看看，也可以窝在房间里休息静养，消解旅途疲劳。手机上一出现李劼人故居的字样，先前那些若隐若现的旅途疲乏感，立刻不见踪迹。根本不用休息了，立即动身，去沙河堡，寻访李劼人故居。

找寻的过程极其简单，还是先问“度娘”，发现“度娘”有些含糊，语焉不详，才去询问路人。原来，沙河堡只是旧时成都东城外的一个乡镇地名，方圆几十里范围，在四川师范大学北门下榻的那家酒店本身就在老沙河堡的地盘上。真是非常幸运，一位骑电瓶车的中年男子，不仅把目标所在的地点和前往的线路讲得清清楚楚，而且还主动表示可以上他的电瓶车，他顺便捎带一段。他恰好从李劼人故居附近经过，坐他的车不仅少走路，还避免找错地方走弯路。

在一个路口下了车，那位热心人右手一指说："过了四川邮电学院的大门，往前走百余米，右拐便是一条缓缓的坡道，叫菱窠西路，差不多走到路的尽头，就到了李劼人故居。"听他这么一说，情况就很清楚了，所谓的"菱窠路"，便是为李劼人故居专修了。热心人指引的路线一点没错，下了电瓶车，没走几分钟，就走到了李劼人故居的门前。

一道院墙，如同一幅画框，界定了一幅幽美的图画。图画的内容是一所园林，从大门外望进去，草地如茵，树木苍翠，屋顶翼然。大门两边各立有一石碑，左边碑上有当代著名诗人流沙河先生签名题写"成都市李劼人故居纪念馆"字样，右边的碑上刻有"李劼人故居"的碑名，落款"成都市人民政府"。大门门楣上，有块茶色木匾，匾上题有"菱窠"二字。两边门柱上有副对联："极尽四时之所乐，自成一家以立言。"看到这样的大门楹联，便会让人想到"菱窠"的主人李劼人先生，他那乐观豁达的人生态度，他那自成一家的人生建树。

进得"菱窠"大门，方知园林并不大，不过四五亩地。但布局安排挺有讲究，亭台楼阁，小桥池水，假山奇石，一应俱全。"菱窠"的主建筑是一幢二层小楼，即"李劼人故居"。楼下是李劼人一家生活起居地，客厅、餐厅、卧室并排的几间房子。楼上是李劼人的藏书楼。书是李劼人的最爱，曾经收藏图书四万多册，后来全部捐献给了国家。

楼前，有一小块绿地。背靠小楼，面朝大门，安放着李劼人的汉白玉半身塑像。这是李劼人的生前好友、著名雕塑大师刘开渠先生的倾情之作。门边廊柱上，悬挂着李劼人撰写的两副对联。内联是："历劫易翻沧海水，浓春难谢碧桃花"。外联是："人尽其才，地尽其力，物尽其用；花愿长好，月愿长圆，人愿长寿。"联词当中流露出李劼人深刻的人生感悟，以及人到晚年朴素平实的美好愿望。

小楼的两旁，各有几间厢房。左边是几间平房，名叫"浓春阁"，里面陈列了一些与李劼人有关的书画作品。还有一间多媒体展厅，于大屏幕上滚动播放对李劼人纪念馆的介绍以及李劼人的生平事迹。门柱上，挂着一幅由李劼人撰写的对联："敢有文章惊天下，莫教鹅鸭恼比邻。"访客至此，莫不驻足，吟哦品味。此联气魄宏大，却又在情理之中，绝非不知天高地厚，乱夸海口。当年，李劼人的《死水微澜》《暴风雨前》和《大波》“大河三部曲”，的确曾经一鸣惊人，享誉天下，一举奠定了他在中国现代文学史不容置疑的重要地位。

小楼的右后方，是一栋平房，用作“李劼人生平事迹陈列馆”。墙上的图文，展示了李劼人的一生。李劼人早年参加过四川保路运动，经历了辛亥革命的全过程；二十岁出头，开始创作小说，“五四”之后赴法国留学，致力于法国文学研究和翻译；五年后回国，先任《川报》主编，后任教于成都大学（四川大学前身）。李劼人履历丰富，除了从文、从教，还曾经从商、从政。不同的人生阶段，不同的工作领域，李劼人都取得了斐然成绩。看过李劼人的人生经历，看到李劼人的人生成就，心中更添敬意。

小楼的右前方，也有一座二层小楼。楼上是工作人员办公的场所。楼下，有一间餐厅，门头上挂着“小雅轩”的招牌。不过，这间餐厅，只供游人参观，并不真的招揽生意，待客就餐。原来，这间餐厅是有来头的。作为文学家、翻译家的李劼人先生，同时还是一位美食家，他从小便练就了不俗的烹饪技艺。李劼人曾经著文说：“成都平原沃野千里，是天府之国的中心城市，米好，猪肥，蔬菜品种多而味厚且嫩，故成都多小煎小炒，而以香、脆、滑三字为咀嚼上品。”李劼人对吃食研究颇深，尤其对川菜体会独到，有继承，还有创新。1930 年 4 月，时任成都大学文学系教授的李劼人辞去教职，在成都市指挥街开了一家餐馆，取名“小雅轩”。文雅的店名，颇具诗意，它原本就是典出《诗经·小雅·鹿鸣》：“我有旨酒，以燕乐嘉宾之心”。来店里消费的，大多是冲着这个“雅”字而来，客人多是成都的文人雅士。在旧时成都的老辈文人圈里，李劼人被尊称为“大师傅”。李劼人很喜欢这“大师傅”的称谓，他视做菜如作文，做得精致；又视作文如做菜，品之有味。

在小楼的背后，有一座矮小的坟茔。坟茔的风格，一如它的主人——李劼人的夫人杨叔捃，低调谦卑。杨氏原本是李劼人的表妹，那个年代，人们崇尚亲上加亲，彼此贴心，婚姻牢固，幸福美满。杨氏一生为人贤惠，勤俭持家，相夫教子，和气待人，堪称李劼人的贤内助。杨氏去世后，被家人安葬在故居屋后，作为故居的女主人，她将永远陪伴着李劼人的在天之灵，与李劼人始终携手，魂守故园。

边走边听边看，不知不觉中，在不大的院落园林里已走了个遍。临出门前，忽然想到了大门匾额上的“菱窠”二字。在李劼人故居的园林里，还没有看出“菱窠”这个名字的来历。寻思之间，偶见大门外边有一口不大的池塘。出门，走到池塘边，见池塘水面上漂浮着一些菱叶。初冬的成都，天气还是很暖和，菱荷类的水生植物日子过得还很安逸。那些菱角的叶子，依旧旺盛，看不出丝毫的衰败迹象。可能是因为池塘里水土肥沃，有些菱角的叶子被催生得离开了水面，侧身站立，能够清楚地看到，叶面翠绿，叶底却是紫红色。看到这些，一切都明白了。所谓“菱窠”，也就是这口菱角塘边的一处“巢穴”了。身为作家的李劼人，热爱生活，热爱自然，视草木虫鸟为朋类，视居室为巢穴。

原先，这地方并不是李劼人的家。在成都，李劼人原本没有自己的房产，早年居在状元街外婆家，后来相继在指挥街、斌升街、桂花巷租房居住，《死水微澜》《暴风雨前》等作品就是住在桂花巷里完成的。1938 年，日寇开始对中国抗战大后方进行大规模空袭。成都是日军重点轰炸的城市之一，逼迫市民不得不到郊外寻求临时避难所。李劼人看中了成都东郊沙河堡荒野之中，这口长满了野生菱角的池塘，他喜欢这里的幽静。便在亲友的帮助之下，于池塘边搭建了几间泥墙草顶的陋室，取名“菱窠”，在此落地生根，安营扎寨。直到 1959 年，李劼人因为获得了一笔丰厚的稿费收入，遂起念整修“菱窠”。随后的“菱窠”，便变成了砖墙瓦顶的两层小楼。眼前的“菱窠”，是在李劼人去世几十年后政府出资新修的纪念馆，比起李劼人当年居住的“菱窠”，不知排场到哪儿去了。

不过，当年的“菱窠”，可谓陋室不陋。真的应了刘禹锡《陋室铭》里那句名言：“谈笑有鸿儒，往来无白丁”。不仅成都的文人雅士是“菱窠”的常客，甚至就连当时的中国文坛名将巴金、叶圣陶、沙汀、艾芜都曾经到访过“菱窠”。

“菱窠”是李劼人的归宿，他在这里安享了他的晚年。李劼人 1962 年逝世，享年 72 岁。在当年，七十多岁算是高寿了，但还是让人感叹人生苦短。一生只够做一件事。晚年的李劼人住在“菱窠”，心无旁骛，潜心创作、整理旧作，总觉得心有余而力不足，还有许多想做的事情没有做完。

李劼人的一生，在时人以及后人看来，非常成功。他曾经在人生的舞台上“饰演”过作家、报人、教授、实业家等多种角色，都很出色。后来，李劼人还做过成都市人民政府副市长，且政声斐然。不过，今天的人们兴致勃勃地来到“菱窠”，绝大多数事先并不知道“菱窠”的主人曾经做过成都市的副市长，只知道他是那位写过《死水微澜》的大作家。估计，成都市出资兴建李劼人纪念馆，也不会因为李劼人曾经是这座城市的一位副市长。

不知道李劼人是否有过遗憾。假如这位曾经写出了《死水微澜》的大作家，一生只做一件事，专司写作，或许，他的人生成就更大。

2017 年 1 月 21 日写于合肥

木心是谁

最早接触木心这个名字，是因为一首《从前慢》的诗："记得早先少年时/大家诚诚恳恳/说一句是一句/……从前的锁也好看/钥匙精美有样子/你锁了人家就懂了。"

喜欢这首诗，尤其最后这一句："你锁了人家就懂了"。如果说得更加到位一点，关键是这最后一句中两个动词之一："懂"。一个"懂"字太有味道了，能让人回到"从前"，看到从前的那些人，从前的君子们。因为，关于锁，从前的说法是，锁君子，不锁小人。从前的锁，都是为君子而设。现在的锁，还能这样吗？木心的诗，让人想起从前，也让人想到现在，当下的门和窗。为了满足心理上的安全感，人们自设囹圄，加装防盗门窗。

喜欢这首诗，也因此欣赏写诗的那个人，一个完完全全的陌生人，木心。木心是谁？他来自哪里？他到底是一位新作家还是复出的老作家？他还有哪些作品？带着这些问题，满世界去追寻，能找的地方几乎都去找了。

三年前的秋天，有机会去了一趟浙江乌镇。在乌镇西栅，离茅盾纪念堂不远的地方，有一座古老的书院，叫昭明书院。在书院的一角，意外地发现了一爿很小的书店。书店里卖的主要是本地人的书，茅盾先生的书占了大半。在书架上，又有了一个惊喜，竟与"木心"二字不期而遇。木心的好多书，那些陌生的书名，赫然在目。一时，便有了那种"踏破铁鞋无觅处，得来全不费工夫"的感觉。正是那次到了乌镇，又在昭明书院里邂逅了木心，过后才不再追问木心是谁了。

其实，真正了解一个作家，最好的办法就是读他的书，所有答案都在书中。从乌镇回来，读了木心的好几本书，有散文集《哥伦比亚的倒影》《素履之往》《鱼丽之宴》《即兴判断》，有诗集《我纷纷的情欲》《西班牙三棵树》《云雀叫了一整天》，有小说集《温莎墓园日记》，还有由木心讲述、他的得意门生陈丹青先生记录整理的《文学回忆录》，当然也包括陈丹青的诸多介绍文字。之后，对木心的了解越来越多。木心是谁？已然不是问题。这个问号终于被拉得笔直，成为一个语气肯定的感叹号。

木心就是那个生于乌镇，成年以后离开乌镇，到过杭州，到过上海，到过大洋彼岸的纽约，最后，又回到了乌镇，终老乌镇的那个一生漂流又叶落归根的单身男人。他的祖上很富裕，留给他不少田产。木心决意离开乌镇时，将他名下所有的田亩，半卖半送，寸土不留。不留最好，留了或许便是祸害。木心对身外之物看得透彻。木心说："人穷一点才方始像一个人。你看，老虎只有一张皮，蚂蚁知道囤积，但不懂经商。再者，处于悲伤中的人才符合人的本性，不因得意而忘形才更像一个人……"这话听起来耳熟，让人想起孟德斯鸠，他说过，人在苦难中才更像一个人。木心早已对大师的思想熟烂于心，轻轻松松化作自己的语言了。木心两手空空走出国门，差不多绕着地球转了一大圈，最终还是回到了原点。大概正是因为他想在这个世界上活得更像一个人吧，他才知道自己应该追求什么。他孑然一身，没有子嗣，死的时候，身边却有一大批青年男女给他送终。青年们跟木心无亲无故，他们都只是木心的读者。这种情景，在鲁迅之后，应该很少见了。

木心就是当年在上海郊区高桥镇隐姓埋名的一名中学教员，后来被人发现并追捕，他拒捕跳海，又被人捞起投入监狱，那个给人有些神秘感的年轻人。木心就是曾经在上海的某次会议上，因看不惯某位"要员"嘲弄诗人海涅"吓破了胆子"，便挺身而出，当面指斥权贵，结果自己惨遭批斗的那个不识时务的文艺青年。木心就是曾经被囚禁了18个月，在阴暗潮湿的囚室里，使用理应书写交代"罪行"材料的纸张写作了大量的诗文，在自己画出的黑白键盘上无声地弹奏莫扎特和肖邦，那个没心没肺的中年男人。他对自己过往的遭遇从不控诉，忘而不记，别人谈起时，他只是举重若轻地说一句："我白天是奴隶，晚上是王子。"至多再发一声轻描淡写的感慨："诚觉世事皆可原谅。"是的，木心人如其名，他的心态平静安定，总是笑看云卷云舒，内心波澜不惊。他对自己的一生曾经做过如是平和的总结："我一生的各个阶段，全是错的。"果真是木心有错吗？他到底错在哪儿？恐怕只有木心本人知道了。

木心就是那个56岁离开本土，漂洋过海，到异国他乡寄人篱下，靠卖画勉强度日，以在私人住所里给一二十个华人讲述文学史为乐事，多篇文学作品被收进了美国大学教材的那个中国人。那些听课的华人，虽远离了故土，在他们血管里流淌的依然是华夏文明血液。弟子们自比颜回、子路，木心理所当然地被弟子们尊奉为孔子。木心生前不愿意将其讲课稿出版问世，他认为那不能算作他个人作品。弟子们可不这样认为，当年的孔子不就是典型的述而不作吗？谁能说《论语》不是孔子的作品呢？一部论语通篇皆是“子曰”。正是由于弟子们的努力坚持，一部洋洋洒洒的百万字《文学回忆录》，在木心身后，才回到了故土之上开花结果，让更多的后来人，闻到了花之香，尝到了果之甜。更多的人，也因此知道了木心是谁。

木心就是在他行将结束为期五年的世界文学史讲述之前，最后一堂课上深情地对他的弟子们说，文学是可爱的，生活是好玩的，艺术是要有所牺牲的，那个痴迷于文学与艺术又领悟了生活真谛的率性老人。

他爱文学，坚持文学写作六十余年。在那场史无前例的浩劫之中，他的二十本凝注着大量心血的文学作品手稿，被人夺去付之一炬。这让他心疼不已，却不能动摇他对文学的追求。后来，他说，文学是他的信仰，正是这个坚定的信仰使他得以度过劫难。

他是一个热爱生活的人，虽然生活并不一定时时刻刻关爱他。有时，生活还不免捉弄他一下，给他制造些麻烦甚至苦难。他对生活向来深爱不移，无怨无悔。大概是生死观决定了他的生活态度吧，他对生死看得太过通透了。他说，为人之道，第一念，就是明白：人是要死的。他认为，生活就是死前的一段过程。他奉劝诸位弟子：“除了灾难、病痛，时时刻刻要快乐。尤其是眼睛的快乐。要看到一切快乐的事物……你到乡村，风在吹，水在流，那就是快乐。”木心的快乐，只是一种随处可遇、简简单单的快乐。有风吹，有水流，你在风中，你在水边，看到了风吹水流，你就会快乐。这种快乐，来得容易，也容易被忽略。木心牢牢把握住了这种低成本的快乐。

1950年，在他23岁风华正茂之时，他郑重投奔到福楼拜门下。他牢记了福楼拜的教诲：“如果你以艺术决定一生，你就不能像普通人那样生活了。”“艺术广大已极，足以占有一个人。”此后的木心，他的人生几乎完全被艺术占有，他为艺术做出了在世俗眼光看来是巨大的牺牲。他的导师福楼拜不愿意结婚，木心同样不结婚，终身陪伴木心的只有文学和艺术。木心很清楚，他到底牺牲了什么，那不过是些虚荣，是些俗利。作为艺术家做出的牺牲，木心完全愿意，为了自己的梦想，他觉得值。在木心看来，艺术也只是一个梦，不过比权势的梦、财富的梦、情欲的梦更美一些，更持久一些，艺术，是个最好的梦。

至此，木心是谁，已经不再重要。重要的是，许多人陆续读到了木心的书，知道了这个世界上曾经有过一个名叫木心的人，一位似乎不食人间烟火的作家。

阅读木心，还有了一个意想不到的收获，让人深切认识到人要多多读书。木心曾经在课堂上面对一帮弟子，痛心不已，唏嘘不止："真是可怜啊，你们读书太少。"那帮弟子多是20世纪50年代和60年代出生的中国人。木心谆谆告诫弟子："至少，每天要看书。"

是啊，当人不再为衣食发愁的时候，做一个不让人可怜的人，最好的办法，便是好好读书。如木心所言，每天不忘看书吧。

2017年3月1日夜写于合肥

性情诗人陈仲甫

在安庆市北郊集贤关外，大龙山下独秀园里，伫立于一幅屏风式中堂前，被一对诗联深深震撼：“身处艰难气若虹，行无愧色心常坦”。在诗联侍卫的中间，是一幅陈仲甫先生半身照片，穿西装打领带头发纹丝不乱的那种绅士打扮照片。据说，此联是仲甫先生于南京老虎桥监狱中，写给前来探视他的好友刘海粟先生的。诗句道尽了照片主人公陈仲甫先生人生之沧桑坎坷，人格之伟岸巍峨。

正是因为这联诗句，在纪念馆里，缅怀仲甫先生生平事迹时，面对这位赫赫有名的历史伟人，竟然忽略其他，仅仅将他当成一位普通诗人来看待。

去独秀园之前，读过《陈独秀诗集》《陈独秀诗存》《陈独秀评传》以及《实庵自传》。心里早有印象，这位新文化运动的旗手，他本身是个文人，甚至是一位极易冲动的诗人。虽然，他的人生志向并不在于成就一位诗人，偏偏他的的确确就是一位诗人。

仲甫先生为性情中人，他完全具备诗人气质。这种感觉不仅来自仲甫先生自己的文字，也来自后世人给他制作的塑像。至少在两处见过让人对仲甫先生有此印象的塑像，一处位于合肥市滨湖新区安徽名人馆，一处便在安庆市北郊独秀园。安徽名人馆里，有两尊仲甫先生塑像。一尊在一楼大厅里，在那座庞大的花岗岩群雕上，于众多的安徽名人中，一眼便认出了个性鲜明、肢体语言突出的仲甫先生。另一尊在二楼，近现代人物展馆里，可以一睹仲甫先生独立完整的蜡像。石雕或者蜡像，皆塑造得栩栩如生。尤其蜡像，面部表情清晰，仲甫先生桀骜不驯的表情一目了然。这次，走进独秀园里，迎面一尊高大的立姿铜像。仲甫先生西装革履，领带整齐，神情体态却并不拘谨，一副潇洒自如的样子。他高高昂首却又偏头，目视远方，一手叉在腰上，一手握了一卷书本。怎么看，面前这个人都是一副书生意气，浑身洋溢着狂放不羁的诗人气度。

阅读了仲甫先生的著作之后，尤其是几次瞻仰了仲甫先生塑像，便得了仲甫本色是诗人的印象。这次在独秀园里，读到中堂两边的诗联，又进一步加深了仲甫先生这种性情诗人的印象。

作为诗人，仲甫先生生来具备诗人气质，后天作为诗人条件的准备也十分充分。他在诗坛甫一亮相，立刻引人注目。1911 年初，《民立报》的副刊编者王旡生先生在发表仲甫先生的《感怀二十首》时，对仲甫先生作了一个类似序言的介绍："吾友怀宁陈仲甫，弱冠工属文……隐居杭州，以读书为事，以为诗日益精进……"是的，仲甫先生 17 岁考中秀才，18 岁入杭州求是书院学习，具备良好的新旧之学识功底。20 世纪 30 年代，著名文学家、史学家王森然教授在他的《近代二十家评传》中，盛赞仲甫先生的诗"雅洁豪放，均正宗也"。他还介绍仲甫先生，"昔居杭州箫寺时，能背诵杜诗全集，一字不遗"。当年五四新文化运动的另外一位领军人物胡适先生却说，仲甫是学宋诗的。在胡适看来，仲甫对于宋诗比起唐诗来更加熟稔。可见，无论唐诗，还是宋诗，仲甫先生都下过一番苦功夫，获得了良好的诗学修养。

诗言志。选择诗作为表达方式，于仲甫先生来说，实属必然。他曾经豪情万丈，壮志凌云。远大的人生志向，在仲甫先生早期的诗作中，几乎随处可见。目前读到仲甫先生最早的诗作，是写于 1903 年的《哭汪希颜》。按道理说，这只是一首悼亡诗，与表达个人理想志向无关。可事实恰恰相反："凶耗传来忍泪看，恸君薄命责君难。英雄第一伤心事，不赴沙场为国亡。历史三千年黑暗，同胞四百兆颠连。而今世界须男子，又杀支那二少年。寿春倡义闻天下，今日淮南应有人。说起联邦新制度，又将遗恨到君身。"假借哀汪希颜壮志未酬英年早逝之不幸，道出了诗人自己的心里话，不能在沙场上为国捐躯，便是天下英雄之第一等伤心事。很明显，这首诗哭的是诗人的好友汪希颜，言的却是诗人仲甫报效祖国的远志宏愿。

诗亦寓理。诗中含有哲理，自古有之。仲甫先生诗作中，有些是很典型的哲理诗。即便整体上不是哲理诗，字里行间也充溢着耐人寻味的深刻哲理，表达出仲甫先生对人生、对历史、对现实、对未来的深刻思考。仲甫先生作于辛亥革命前的《感怀二十首》，哲理意味尤浓，富含哲理、给人启迪的诗句俯拾即是。“得失在跬步，杨朱泣路岐；交易在俄顷，墨翟悲染丝。人心有取舍，爱憎随相欺；八骏虽神逸，绝尘尤可追。”“人情有忧乐，天意亦惨舒。”“圣贤秉至公，曲直应无枉；人心无是非，是非徒自网。”“取士必取骨，相马莫相毛。”“百川深自回，嗷焰坐相失。”如此格言警句般的诗句，或谈古论今，或直抒胸臆，都能使人明白某个道理，令人过目不忘。

诗尤寄情。在古安庆府的地盘上，与仲甫先生家离得不远的另外一位文化大师、著名美学家朱光潜先生，曾经在他的《诗论》中这样说：“诗人的思想和情感不能分开，诗主要的是情感而不是思想的表现。因此，研究一个诗人的情感生活远比分析他的思想还更重要。”言及诗人仲甫，不能不说其人其诗之情感。读过仲甫先生大量诗作，便得出了这样一个结论：仲甫先生的诗是仲甫其人赤子性情的真实写照，是仲甫其人强烈情感的自然流露。

仲甫先生为人之豪爽，性情之狂放，在中国近代史上鲜有可比肩者。最先感受于一首七言诗《灵隐寺前》：“垂柳飞花村路香，酒旗风暖少年狂。桥头日系青骢马，惆怅当年箫九娘。”如此明快亮丽的诗句，惊世骇俗，让世人领教了仲甫先生少年之轻狂。隐居杭州那段岁月，仲甫先生正值青春年少之时，身边有心仪的美人相伴，终日沉醉于湖光山色之中，诗酒豪情、活色生香的日子，让诗人一时不知身在何处，面向何从。

1915 年，在《新青年》诞生前夜，仲甫先生写过一首《夜雨狂歌答沈二》。沈二，即仲甫先生的好友沈尹默先生。诗题以“狂歌”为目，未读诗，先看题，就被诗人的狂热豪情打动了。诗中有这样一些句子，让人惊叹诗人的豪迈。“黑云压地地裂口，飞龙到海势蚴蟉。”“喝日退避雷师吼，两脚踏破九州九。”“笔底寒潮撼星斗，感君意气进君酒。”仲甫先生的另外一位好友台静农先生，后来在回忆仲甫先生的文章中，专门点到了这首诗，评价这首诗“极瑰丽奇诡”。恰逢次年创办《新青年》，完全可以理解为，诗人“以雷霆万钧之力，反封建，反传统，倡文学革命”，终于实践了“笔底寒潮撼星斗”。这次夜雨狂歌之狂，不再是少年之轻狂，已是英雄之狂飙猛劲，是足以惊天地泣鬼神的雄伟气魄，凡夫俗子们难以望其项背。

仲甫先生的情感世界始终丰富多彩，却不是无边无际泛滥成灾的狂放。一味的狂放怎么说还只是单调，而单调却与仲甫先生无缘。如同史上诸多伟大诗人一样，仲甫先生的诗，有惊天动地的狂放，亦有日暮生愁的柔弱。

仲甫先生在辛亥革命前后，隐居杭州期间，也写过一些反映孤寂愁苦心态的诗作。最具代表性的是《杭州酷暑寄怀刘三沈二》：“病起客愁新，心枯日景沦。有天留巨眚，无地若孤身。”大凡人一生病，性格多会变得特别脆弱。许多事情想做而不能做，很容易觉得自己是一个多余的人，世界再大，却无一处好容身。诗人仲甫也有过如此愁绪，比起先前的豪迈与狂放，简直判若两人。

实际上，仲甫先生是典型的铁骨柔肠，剑胆琴心。心肠硬时如铁，柔软竟如水，千回百折，让人感动不已。这在他的两首悼亡诗中，表现最为突出。一首是早年的《述哀》，一首是晚年的《挽大姊》。

仲甫先生父亲早逝，从小缺乏父爱，他在严厉的祖父呵责和拷打下度过了童年。儿时难得的那一点温馨，是源于母亲及大哥大姐给予的关爱。那位早早中了秀才的大哥，耐心教他读书，全程陪伴他外出应举，一直以来兄弟情深。1909 年 10 月，大哥孟吉因病在东北早逝。漂流在外的仲甫先生得知后，“仓卒北渡，载骨南还”。旅途中，他“悲怀郁结，发为咏歌”，于沈阳旅馆里写下了长达 680 字的五言诗《述哀》，痛悼亡兄。“无言执兄手，泪湿雍门弦”“海上各为别，一别已终天”“同根复相爱，怎不双来还?”诗中充满了如此情真意切的句子，写得凄楚动人。仲甫先生晚年所做的《挽大姊》，回顾了一家兄弟姐妹生死存亡的状况，回忆了大姐勤谨、贤惠的为人。浓浓的亲情溢于笔端，真情的自然流露，形成了最为动人的诗句：“送我西廓外，木立无言辞。依依不忍去，怅怅若有思。”诗中的“大姊”，已然不只是大姊，从大姊身上可以找到诗人母亲的影子。读过这首诗便发现，它是一首对大姊的挽歌，也是一首母爱的颂歌。

仲甫先生晚年，流寓重庆江津乡下，过着贫病交加的日子。“日白云黄欲暮天，更无多剩此残年。病如垣雪消难尽，愁似池冰结愈坚。”一首《病中口占》，真实地反映了仲甫先生晚年的生活境况，一位曾有经纶天下之心的末路英雄，一位赤胆忠心、赤子其人的性情诗人，正在与贫、病、愁为伴，艰难苦度他悲凉的余生。

一个本无意于成为诗人的人，仲甫先生一生都在写诗，从他 24 岁开始，一直写到他 63 岁去世前夕，写了将近 40 年。他的诗歌成就，令他不想成为诗人都不行，他早就走在了杰出诗人的行列之中。

仲甫先生作诗，从来都是情不自禁，绝无“为赋新诗强说愁”的刻意做作。他随性作诗，无意做诗人，还形成了自己的诗学观点。虽未留下诗学论著，仲甫先生于一些诗作当中，有意无意地披露了自己的诗学观。

他于早年应和苏曼殊的一首《本事诗》云：“丹顿裴伦是我师，才如江海命如丝。朱弦休为佳人绝，孤愤酸情欲语谁?”仲甫先生就此告诉世人，他在诗学传承上，很早就有了世界视野，曾经以但丁（丹顿）、拜伦（裴伦）为师。不过，具有世界眼光的仲甫先生并不崇洋媚外，对他看不上的诗人，哪怕名气再大，他照样嗤之以鼻。他在文化随笔《寸铁》中写到了印度诗人泰戈尔，题目就直接写成《太（泰）戈尔是什么东西!》。文章说：“太（泰）戈尔初到中国，我们以为他是一个怀抱东方思想的诗人，恐怕素喜空想的中国青年因此更深入魔障，故不得不反对其他，其实还是高看了他。他在北京算未曾说过一句正经……他是一个什么东西!”仲甫先生性格耿直，对他不喜欢的人，他按捺不住便直接说了出来，甚至痛骂人家，哪怕他面对的是一位世界级的文学名流。

晚年于江津《寄沈尹默绝句四首》之一云：“论诗气韵推天宝，无那心情属晚唐。百艺穷通偕世变，非因才力薄苏黄。”是诗，也是诗论。它告诉世人，对于传统的接收，仲甫先生可谓兼收并蓄，采众家之长，却又有自己的重点。仲甫先生明确表示，他不轻视以苏轼、黄庭坚为代表的宋诗，但骨子里面还是崇尚盛唐诗风。

原来，这是个率性为人、随性为诗的人，仲甫先生的诗作并不是随随便便写出来的，他有自己做人的原则，亦有自己作诗的原则。

从独秀园里走出来的时候，想起了这块土地上的另外一位文化名人，他就是家在五十公里开外的小说大家张恨水。当年，他对仲甫先生的文学创作不以为然。张恨水曾经于 1946 年 5 月在《新民报》发表《怀独秀山民》短文，对仲甫先生如是评价：“其人才气横绝，写理论文字充满热情与智慧，而无文学之才。”在张恨水看来，仲甫先生文笔庸俗，文艺作品不值一读。初读此文，觉恨水先生此番评价颇为刻薄，后来细想似乎有些明白。二位先生所走人生道路完全不同，恨水先生一心从文，仲甫先生无心从文而又为文。作为同乡的恨水先生，他对仲甫有些不齿。恨水先生一生流文字的汗，吃文字的饭。

假如仲甫先生也同恨水先生一样一心从文，或许他的人生成就更大，恨水先生对他的评价将是另外一种模样了。只是，这个假设不可能成立。恨水先生对于他的这位同乡前辈之文化先驱，只好空怀惋惜。

仲甫生来就是仲甫，性情使然。他只能是一位于无意中成就的诗人。

2017 年 3 月 19 日写于合肥

辜鸿铭的辫子

民国时期北京大学，有一群大师级国学教授。辜鸿铭是其一。

不凡的人，自有不凡的个性。辜鸿铭学贯中西，其个性亦可谓名扬海内外。最能体现辜鸿铭个性的，是他语不惊人死不休的治学态度。此外，还有他那根著名的黄毛辫子。

辛亥革命推翻了大清王朝，建立了“中华民国”，发生在国民身上一个最明显的变化是男人脑袋后边的那根长辫子不见了。周围的人几乎都剪了辫子，辜鸿铭坚持不剪，拖着那根长辫子进出北大课堂，成为校园里一道怪异的风景。

辜鸿铭因为辫子，当年也曾经被人讥笑，甚至被视为古怪的“保皇派”，予以歧视。对此，辜鸿铭拒不接受。1919 年，张勋过 65 岁生日，辜鸿铭给这位尸居余气的“辫帅”送了一幅贺寿联。上联是“荷尽已无擎雨盖”，下联是“菊残犹有傲霜枝”。联句出自苏东坡的诗《赠刘景文》，辜鸿铭借用东坡诗句给张勋贺寿，与其说是夸赞张勋的遗老骨气，还不如说他是别有深意，纯然自我标榜。二人都留辫子，但辫子与辫子不一样。

当年，胡适在《每周评论》上评论过辜鸿铭的辫子，认为辜鸿铭留辫子是在标新立异，体现与众不同。因为他以前在国外就剪了辫子，大清亡了他反倒留了起来。辜鸿铭大怒，声称要告胡适名誉侵害。辜鸿铭对自己曾经剪辫子解释说，是因为年轻时女朋友喜欢他的辫子，他便剪了辫子送给女朋友了。他剪辫子只是风流往事，不是革命旧事。

关于辜鸿铭的辫子，当年在北大听课的沈从文印象特别深刻。沈从文后来多次说起，他从老师辜鸿铭先生那根黄毛辫子上，得到了非常生动的教益。

沈从文说过，有一次听说有辜鸿铭讲演，沈从文便与许多好奇的学生一起，早早地来到了学校，挤满了教室。孰料辜老先生一进门，全场哄堂大笑。只见这位老先生身穿一件湘色小袖绸袍，头戴一顶青缎子加珊瑚顶瓜皮小帽，腰系一根蓝色腰带，更妙的是背后拖了一根细小焦黄的辫子！沈从文忍俊不禁，同时心里非常诧异：即使在湘西那样偏远落后的地方，也早已不见这等奇怪的遗老装束，更何况在这首善之城的最高学府？这样的人能有什么高论？

辜鸿铭先生耳聪目明，不聋不瞎，讲台下面学生们的反应他自然清清楚楚。辜老先生却对学生们的讪笑充耳不闻，他从容不迫地说："你们不要笑我这小小尾巴，我留下它并不重要，剪掉它极其容易；至于你们精神上的那根辫子，依我看，想去掉可很不容易。"话音未落，沈从文心里一惊。不说不知道，辫子不仅长在人的脑袋后面，也会长在人的心上，成为一根精神的辫子。

此后，沈从文时常想起辜老先生这句话，经常扪心自问："我心里那根辫子还在不在？"辜鸿铭的"辫子论"，对沈从文影响特别大，使他明白灵魂的束缚才是最难以摆脱的困顿。沈从文在自己做了教授之后，经常对学生引述辜鸿铭老先生那段话。晚年，沈从文去美国各大学演讲，将辜鸿铭当年那段话作为一个富有思辨色彩的掌故，一再引用。

辜鸿铭老先生除了他的辫子，还有一个十分幽默诙谐的比喻，让后世不忘，一直传为佳话。辜鸿铭曾经用拆字法将"妾"字解释为"立女"，妾者靠手也，供男人倦时作靠手之用。他曾将此说告诉两位美国女子，对方立刻加以驳斥："岂有此理！照你这么说，女子倦时又何尝不可将男子作为手靠？男子可以多妾多手靠，女子何以不可多夫？"是啊，男女平等，男人能做到的，女人也能做到。岂料辜鸿铭轻描淡写回答说："你们见过一个茶壶配四个茶杯吧，可曾见过一个茶杯配四个茶壶？"两个美国女子目瞪口呆，不知所云。茶壶茶杯之说，从此成为国人茶余饭后津津有味的谈资。

辜鸿铭的辫子，还有他有关茶壶茶杯的比喻，距离今天已经十分久远，差不多过去一百年了。时间上的久远，从空间上看去，似乎近在眼前。

合上书本，闭上眼睛，小憩一下，恍惚进入一种幻境：隐隐约约看见许许多多戴着花翎帽、拖着长辫子的男人，在眼前晃来晃去，也不知都是哪朝哪代人。他们神情悠然自得，手里捧着一把乌黑发亮的紫砂茶壶，身后的茶几上井然有序地摆放着四只做工精细的茶杯。杯身上镌刻着象征四时佳兴的图文，有春兰，有夏荷，有秋菊，还有冬梅。

幻觉，仅仅只是幻觉。

2017 年 5 月 1 日写于合肥

张胡之恋前世所欠

从前，对于胡兰成的印象只有两个字：不齿。因为他做过汉奸。不曾想过有朝一日读胡兰成的书。最近，因为张爱玲，竟也读了胡兰成的《今生今世》。放下这本书，心生疑问：张爱玲是否前世亏欠了胡兰成？

胡兰成与张爱玲的结识是偶然而又必然。胡兰成定当感激苏青，没有苏青，他不得结识张爱玲。至少不会那么快。苏青给胡、张牵线，胡兰成才得以了解张爱玲。胡兰成发现世上有个张爱玲，是因为张爱玲的文字。事情的起因在于苏青，她给胡兰成寄去了《天地》月刊。

当时，胡兰成正在汪伪政权供职，生活、工作在南京，偶尔回到上海家中。胡兰成在《张爱玲记》开篇即说："前时我在南京无事，书报杂志亦不大看，却有个冯和仪寄了《天地》月刊来，我觉得和仪的名字好，就在院子里草地上搬过一把藤椅，躺着晒太阳看书。"胡兰成坦言，看《天地》月刊，完全因为冯和仪的名字好。提起冯和仪或许知者不多，说苏青几乎无人不晓吧，她是民国时期著名女作家，张爱玲的闺中密友。

在那本《天地》月刊上，胡兰成读到了张爱玲的小说《封锁》。估计也是因为张爱玲的名字，胡兰成才读《封锁》。看了一二节，胡兰成只觉得身体在藤椅里直挺了起来，再也躺不住了，正襟危坐一口气读完了那篇文章。胡兰成激动不已，对那篇文章爱不释手，读了一遍不算，又读了两遍、三遍。还递给身边同事看，同事看了亦赞好，仍于心不足，意犹未尽。

胡兰成随即去信上海问苏青，张爱玲何人？苏青回答两字：女子。自那一刻起，胡兰成觉得，"世上凡有一句话，一件事，是关于张爱玲的，便皆成为好。"不久，第二期《天地》月刊又寄来了，胡兰成一看又有张爱玲的文章，且登有她的照片。至此，胡兰成确信，“这就是真的了”，世上真有张爱玲！他欣喜若狂，高兴得莫名其妙，“却不问问与我何干”。

很快，汪伪政权破产，胡兰成锒铛入狱。获释后即去上海，下了火车直奔苏青家。苏青招待胡兰成吃饭过后才明白，胡兰成不是来看她的，而是来向她打听张爱玲。苏青不悦，淡淡地说，张爱玲是不见人的。胡兰成不死心，追问张爱玲住址，苏青迟疑了一会才写给胡兰成：静安寺路赫德路口 192 号公寓 6 楼 65 室。

第二天，胡兰成便去找张爱玲，果然吃了闭门羹。因没带名片，胡兰成只好从门洞里递进去一张纸条。不想，次日午后张爱玲来电话了，说她要来看胡兰成。张、胡两家离得不远，张爱玲果真随即来到了。一场震惊民国的“倾城之恋”，由此拉开了序幕。第一次见面，胡兰成惊呆了。他在《张爱玲记》中说：“我常时以为很懂得了什么叫做惊艳，遇到真事，却艳亦不是那种艳法，惊亦不是那种惊法。”

那天下午在胡兰成家，张、胡二人“一坐五小时”。孤男寡女头次见面，一坐五个小时，那是什么感觉？用一见如故、相见恨晚来形容，恐怕都不为过。胡兰成送走张爱玲时，上海滩上已是万家灯火。那夜，胡兰成辗转反侧不能合眼。天一亮，胡兰成头等大事便是去看张爱玲。此时的胡兰成，已是心急火燎。看过了张爱玲，才回到家里，胡兰成又给张爱玲写起了情书，“竟写成了像五四时代的新诗”。张爱玲回信对胡兰成说：“因为懂得，所以慈悲”。张爱玲说的是菩萨话，“懂得”什么？如何“慈悲”？旁人不一定听得明白，胡兰成心里清楚。那时节，张爱玲已然是胡兰成心中的佛。

此后，胡兰成每隔一天必去看张爱玲，看了三四回，张爱玲忽然很烦恼，而且凄凉。见多识广阅人无数的胡兰成自然明白，“女子一爱了人，是会有这种委屈的”。张爱玲叫胡兰成别去看她了，实际上巴不得胡兰成天天去，时刻陪伴在她身边，寸步不离。张爱玲如此急不可耐的渴求心态，在一个细节上表现得淋漓尽致。

一次，胡兰成只是向张爱玲提起了登在《天地》月刊上那张照片，并未讨要。翌日，张爱玲便取出照片送给了胡兰成，且在照片背后题字：“见了他，她变得很低很低，低到尘埃里，但她心里是欢喜的，从尘埃里开出花来。”一个心气高傲的女子，忽然让自己低下来，低到了尘埃里，不可思议的背后自有令人感动的原因。胡兰成心知肚明，张爱玲爱上了一个名叫胡兰成的男人！这爱可不是张爱玲半推半就地接受了胡兰成的追求，是张爱玲主动出击爱上了胡兰成。胡兰成没有隐瞒实情，他是个有家有室的男人，张爱玲对此并不介意。据说，恋爱中的女人是白痴。民国才女张爱玲无意中对这句话做了一次验证。

世间人事总在天意之中。正在张、胡热恋之时，胡兰成时任妻子应英娣主动提出离婚，为张、胡牵手撤除了障碍。是年，胡兰成38岁，张爱玲23岁。胡兰成因考虑到日后时局变化不至于连累张爱玲，便没有举行结婚仪式，只写婚书为定。文曰：“胡兰成张爱玲签订终身，结为夫妻。愿使岁月静好，现世安稳”。前两句为张爱玲所撰，后两句是胡兰成所撰。张爱玲出于年轻女子的想法，相对简单，只求“订终身”，做夫妻。胡兰成不得不想得长远一些，他对自己的事情心中有数，对于未来信心不足。所以，他求的是“静好”，求的是“安稳”。

婚后的胡兰成并没有对张爱玲履行丈夫职责。张、胡之家，实际上还是张一人之家，对胡来说是免费客栈，胡是尊贵的客人。胡兰成后来说：“爱玲的书销路最多，稿费比别人高，不靠我养她，我只给过她一点钱，她去做一件皮袄。”《今生今世》中能见到胡兰成为张爱玲花钱的细节，仅此一处。或许，胡兰成在故意炫耀吧，他找女人不用花钱。

炫耀的确值得。张爱玲对胡兰成的宽容大度，几近超凡脱俗。胡兰成不给钱养家，她反而贴补胡兰成在外花销。甚至，张爱玲贴补的钱，胡兰成竟花到了别的女人身上。在张、胡婚姻存续期间，胡兰成婚外以夫妻相称的就有两个女子，一个是武汉护士17岁的小周，一个是长胡兰成两岁的斯家庶母范秀美。张、胡分手之时，张爱玲最后一次给了胡兰成30万元。胡兰成毫不客气地收下了，连一句感谢都没有，好像收回人家归还他的某笔欠款那么自然。

如今，依世俗的眼光看，张爱玲遭遇胡兰成，从头到尾只能以一个字来概括：错。可张、胡二人并不这样认为。张爱玲当初的想法只是我愿意，后来或有悔意。胡兰成的想法始终轻松简单，他心安理得，毫无愧疚。

正常思维理解不了这桩情事。临水照花的民国才女，如何爱上了朝三暮四的浪荡公子？除非回到民间那句老话上去，张爱玲一定是上辈子亏欠了胡兰成，今生今世她必须回报胡兰成！

2017年5月7日写于合肥

心有不甘的萧红

多年前的一个夏日，忽然想起作一次长途旅行。一口气完成了两千多公里的行程，从赤日炎炎的江淮平原，来到了清凉怡人的北国冰城哈尔滨。

那可是第一次去哈尔滨啊，却不是冲着哈尔滨的清凉气候而去的。到了哈尔滨，并不急于到松花江畔，去寻找传说中美丽的太阳岛，而是打听到了去呼兰县的路径。第一目的地便是呼兰县城南二道街 204 号，想去看看坐落在那里的民国时期女作家萧红的故居。

车从哈尔滨城里出发，不用一个小时，便到了呼兰县城，路程不过 30 公里。因为离市区很近，呼兰县已不知不觉中成为哈尔滨市的一个区了——呼兰区。车子在呼兰城区一所青砖青瓦的旧式北方宅院门前停了下来。抬头一看，院门头上悬挂着一幅牌匾，匾上题有“萧红故居”四个大字。原来，停车的地方已是南二道街 204 号，目的地到了。

进到院里，最先看到的是一尊汉白玉雕像。大约 2 米来高，萧红坐姿雕像。萧红坐在一块大石头上，左手拿着一本书，右手肘支在大腿上，巴掌张开，手心朝上，撑着下巴。脑袋微微前倾，做阅读之后的沉思状，完全一副清纯女学生的模样。白色雕像下面，是台阶式黑色花岗岩底座，上面一级正立面上刻有“女作家萧红”五个金色大字，下面一级上标注了“1911—1942”，介绍萧红生卒年份。站在雕像跟前，看着高贵优雅的“萧红”，曾经心里悄悄自问：这是萧红吗？

之前，读过萧红《生死场》《呼兰河传》《小城三月》等主要作品，也读过萧红传记，多角度、多层面地对萧红有过了解。那天，在萧红故居里看陈列，听掌故，对萧红又有了更深一层的了解。对于萧红短暂的一生，有了新的见解：萧红的人生，从头到尾，形影不离地与两个字相伴，不甘。

萧红出生在哈尔滨郊外呼兰县城一户封建宅院里。她姓张，名迺莹，有一个美丽的名字，却没有得到同样美好的命运；她渴望过父母的关爱，却饱尝了亲情的冷漠；她渴望拥有一片自由的天空，却受到了家庭的重重禁锢；她渴望得到爱情的浪漫和幸福，却偏偏遭遇了太多的不幸和疾苦。

童年时代，年迈的爷爷才是萧红最亲近的人。爷爷经常在后院的园子里耕种劳作，年幼的萧红就跟着爷爷在园子里玩耍，看小花小草，观蚂蚁爬虫，也陪爷爷说话，向爷爷问这问那。3 岁的萧红，竟然看出了爷爷心中的孤寂，说出了一句让人想笑又想流泪的童言稚语："爷爷，我没长大时，你该是多么寂寞啊!"3 岁时，萧红便以为自己是个小大人了，幸亏有她可以陪爷爷说话，爷爷的日子才好过一些。爷爷和园子是萧红有关童年的记忆中最难忘、最美好的那一部分。至于奶奶，萧红并不喜欢，因为奶奶不喜欢她。她一直都记得，在她很小的时候，奶奶曾经拿缝衣针扎过她的手指头，疼得要命，她还不敢叫。她让奶奶不喜欢，并不知道她究竟犯过什么错。真要说错，那只有一条，母亲把她生错了，不该生成个女孩子。可奶奶也是女人啊，女人才该理解女人，为什么奶奶那么不喜欢女孩子？当时的萧红很难理解。

在萧红笔下，她的父亲从来没有正眼好好看过她。父亲那双并不大的利眸，总是从某个角度蔑视着她。萧红每每从父亲身边走过，都觉得那两束很不友善的目光仿若万枚钢针刺骨，令她浑身不由一颤。萧红从未奢想过像其他孩子一样，在父亲怀里撒娇邀宠。母亲待她也好不到哪儿去，只是不像父亲那么凶恶，也没有奶奶那么阴毒。母亲去世得早，那时萧红还不满 10 岁。在萧红的情感记忆中，父爱和母爱都是一片空白。

后来，萧红回忆说："父亲常常为了贪婪而失掉了人性。他对仆人，对待自己的女儿以及对待我祖父都是同样的吝啬而疏远。"因为从小过着和父亲打斗的生活，少女萧红竟觉得人是最残酷的东西，对人没有信任感。萧红曾经问过她的弟弟："我真的是他亲生的吗?"她一脸的迷惑与茫然，目光中夹杂了太多的与年纪并不相符的悲情和愤怒。对于在家庭生活中不能得到温暖和爱，年少的萧红心有不甘。

到了应该上学的年纪，父亲内心里不愿意让女儿上学。萧红的父亲在呼兰县教育界还算是个有头有脸的人物，曾经做过类似教育局局长的官职，由于碍于自己的身份，顾及自己的面子，父亲最终还是让萧红上了小学。

小学毕业后，萧红憧憬着即将开始的中学生活。小学是在呼兰县上的，离家很近，中学则要到几十里外的哈尔滨市里去上。萧红对外面的世界、未来充满了向往，沉浸在美好的愿景之中。没想到，一盆冰冷的水突然从她的头顶浇下来。父亲发话了："你不必接着读书了！"父亲的话比水还凉，比冰还硬，又寒冷，又锋利，刺伤了萧红的心，萧红感觉心在流血。彼时的萧红，不再是走在父亲面前都战战兢兢的那个幼年萧红了。念完小学的萧红，开始形成了自己的思想，到了少年心理叛逆期。她敢于向父亲说不，敢于挑战父亲的权威。"如果你不让我读书，我就削发为尼！"萧红倔强地站在父亲面前，不卑不亢地对父亲说。这次，萧红的反抗取得了胜利，她终于在二八年华进入了哈尔滨一所女子中学，成为寄宿女中的一名学生。这一步很是关键，走不出这一步，或许便没有后来的女作家萧红了。

其实，父亲并不是随随便便做出了让步，在同意萧红去哈尔滨上学时，他的心里早已另外打起了算盘，他让萧红去哈尔滨上学是有条件的。父亲有意把萧红许配给呼兰县有名的地主富商之子王恩甲。父亲的这一想法，早在萧红上小学时就已经萌生了，只是当时还放在心里，不便挑明。就在答应萧红上中学的那一刻，父亲铁了心，他要同王家结亲。他担心萧红进入中学以后，受到当时流行的新思潮影响，会去追求自由恋爱，不再听从父母之命、媒妁之言。他不想节外生枝，希望把这门当户对的亲事确定下来。萧红对父亲提出的条件自然无法拒绝，她最需要的是上学。

萧红终于走出了呼兰县，一时顿感天地宽阔。对于父亲做主强加给她的婚姻，她自然心有不甘。不过，这次萧红变得聪明起来。在父亲催办她的婚事时，她不再与父亲硬抗，而是耍了一个小小的计谋。她佯装答应了这门婚事，且积极筹备婚礼。于是向家里要一笔钱，谎称去哈尔滨中央大街购买婚礼用品。钱一到手，萧红立刻远走高飞，去了她向往已久的北平。由此，萧红摇身一变，成为民国的一名追求新文化的新式女子。她穿起了西装，剪成了短发，开始了一种全新的生活。

萧红逃婚出走，还是没能逃脱某个近似铁律的魔咒——非死即回。那次，萧红没死，但她从北平回来了。回到了哈尔滨，却不敢回家，她无法面对凶悍的父亲。真是天大的讽刺，当初逃婚是为了逃避王恩甲，到了走投无路之时，萧红竟然想起了王恩甲，主动与王恩甲联系上了，两人在哈尔滨东兴顺旅馆里租房同居起来。一段时间后，王恩甲囊中羞涩，直至用度花光，身无分文。他以回家要钱的名义，离开旅馆，一走了之，再也不回。欠了旅馆费的萧红，被扣留在旅馆的地下室里，作为人质，受尽折磨。彼时的萧红，不再是天真活泼的少女，她已是身怀六甲的孕妇。羞涩和尊严远离萧红而去，在她身上难觅踪影。

正因如此，萧红生命中最重要的一个男人出现了。他叫萧军，时为一家报社的撰稿人。萧红曾写信向报社求救，受报社之托，萧军前来东兴顺旅馆解救人质，上演了文学史上有名的英雄救美的故事。萧军原名叫刘军，刘军救美成功之后，世间便少了一个名叫张迺莹的女孩，多了一个名叫萧红的文艺女青年。

自古英雄爱美人，美人必然感激英雄。英雄救了美人，美人便对英雄以身相许作为回报。萧军和萧红都是有才华的人，大凡才子才女，因其出类拔萃，所以个性鲜明，与庸常往往格格不入。在“两萧”共同生活了六年之后，双方终于忍无可忍了，他们选择了分道扬镳，各奔东西。六年时光，于一般人的一生而言，不算很长，也没有多重要。但对于萧红来说，算是够漫长了，也显得特别重要。萧红的一生只有31年光阴，扣除成年以前的时间，剩下的能够自己支配的时间，不过十二三年，六年几乎占其一半。再说，作为女作家的萧红，可以说是在这六年里成就起来的，其中，萧军的帮助和影响功不可没。

其实，萧红一直都爱着萧军。哪怕到最后，萧红在临终前还想到了萧军，还将自己的部分著作权授予萧军。但是，“两萧”共同生活的日子里，萧红实在忍受不了萧军的暴躁和霸道。再加上后来二人在人生去向上有了重大分歧，萧红不得不重新考量他与萧军的关系。对于“两萧”的爱情生活，是断是续，是去是留，萧红曾经进退两难，心有不甘。最终双方还是选择了放手。

“两萧”分手不久，萧红牵手端木蕻良。端木蕻良给了萧红最看重的东西，婚姻，公开举办了婚礼，这给萧红以极大的满足。不过，萧红和端木的婚姻生活还是很快出现危机，因为那是一个无法让人安居乐业的乱世。岁月静好，只是萧红的美好愿望，是一厢情愿。太平洋战争爆发后，端木蕻良带着萧红逃到了香港。香港也不是一块净土，战争的炮火很快蔓延到了港岛。受战火侵扰的香港，死伤者众多，外援物资进不了岛内，香港食物短缺，尤其缺医少药。萧红恰恰有病在身，得不到必要的治疗。1942年，年仅31岁的北方女子萧红的生命，在异地他乡的南海之滨悄然画上了句号。其时，作为丈夫的端木蕻良没有守在萧红身边，给她送终。为了给萧红寻求治病的药物，端木蕻良偷渡潜回了内地，他委托了朋友骆宾基留守在萧红身边，照顾重病的萧红。

萧红临死前，突然叫骆宾基拿来纸和笔。骆宾基以为萧红有了灵感，要写文章。哪知道她在纸上写的是："我将与碧水蓝天永处，留得那半部《红楼》给别人写了。半生遭尽白眼冷遇……身先死，不甘，不甘！"

萧红一生写下了一百多万字的文学作品，这段文字可谓是女作家萧红的绝笔。其实，它正是萧红一生的真实写照。

萧红的人生，从头到尾，充满了不甘。至死，萧红还是心有不甘。

那个夏日，在呼兰看过萧红的故居，听过萧红的生平事迹介绍，怀想萧红的一生，替萧红心寒不已，内心里好一阵唏嘘。

2017年5月14日写于合肥

郁达夫怀徐志摩

1931 年 11 月 19 日，北大教授、新月派代表诗人徐志摩，搭乘由南京飞往北平的邮政小飞机，因遇大雾，在济南南部党家村撞山起火，机毁人亡。一心“想飞”的诗魂在一丛烈焰中涅槃，借着冲天火光，飞向天国。

得知徐志摩发生意外，郁达夫痛心不已，先后写了《志摩在回忆里》和《怀四十岁的徐志摩》两篇文章。除文人间惺惺相惜，郁达夫和徐志摩还是同庚又同窗的多年好友。两人同生于 1896 年，同是浙江人，同在杭州府中学堂上过学。这样的关系，不亲也亲。

关于徐志摩的死，民国社会一时众说纷纭，较多的说法是对陆小曼的强烈谴责。批评陆小曼生活糜烂、奢侈无度，使得原本收入颇丰的徐志摩入不敷出，度日艰难，家住上海的徐志摩不得不远赴北平谋求兼职，赚取额外收入贴补家用。徐志摩的死，为陆小曼所逼，是当时的主要舆论倾向。

郁达夫却不这样认为。他对徐志摩的死，持有自己的见地。郁达夫分析说：“志摩生前，最为人所误解，而实际也许是催他速死的最大原因之一的一重性格，是他的那股不顾一切，带有激烈的燃烧性的激情。这热情一经激发，便不管天高地厚，人死我亡，势非至于将全宇宙都烧成赤地不可。”因为这种激情四射的性格，徐志摩“对人对物一身热恋，就使他失欢于父母，得罪于社会，甚而至于还不得不遗诟于死后”。徐志摩死于意外，实属他性格之必然。性格决定命运嘛。

郁达夫是极少数站出来替陆小曼开脱“罪责”的人。除徐志摩性格因素外，他还从更深层次上分析了徐志摩的死因。他说，志摩的死，“其罪不在小曼，不在小曼以外的他的许多男女友人”，“是无理解的社会逼死了他”。郁达夫似乎深有感触地说：“我们所处的社会，真是一个如何狭量，险恶，无情的社会！不是身处其境，身受其毒的人，是无从知道的”。吾辈后来人大多难以理解，七八十年前郁达夫那种切身体验。不见郁达夫文章里有如此之说，恐怕今人同样多是怪罪陆小曼吧。

当年，对于徐志摩和陆小曼的恋情，批评和反对的声音如潮似浪，二位新人差点被唾沫淹死。最严厉的批评当属徐志摩老师梁启超，他曾经在北海公园徐、陆婚礼上发表的那篇举世闻名的证婚词。人家的证婚词必是对新人表示祝福，梁先生对徐、陆二人的证婚词则是直截了当、振聋发聩的训斥，让那可怜的一对新人恨无地缝可钻。郁达夫对徐、陆之恋，不仅理解，而且欣赏。“若在进步社会里，这一种事情，岂不是千古的美谈？”“忠厚柔艳如小曼，热烈诚挚若志摩，遇合在一道，自然要发放火花，烧成一片了，哪里还顾得上纲常伦教？更哪里还顾得上宗法家风？”在郁达夫看来，徐、陆那段浓浓恋情，实在感人至深，纵有出格，也情有可原。

郁达夫回忆说，当徐、陆之恋在北平社交圈里传为笑柄的时候，他反而愈加佩服志摩的纯真与小曼的勇敢，几乎到了无以复加的程度。郁达夫记得有一次在北平来雨轩吃饭的席上，曾有人问他对徐、陆结合的看法，他学了《三剑客》影片里一句台词回答人家，假如他马上要死的话，在他死的前头，他就只想作一篇伟大的史诗，来颂美志摩和小曼！这是何等的敬佩！说是崇拜也一点不过分！

悼吊怀念徐志摩，除写两篇文章，郁达夫还先后作了两副挽联。

前一副是：“新诗传宇宙，竟尔乘风归去，同学同庚，老友如君先宿草；华表托精灵，何当化鹤重来，一生一死，深闺有妇赋招魂。”郁达夫说，这是他委托杭州陈紫荷先生代作代写的一副挽徐志摩的对联。身为文人缘何委托别人代作代写挽联？郁达夫的解释是他不会作挽联，尤其是文言的对句。在吾辈后来者看来，这似乎不是真话，作为理由它站不住脚。真正的理由是什么，尚且不得而知，有待继续研读，留作下回分解。

说它站不住脚，自有郁达夫挽徐志摩第二副对联为证。这副挽联确属郁达夫手笔：“两卷新诗，廿年旧友，相逢同是天涯，只为佳人难再得；一声何满，九点齐烟，化鹤重归华表，应愁高处不胜寒。”此联写于1931年12月19日，也就是在徐志摩遇难后一个月。12月11日，郁达夫写成《志摩在回忆里》，意犹未尽，八天后写下了这第二副挽联，作为附记，放在文末。郁达夫还特别说明，《志摩在回忆里》写成之后，他想想，想想，又在陈先生代作的挽联里加入了一点事实，缀成了上述四十字联。

郁达夫文中一连用了两个“想想”，说明他不是随随便便又作了一副挽联，他是想了又想，认认真真作成此联。个中原因，恐怕多是出于他对徐志摩的理解，毕竟“相逢同是天涯”啊。正如郁达夫在《怀四十岁的志摩》一文末尾所说，“侬今葬花人笑痴，他年葬侬知是谁?”悼徐志摩，或许也是郁达夫变相自悼吧!

至此便不难理解，今人对徐志摩和郁达夫的一种评价：民国文坛一对活宝。

2017 年 6 月 4 日写于合肥

仁厚施蛰存

从前对于施蛰存没有好感。不好的印象来自学生时代的文学课堂，牢牢记住了施蛰存一句自我解嘲的诗句：“十年一觉文坛梦，赢得洋场恶少名。”

施蛰存诗出有因。“洋场恶少”是鲁迅赐给施蛰存的一顶“桂冠”，这顶“桂冠”分量太沉，施蛰存自从戴上了它几十年也没抬起头来。很长一段时间里，他几乎在文坛上销声匿迹，无声无息。

事情发生在 1933 年 10 月，鲁迅与施蛰存之间关于《庄子》与《文选》有过一场惊动民国文坛的争论。其实，在此之前，施蛰存与鲁迅一直很友好，他们有过许多次十分密切的合作。因为这次争论，说翻脸就翻脸了。拿现在的话来说，这俩文人翻脸比翻书还快。

关于《庄子》与《文选》的争论，最初不过是读不读古书之争。由于在争论之中彼此都过于认真，便越争越言重了，直至后来双方都在“挥拳”“闹意气”。鲁迅的“斗士”精神，人们不会陌生。年轻的施蛰存可谓初生之犊，不懂得避让。争论便形成了针锋对麦芒的阵势，施蛰存毫不含糊，对鲁迅说了许多大不敬的话语。鲁迅生性多疑，当他的尊严受到了挑衅，便对施蛰存产生了深刻的怀疑，甚至对他做出彻底否定。鲁迅认为施蛰存的表现是在向国民党献计献策，“以此取悦当道”。有关施蛰存“遗少群”的“一肢一节”“洋场恶少”的说法，一经鲁迅出口，便不胫而走，家喻户晓。

现代文学史上，鲁迅作为文学导师的形象影响了一代又一代青年学生。按照那个年代“凡……就”的流行思维定式，谁与鲁迅交恶，那一定就是谁的大不是了。在一批又一批青年学生的心目中，被鲁迅说成“洋场恶少”的施蛰存，自然不是个“好人”。

直到有一天，看到了施蛰存的一幅照片，对于施蛰存的固有印象开始动摇，松散欲坠。照片来自施蛰存的晚年，或许 70 岁，或许 80 岁，甚至 90 岁吧，难以确定，皆有可能。照片上的施蛰存是一位面目清癯而精神矍铄的老人，他脸型方正，眉眼带笑，豁了牙的嘴巴张开老大。老人家满脸皱纹，颈项上皮肉松松垮垮，在颈壁上隆起了一竖长长的褶脊。估计，老人家的听力很成问题了，左边耳朵上佩戴着一只助听器，一根助听器的电线从耳蜗里垂下来，拖挂到了胸前。这样的老人，总会让人想起慈祥、仁厚之类的字眼，怎么也不能与记忆中的“洋场恶少”对得上号。

后来，有机会读到一本书，施蛰存的《往事随想》。读到书中一篇题为《〈红鼻子〉的作者》文章时，不禁莞尔一笑，居然证实了早先对于施蛰存“慈祥”“仁厚”的认知，从前“洋场恶少”的印象立刻雪融冰释，杳无踪影。

那篇文章写于 20 世纪 80 年代，当时施蛰存已是一位 80 左右的耄耋老人。文章回忆一个人，那人便是《红鼻子》作者姚一苇。《红鼻子》是一部来自中国台湾地区的话剧，曾在当地大红大紫。其时，“居然红到了大陆，上海、北京正在上演，轰动一时。”施蛰存一开始并不知道这位姚一苇究竟何许人也，“想来总是台湾的文学新秀”。后来收到一位友人的来信，施蛰存才知道台湾的姚一苇竟是他 40 年前一位名叫姚公伟的学生。

提起姚公伟，施蛰存当然不会忘记那一段尘封已久的陈年往事。

1940 年代，施蛰存曾在厦门大学（长汀）任教，讲授《史记》。那时，有十多个学生经常到施蛰存宿舍里聚会闲话，谈文学创作，谈古典诗词赏析，谈戏剧小说研究。那批学生，都于 1944 至 1946 年间毕业。学生中有一位名叫姚公伟，他爱写诗，也写散文。每次跟他一起去的还有一位女生，她叫范筱兰，擅长话剧表演。当时，大家都知道姚公伟和范筱兰正在热恋之中，施蛰存也看出来了，“他们的终身大事快要定局”。

有一天，一桩巨大的麻烦忽然降临到这对恋人头上。“学校里传出消息，有一对男女学生在防空洞情不自禁”。那段时间，抗日战争正在如火如荼，日军飞机不时侵袭骚扰，进行狂轰滥炸。“跑警报”成为那年月的一件寻常事，有时一天得跑几回。防空洞的容量毕竟有限，尤其学校附近防空洞显得更加紧张，成百上千的学生蜂拥而至，总把一个漆黑的防空洞填堵得严严实实，密不透风。当世界骤然缩小成一口洞穴，人与人之间的关系，一时变得“亲密无间”“贴心贴肺”。姚公伟与范筱兰原本是热恋中的青年男女，命运又将他俩安排到了那个黑暗狭小的缝隙里，难以自控的生理反应似乎印证了一句古老的谚语：“以干柴就烈火——无怪其然(燃)”。

人世间，何时何地总也少不了某些令人生厌的多事者。多事者专等着看别人的“好戏”。何况这对恋人简直昏了头，轻而易举给了多事者机会。在他俩忘我之时，竟然旁若无人，似乎忘记了同学们就在身边。这件做得不是时候也不是地方的“好事”，很快“被拈酸的同学向训导长告发了”。为此，时任厦门大学校长萨本栋博士主张给当事人有所处分，“以肃学风”。于是召开了校务会，专题讨论研究对当事人如何处理。萨本栋校长很民主，凡事不带个人成见。这次开会也不预先定调子，只是先请训导长报告事实，然后请大家发表意见。到训导长陈述情况时，施蛰存才知道，“这一对犯事的学生就是姚公伟和范筱兰”。

会上的意见，多是对这两名学生从严处分，至少记大过，甚至开除学籍。眼看着学生深陷泥沼，施蛰存于心不忍，他站了起来，发表了自己独到的见解。其一，防空洞在山上，校舍在山下，防空洞不在校园内，也不属于本校师生专用场所，周边的老百姓一样去那里躲避飞机轰炸。所以，在防空洞里发生的事情，属于社会问题，不在校规调整范畴内。其二，当事双方都是成年人，男大当婚，女大当嫁，拥有婚姻自主权。如果他俩真心恋爱结婚，不是一次偶然的逢场作戏，那就更不必处分了。倘若他们中有一方不愿结婚，事情的性质则完全变了，那就成了法律问题，受损害的一方可以向法院提起诉讼，由法院依法处理。

施蛰存的意见说服了大多数参会人，萨本栋校长也点头同意，事情终有了定论。会后由训导长找姚公伟、范筱兰谈话。二人一致表示他们真心相爱，不是儿戏，且同意先公开确定婚约，待毕业时在校内举行婚礼，以正视听。由此，一件可能改变学生前途命运的麻烦事，终于得以逆转，烟消云散，化险为夷。

师者施蛰存有一颗仁爱宽厚之心，将一对青年学子从极端尴尬的泥潭中奋力拉了出来，帮助这对年轻人洗净了浑身腥臭的污泥浊水。否则，他俩即便不会淹死于泥潭，也会腥臭一辈子。

在六七十年前，施蛰存敢于力排众议，公开站出来替“犯事”学生开罪，还真不是一件容易事，非有仁厚之心，实在难以做到。

民国年间，社会动荡，生存维艰。那个时代的文人鲜有长寿，英年早逝者比比皆是。施蛰存独特，他生于20世纪之初，卒于21世纪之初，横跨了一个世纪，活到了99岁高寿。幸运的施蛰存，他能长寿，与他的仁厚之心，不会没有些许的关系吧。

2017年6月3日写于合肥

行色匆匆朱自清

“在哪儿度过童年，就算哪儿是故乡，大概差不多罢？这样看，就只有扬州可以算是我的故乡了。何况我的家又是‘生于斯，死于斯，歌哭于斯’呢？所以扬州好也罢，歹也罢，我总该算是扬州人的。”读过朱自清的散文《我是扬州人》，记住了朱自清是扬州人。相信扬州定有朱自清故居，于是专程去了扬州，看朱自清故居。

在一个秋日的早上，从合肥出发，坐绿皮火车不到三个小时便到了扬州。在扬州市广陵区“琼花观”对面，找到了一所名叫“吴道台府”的大宅院。沿着院墙外边那条名叫“黄牛巷”的窄巷子，由东往西走，走到巷子尽头，按照墙上的指示牌左拐右拐，终于见到了一幢青砖黛瓦的旧式宅院，门边挂着“朱自清故居”牌匾。一所典型的扬州民居风格“三合院”，那便是扬州朱自清故居。

站在门前，盯着门牌号“安乐巷 27 号”发愣，一时心里有种说不出的滋味。这“安乐”二字，让人想起了早年读过朱自清一篇脍炙人口的散文《匆匆》：“燕子去了，有再来的时候；杨柳枯了，有再青的时候；桃花谢了，有再开的时候。但是，聪明的，你告诉我，我们的日子为什么一去不复返呢?”这是朱自清 26 岁时写下的文字，年轻的朱自清对于光阴已经有了强烈的紧迫感，感慨日子一去不复返。当时，仅凭自己对朱自清的了解，觉得这个地名与曾经生活于斯的人反差太大。那个从安乐巷里走出去的人，从他的人生轨迹上绝找不到安乐的踪影。

进得门去，观实物，看图文，听介绍，对朱自清为人有了更深一层了解。

在朱自清生平事迹展厅里，第一组图片的主题便是“我是扬州人”。

朱自清祖籍浙江绍兴，生于江苏东海，六岁时随父为官举家迁居扬州，在扬州度过了他的童年、少年时代。所以，朱自清曾经写过一篇类似于自传的文字，《我是扬州人》，告知天下，他是扬州人。

原先只知道朱自清是其本名，字佩弦。进了朱自清故居，知道了名字的来历，才发现朱自清取名取字极有讲究。朱自清原来不叫朱自清，叫朱自华。“腹有诗书气自华”，大概是他的父母希望他在“诗书”上有所成就吧。同时，他号秋实，名与号相呼应，显然有“春华秋实”“华而有实”的励志意味。朱自清之名是他 1917 年报考北京大学时改用的，“清者自清”，用意浅显，一般人首先想到的可能是这个成语。朱自清改用此名可不是出自这么简单的想法，他是受了《楚辞·卜居》里一句话的启发：“宁廉洁正直以自清乎”。屈原被流放时请太子卜为自己占卦，说过这句话，表明自己的志向，廉洁正直，保持清白。选用“自清”作为名字，朱自清是在勉励自己于困境中不丧志，不同流合污，清白如初。至于朱自清给自己取的字“佩弦”，亦有典故，它出自《韩非子·观行》：“董安于之性缓，故佩弦以自急”，弓弦时刻紧张，性情迟缓者身佩弓弦以自警。朱自清警示自己，不可松弛懈怠。

朱自清的名字十分巧合，极似谶语。先有“自华”，后改“自清”，前后两个名字中暗含了“清华”二字，朱自清的人生又恰好与清华大学结下了不解之缘。1925 年，27 岁的朱自清便开始担任清华大学教授，直到 1948 年 8 月逝世，二十多年里，朱自清一直服务于清华，包括南迁的西南联大。朱自清逝世后，在清华大学为他举行的追悼会上，有教授曾经一语道破了这一“天机”：朱自清命中注定属于清华，为清华服务终身，他是个名副其实的清华人。后世人心目中的朱自清，多是诗人、作家的形象，朱自清本人却不这样认为。他始终把自己的身份界定为教师，一名传授国学的教师。朱自清套用他的老师胡适那句名言：“哲学是我的职业，文学是我的娱乐”，曾经说过“国学是我的职业，文学是我的娱乐”。向来勤奋、敬业的朱自清，临死前还惦记着学生考卷的评判工作。朱自清短短的 50 年人生，似乎印证了他在 20 多岁时写下的那篇短文《匆匆》。忙忙碌碌的朱自清，他的人生便是以“匆匆”二字示人，一生行色匆匆。

关于朱自清的死因，先后听到两种说法。在朱自清故居，希望了解到真相。记忆中，朱自清是饿死的。他是一位民族英雄，不食嗟来之食，宁可饿死，也不接受“收买灵魂”的施舍物资。后来，看了不止一个版本的

《朱自清传》，书中对于朱自清的死因却有众口一词的说法，他死于胃病，胃穿孔及十二指肠溃疡。在朱自清故居，听解说员介绍，与传记说法不谋而合，解说员们一定熟读了《朱自清传》。据解说，50 岁的朱自清，临死前体重却只剩下 70 来斤。那情状，的确惨不忍睹，令人寒心。鲜活的生命之树，被渐渐耗尽了汁水，便枯萎倒伏。

参观中，解说员还讲述了一个催人泪下的故事：朱自清临死前，拉着他夫人陈竹隐的手说："以后千万别去领取援助面粉，我曾经在那份'拒绝宣言'上签过名的。"听完故事立刻得到了印证，于墙上的图片上果真清清楚楚地看到了这段文字。听故事，看图文，一时间对朱自清先生格外地肃然起敬。那个名叫自清的人，他名副其实，的确自清自洁。

敬意之外，也有一些思考。难道朱自清先生真的忍心，自己死去还不惜让妻子儿女们活活饿死？也信，也不信。信，是基于一切皆有可能，或有某种巨大力量，足以使人不为常人。人有钢铁的意志，钢铁的身躯。不信，则是基于人类共性。人之将死，其言也善。曾经写过《背影》的朱自清，对于亲情看得那么重，实难理解他这无情的另一面。

其实，在这个世界上，还有什么东西比人的生命更宝贵呢？生命的价值，足以超过一切。生命的逝去，毕竟是一种无奈的悲哀。于人之死，只应阻止或避免，任何时候都不该鼓励吧。

离开了扬州市安乐巷 27 号小宅院，心里怀着对于朱自清先生满满的敬意。走在狭长的黄牛巷里，心中反复自问，怎么会这样？真的是这个样子吗？朱自清，那个行色匆匆的人，在遥远的前方，他的背影是一个谜。

2017 年 10 月 14 日写于合肥

在湘西，缅怀沈从文

去年春天，去湘西凤凰古城。

从合肥到长沙，由长沙到湘西。下了火车上汽车，辗转千里，不觉辛苦，完全因为沈从文。最早认识湘西，是在沈从文的文字里。读了沈从文《边城》和《湘行散记》，便对沈从文故乡湘西产生一种莫名的向往。此行到湘西，欣赏沈从文笔下的山水之美，品味湘西独特的风土人情，只是顺便捎带，主要目的是拜谒沈从文故居和墓地，缅怀沈从文。

在凤凰古城，沿着一条狭长的青石板小巷，踏着被岁月打磨得光亮润滑的石头路面，来到中营街。于一幢木质结构的老宅前停下了脚步，抬头看门楣上的牌匾：沈从文故居。大门两侧各立有一块黑色花岗岩石碑，碑上有镌刻描金文字。一块上的文字是“全国重点文物保护单位：沈从文故居”。另一块上文字较多，是沈从文故居简介，介绍了故居建于清朝同治五年，是一幢四合院式的二进平房建筑，占地面积400多平方米。

进了大门，首先看到的是一扇木制屏风上的沈从文简介，它让每个到访的客人一进门便对沈从文一生有个大概了解。其实，这个简介对于许多人来说，纯粹多余，他们对沈从文的了解一定完全覆盖甚至大大超过了这段简短的文字。

不过，这段文字还是起到了某种提示作用，让人想起有关沈从文人生的两段佳话。一个是沈从文以极低的学历实现了他极高的人生成就，一个是他初到北京时遭遇的困窘。

沈从文祖上曾经为官，有过一段辉煌历史，到他这一代家道中落，风光不再。他四岁识字，六岁读私塾，后来却没有像同龄的有钱人家孩子那样，上新式学堂，读中学、大学，甚至出国留洋。为了生计，15岁的沈从文投身行伍，在地方军队里做文员，一直到20岁。所以，沈从文的身上或多或少沾染了一些野性和痞气，以致后来在季羡林回忆的文字中留下了沈从文用牙齿咬断绳索的细节。某天早晨，沈从文起床后，走出营房，去附近树林中呼吸新鲜空气。那一刻他忽起念头，要离开军营，弃戎而从文，怀揣一支笔到外面去闯荡世界。这么一个仅有小学学历的年轻人，离开家乡后，认真读书写作，靠自己刻苦努力，居然登上了大学讲台，做了深受学生欢迎的大学教授，一生写下了近千万字的文学作品，成为海内外知名作家，这不能说不是一大奇迹。据说，1988年，有个外国专家向中国有关方面打听沈从文时，沈从文已经过世。如果沈从文多活一年半载，他极有可能获得世界上最高文学奖项——诺贝尔文学奖。在现代教授和作家的行列里，沈从文的巨大成功，为中国近百年历史上绝无仅有。

当年，沈从文毅然离开湘西，赤手空拳来到北京。他很清楚，一出家门，他便走进了一所永远无法毕业的学校，来学习他永远也学不完的人生课程。到北京后，身上不多的盘缠很快用完，沈从文立即陷入困境。上不了他向往已久的大学，也找不到合适的工作，甚至连最后一线希望也破灭了，沈从文呕心沥血写出来的文章，在北京无人认可，发表不了，换不来用以充饥果腹的米饭馒头。这时，家里的资助也断了，如何养活自己成了最大问题。1924年11月初，穷困潦倒的沈从文实在无计可施，十分冒昧地给当时在北京大学任教的郁达夫写去一封求助信。沈从文并不认识郁达夫，他在北京不认识任何人，他只知道作家郁达夫其时是北京大学老师。那时的郁达夫正处于极度苦闷之中，情绪十分消沉。在文坛颇有名气的他，竟得不到身边人的认可，到了北大不能教文学，只能教他极不感兴趣的统计学。同时，生性不甘寂寞的郁达夫，正在忍受着一份自认为没有爱情的婚姻。郁达夫接到沈从文的求助信，感到非常奇怪，他不相信这个世界上还会有比他活得更加凄惨的人。怀着好奇的心理，郁达夫踏着冰雪，冒着寒冷，去看望这位陌生的年轻人。

郁达夫来到沙滩附近的湖南会馆，在一间由煤棚改成的小屋子里——沈从文称其为“窄而霉小斋”，见到了给他写信求援的年轻人。屋内没有火炉，沈从文身上只穿了一件破旧的单衣，用棉被裹着两腿，坐在冰冷的土炕上，双手冻得发紫，不停地哈气暖手，却还在提笔写作。这时，沈从文已经三天没有吃过任何东西，连哈气也是有气无力了。郁达夫见状，心里十分难过，当场差点流下了眼泪。他的身上实在脱不下一件衣服来给沈从文御寒，便解下了自己脖上的羊毛围巾给那位可怜的兄弟围上。接着，带沈从文到西单牌楼附近饭馆吃饭。那天，郁达夫身上仅有五块钱，吃过饭后还剩三块多钱，郁达夫将所剩的钱如数送给了沈从文。

回去后，郁达夫心里久久不能平静，连夜写了《给一个文学青年的公开状》，寄给报纸发表，替沈从文大声疾呼。郁达夫说：“平素不认识的可怜的朋友，或是写信来，或是亲自上我这里来的，很多很多。我因为想报答两位也是我素不认识而对于我却有十二分的同情过的朋友的厚恩起见，总尽我的力量帮助他们。”除了公开向社会推举沈从文，郁达夫还通过私人关系把沈从文介绍给一些报刊主编。一个月后，《晨报副刊》发表了沈从文的第一篇文章——《一封未曾付邮的信》。接下来，北京的多家报刊接二连三地发表沈从文的文章，一个无名作者转瞬成为一位文学新人。沈从文从此步入文坛，且创作和发表作品的势头十分迅猛，只几年工夫，便享誉文坛。

在沈从文故居正屋的中堂上，看到一幅沈从文素描画像。画像下边有一尊汉白玉雕像，画像两边是才女张充和手写的条幅。张充和是沈从文夫人张兆和的妹妹，著名的“合肥张氏四姐妹”中才华最为出众的一个。四姐妹中，张兆和排行第三，张充和排行第四。作为张家女婿，沈从文在张氏大家庭里人缘非常好。张家四妹张充和口中的沈从文，是“三姐夫”，也是“沈二哥”。

看到这里，一位从合肥来到湘西的缅怀者，顿时产生了某种难以言表的亲切感。突然想起前不久看到的，在合肥市三孝口新华书店四楼皖籍作家图书专柜上，陈列有沈从文的作品集。开始有些不解，继而一想也便豁然了。沈从文祖籍湘西，生于湘西，长于湘西，他不属皖籍，却与皖地有缘，是合肥女婿。按照合肥人说法，女婿是半边之子。所以，沈从文的作品集放在皖籍作家专柜里，也能说得过去。

于沈从文故居西屋窗下，看到一张十分眼熟的书桌。那是沈从文当年写作《边城》用过的大理石贴面木桌，曾经于众多的书刊图片上见识过。桌上笔墨纸张俱全，仿佛沈从文刚刚离开书桌，旋即回来继续伏案写作。沈从文晚年爱用“秃笔淡墨”书写，字写得非常俊秀。东厢房墙壁上悬挂着多幅装裱过的沈从文手笔，全是真迹，实在难得一见。有一个横批，文字源于沈从文那篇有名的《谈写游记》。曾经从沈从文得意门生汪曾祺书中读到一段回忆文字，学生介绍老师的写作习惯，“不大用稿纸写作。在昆明写东西，是用毛笔写在当地出产的竹纸上，自己折出印子。”仔细观察沈从文故居里这幅《谈写游记》，似乎就是这样写出来的。沈从文对他在西南联大的学生汪曾祺特别欣赏，给过汪曾祺许多鼓励和帮助。汪曾祺特别尊敬恩师沈从文，对沈从文生前的一些生活细节记得十分清楚，回忆起来，似在眼前。

东屋里放了一台很陈旧的橱柜，暗红的油漆明显褪色。靠近窗户有一把老掉牙的藤椅，扶手上缠着棉线，若不捆绑，估计早就散架了。这是沈从文故居里唯一的躺椅。在故居里展出的一张老照片上，沈从文坐的就是它。那张照片似乎很经典，沈从文许多版本的作品集上都有见，广为流传，所见者众。汪曾祺在一篇怀念文章里说过，他的老师沈从文“自奉甚薄”。这回在沈从文故居所见，果然如此，汪曾祺说了大实话。

离开沈从文故居，走到城北沱江边，走下几级石阶，乘上一叶扁舟，顺水朝沱江南岸漂游而去，沈从文墓地在沱江南岸的小山上。那天，天气晴好，和暖无风。小木船在静静的江水中缓缓游移，悄无声息。两岸诸峰叠翠，沱江波澜不兴，江面幽静至极。小船从万名塔、遐昌阁的横江倒影上划过。到凤凰沙湾时，一船人突然惊呼。原来，著名画家黄永玉的夺翠楼赫然在目。惊呼过后，归于寂静，一座依山傍水的夺翠楼，简直叫凤凰古城旁边的山毫无颜色，使沱江的水寂无语声。同船有两个孩童，分别立于首尾，以竹篙击水嬉戏，模仿艄公撑船。看稚童游戏，自然而然想起了当年那个进出学塾小小读书郎，那个于河里戏水，在山坡上疯玩的野孩子“沈岳焕”。沈从文曾经说过，“我的心总得为一种新鲜声音，新鲜颜色，新鲜气味而跑。”沱江的粼粼水光早已融入沈从文的生命，沈从文的创作灵感无不发自于这沱江之水。青年时代的沈从文，文思如水，饱含活力，文字上浸染了湘西山水的灵秀之气。沈从文自己也坦承：“我感情流动而不凝固，一派清波给予我的影响实在不小。”漂泊在沱江之上，恍然明白过来，沈从文原本属于湘西，属于沱江。没有湘西，没有沱江，没有湘西特别的水，便没有沈从文那些如山泉水般清澈透亮的文字，现代中国文坛上便没有一位让人耳目一新的作家沈从文。

弃舟上岸，由沱江之北到达沱江之南。沈从文长眠于沱江南岸的听涛山上，墓地与故居仅一水之隔。此刻，在离江岸不远的山坡上，喝沱江水长大、一生不忘沱江水的沈从文，一定会倾听沱江在春天里的呼吸声。太幽静了，听不见沱江的涛声，或许，沈从文是不踏实的。在水边长大的孩子，他永远离不开水。沈从文之墓，其实只是一块矗立在山林深处的巨大五彩石，周围铺了一些从江边捡来的小鹅卵石，墓旁植有几株松树。那块五彩石，原本就在此地，属于就地取材。石上刻录有沈从文手迹：“照我思索，能理解‘我’；照我思索，可认识‘人’。”在墓前久久静默，认真琢磨石刻文字，似乎听见了沈从文用浓重的湘西口音，吟哦出这句话。在五彩石的背面，读到了耶鲁大学教授、张家四妹张充和女士的一副挽词：“不折不从，星斗其文；亦慈亦让，赤子其人。”四妹写给三姐夫的挽联，堪称经典，巧妙地总结了三姐夫沈二哥的为人和为文，给人一种强烈的感受，从文让人！

从前，读过沈从文诸多文字，看过沈从文诸多照片。印象中的沈从文，总是以一副微笑的表情示人。沈从文的微笑，令人感到很温暖，充满了水性的柔和，对世界包容相迎，充满善意，一往情深。想起沈从文的后半生，觉得张充和的“让人”二字用得尤其精当。

在沈从文墓前，看到了一块特殊的石碑。那是表侄黄永玉为他表叔沈从文立的墓碑，作为当代书画名家的黄永玉，亲自动手在墓碑上题词刻字：“一个士兵不是战死沙场，便是回到故乡。”的确，沈从文当过士兵，但他没有战死沙场。他从闭塞的湘西走出去，闯荡外面的大世界，东西南北奔走了一大圈，最终还是回到了湘西，回到了沱江边的凤凰古城。

沈从文魂归故里，圆了一个落叶归根的古老梦想。

2017 年 10 月 22 日写于合肥

竺家巷 9 号

去高邮之前，先做了些功课。将手头汪曾祺多本作品集拿起来重读，想从书中寻求有关汪曾祺故居的更多线索。且从书本之外，找到了汪曾祺故居具体地址，高邮市竺家巷 9 号。

到了高邮，并没有一下车便直奔汪曾祺故居，而是先到了文游台。那地方是宋代秦少游接待苏东坡到访，四位贤士饮酒赋诗的聚会之所，后来成为凭吊秦少游的名胜古迹。先去拜谒文游台，自有理由。读过作家李迪当年与汪曾祺的一段戏言。李迪说，汪老，秦少游之后，高邮那地方就数您名气最大了。汪曾祺一本正经说，不对，还有咸鸭蛋，我只能排第三。所以，到高邮还是先去拜谒秦少游的文游台吧，然后再来拜访汪曾祺故居，这样或许能让汪曾祺接受。至于高邮咸鸭蛋，虽是人间美味，因多次领教，而且各地都能买到，此行便以一个省略号代替了。

在文游台景区的指示牌上，意外发现“汪曾祺文学馆”字样，心里一阵欣喜。顺着指示牌走过去，却发现此路不通。往汪曾祺文学馆的院门被设拦，门里有工人施工，一股浓重的油漆味从门内飘出来，追寻人的鼻孔。一问，被告知里面正在维修，暂时不能开放。看不了汪曾祺文学馆也没多少遗憾，本身就不在计划的目标之内。转身找了个文游台工作人员问，去汪曾祺故居怎么走？工作人员答非所问，那地方是民宅，还住着人呢，没啥可看。再追问一句，远吗？答曰，不远，从人民路往西走。说话同时，他抬手指了指。顺着他的指向，明白了文游台门口那条东西走向的街巷便是人民路。

上了人民路，由东往西行。走了一段，过一座桥，街道突然变窄。两边都是些卖烧饼油条的小吃店，卖锅碗瓢盆的杂货铺，一片低矮破旧的平房瓦屋。走在小巷里，时间仿佛倒退了一百年，回到了汪曾祺笔下的年代，“如意楼”“得意楼”两个茶馆酒楼，还有“吴大和尚烧饼店”，仿佛就在眼前。心想，不远了，汪曾祺故居应该就在附近。东张西望的行走中，忽然发现一个熟悉的字眼：“大淖”。20 世纪 80 年代年已花甲的作家汪曾祺高调重返文坛，其小说《大淖记事》给了读者一个极大的惊喜，在文坛掀起了一股旋风。熟悉当代文学史的人，对“大淖”二字自然不会陌生。右手边往北，小巷分支了一个更窄的巷子，名叫“大淖巷”。看到这三个字，想都没想，便认定这巷名来自汪曾祺小说，是高邮政府为纪念汪曾祺而在其故居附近命出的巷名。

没走多远，左手边往南，小巷又分支了一个更小的巷子。在巷口的墙壁上，发现了“竺家巷”三个字。那一刻，无惊也无喜，虽有文游台工作人员的话打了底，还是感到些许失望。折转入竺家巷，一、二、三、四、五，挨个数着门牌号，很快走到了竺家巷 9 号门前。门朝西开，门两边各有一个不大的玻璃窗户，门板上贴有一副褪色的红纸对联：“万物静观皆自得，四时佳兴与人同。”南边窗户之南，墙上挂着一个牌匾：“汪曾祺故居”。

站在门前，看牌匾，读对联，然后拿手机拍照。用手机拍过之后，又从挎肩包里抽出“派”来重新拍。相信“派”的拍照和储存效果，该比手机更好。拍好了，目光重回到对联上。这个对子太眼熟了，在汪曾祺文章里读过，在其他场合也见过。有一回，在汪曾祺研究专家、著名作家朋友苏北先生办公室里见过相关文字。其时，苏北先生正在编一本汪曾祺书画文集，书名便是《四时佳兴》。

门是关的。从窗户看不见屋里面有没有人，但听见了里面人的说话声。此时在午后，该是人家吃过午饭正在午休的时段。愣了半天，不敢敲门，怕影响人家休息。听见屋里有人说话，还是忍不住轻叩了一下门。因为屋里有说话声，便觉得不至于打搅人家休息。

“谁呀?”里面有人回应了敲门。门外的人没有正面回答“是我”，而是恭恭敬敬地说了一声：“您好!”估计屋里的人对于敲门声和“您好”这俩字听得太多了，熟悉得不能再熟悉，没问来者“找谁”，直接开了门。门内是一位衣着朴素的中年女人，一看门外这个肩挎背包、手捧平板电脑的人，便明白了来者冲谁而来，微笑着将客人让进屋子。

屋子很小，内外两小间。里面一间是卧室，外面一间作了客厅。所谓客厅，其实也只是一个过道，靠墙摆放了一组沙发，才像个客厅。客厅与卧室之间的隔墙，被做成了一组博物架，上面挂着一幅汪曾祺照片。非常熟悉的一张照片，许多书上，多家媒体，都曾经用过这张照片。头发稀疏花白的汪曾祺，睁着一双特别大的眼睛，左手撑着头，指缝里夹着一支香烟。那是一副深思的表情，作家汪曾祺好像正在构思一部文学作品呢。

坐下来，宾主双方互相介绍。开门的女士说，她是汪曾祺外甥女，她母亲是汪曾祺妹妹。倒了茶水，她说，请稍等，我爸一会即回，还是等他来介绍情况吧，他最清楚。

话音未落，从门外走进一位老人。身材高大魁梧，腰板挺直，看起来不过六七十岁吧。老人坐下，彼此介绍时才知道老人已经84岁。他是汪曾祺妹婿，刚才开门那位女士的父亲。从老人递上的名片上得知老人姓金，以为老人家过去从事文化工作，老人家却说，他并不从文，退休前一直在医疗卫生部门工作。在屋子里环顾四周，交流的话题，便从汪曾祺故居开始。读过汪曾祺的许多书，有个很深的印象：汪曾祺出身于大户人家，原先他家房子是很壮观的。记得汪曾祺《我的家》里几句话："我们那个家原来是不算小的，我的家大门开在科甲巷，而在西边的竺家巷有一个后门。"他还说，原来那个家中间有正屋、堂屋、大厅和花园。眼前所见，汪曾祺故居仅这两间不过四五十平方米的小屋子。不信眼见是事实。谈起房子，金老先生带着明显的惋惜而又无奈的口气说，这一带原先都是汪曾祺祖上的房子，总共一百多间呢。现在住的这两间只是脚屋，从前是杂物间，不住人的。

不该触及老人家心头的痛，随即转换话题，谈及汪曾祺的家世。金老先生说，汪家原本是徽州人，因经商迁居高邮。汪曾祺祖父是清末拔贡，后因废科举改学堂，没有机会考取更高的功名，仅凭拔贡不能做官。断了功名之道，他便安心在家经营自己的产业。据说，汪曾祺祖父手里大概有过两千多亩地。他还是个有名的眼科医生，在高邮城里有两家药店，一家万全堂在北市口，一家保全堂在东大街。汪曾祺父亲很有孩子气，他很贪玩，是个有名的"懒人"，同时又是远近闻名的画家，金石家。汪曾祺的启蒙教育得益于他祖父，四岁时祖父便教他识字，五六岁时教他四书五经。汪曾祺的书画启蒙，却得益于他父亲。父亲画画，汪曾祺就在一旁仔细地看，父亲也常告诉他应该怎么画。长期耳濡目染，汪曾祺对画画有了兴趣，渐渐也学会了画画。

聊天过程中，突然想起了刚看到的“大淖”二字。问金老先生高邮果真有大淖吗？金老先生说，真的有大淖，就在东大街的北面。东大街即刚才走过的人民路。这才意识到自己刚才的想法太过武断了，认定大淖巷因汪曾祺小说而得名。金老先生说，汪曾祺小说作品多以高邮为背景，《大淖记事》《受戒》等小说里所写的风土人情、人物故事，都能在那个时代的高邮找到影子。尤其是汪曾祺写的那些靠出苦力营生的劳动妇女，几乎个个都有明显的原型。汪曾祺是个特别善良的人，他十分同情家乡劳苦人民的不幸遭遇。

相谈甚欢，时间过得非常快，差不多半个小时过去了。考虑到金老先生年事已高，又是午休时间，不忍心多打搅，便打算告辞。辞别前，向金老先生提出了一项请求，希望跟金老先生夫妇合个影。金老先生随即喊来了他老伴，也就是汪曾祺的妹妹。老妇人从里屋走出来，一脸微笑，同客人打招呼，从她眉眼之间还真能看到汪曾祺的影子呢。金老先生介绍，老伴是汪曾祺四妹，今年 77 岁。同金老先生一样，他老伴也显年轻。

走出汪曾祺故居，缓步走在逼仄的竺家巷里，看着两边破旧的民房，心里想的还是汪家的房子。忆起了作家苏北在一篇文章中提及，汪曾祺当年写信给高邮官员催要归还被占去多年的祖宅一事。汪曾祺在信中说，“归还我的房屋，此其时矣”，“曾祺老矣，犹冀有机会回乡，写一点有关家乡的作品，希望能有一枝之栖，区区愿望，竟如此难偿乎？”看了汪曾祺故居，再想起汪曾祺向官员讨要自家房子这几句话，一时不禁心寒，却又独自莞尔。从字里行间可以看出，“曾祺老矣”，仍不世故。声名远扬的作家汪曾祺，葆有一颗天真单纯的孩童之心。

离开高邮时，无端地许下了一个心愿。下次再来高邮，希望见到竺家巷 9 号是一处接近原貌、十分可观的汪曾祺故居。诚如此，便能欣喜地看到，童真无邪的汪曾祺心愿已了。这位一生热爱家乡、书写家乡的作家，其灵魂在家乡高邮真的还有可栖之枝。

2017 年 10 月 21 日写于合肥

张中行笔下的杨沫

生于20世纪60年代，70年代上学，80年代步入社会，这一代人鲜有不知现代文坛有位名叫杨沫的女作家。即便不知道杨沫，也会听说过杨沫的代表作——长篇小说《青春之歌》。一部《青春之歌》，曾经让那个年代多少少男少女激情澎湃、热血沸腾。不过，很快也就风平浪静。

张中行却不一样了。如今都知道张中行是与季羡林、金克木一起被并称为“未名湖畔三雅士”的国学大师，若将时光倒回三十多年前，于1980年代文学课堂上，还真少有人提起张中行。那时张中行健在，且不算太老。或许，大器晚成的张中行，其人生高度在那个年代还没有形成顶峰吧。

熟知张中行很晚。至于张中行与杨沫之间年轻时代的情感纠葛，起初只是听说，不甚了了。直到在张中行一本名为《笔花选录》的散文集中，读到了《婚事》一文，才清楚张中行和杨沫那段情感经历的来龙去脉。

张中行生于河北香河农村。三四岁时，由父母做主与邻村一户沈姓人家定下了娃娃亲。1926年，尚在通县师范上二年级的张中行，娶了邻村沈家女儿为妻。那一年，张中行17岁。其时，刚从农村走出来的张中行，纯朴得很，“还没有接触新风，对于这样的婚事也就既说不上欢迎也说不上反对”。张中行后来在《婚事》一文中回忆：“沈是完全旧式的，缠脚，不识字。貌在中人偏下。但性格好，朴实温顺，以劳动、伺候人为天赋义务，寡言语，任劳任怨。母亲说她好，我也尊重她。”可见，在这桩娃娃亲的“婚姻”里，“丈夫”对于“妻子”的感情只是“尊重”，而非爱。

人在年轻时代，大约没有不向往爱情的。有些人或许终其一生都在追求爱情，有些人只是于不经意间邂逅爱情。张中行从通县师范毕业，没有找到合意的工作，便继续考学。坏事往往变成好事，张中行报考北京大学，竟一考便中。1931 年，结婚五年之后，身为北大学生的张中行，因为一个偶然的机缘，开始了一场轰轰烈烈的爱情。那场爱情的对方，便是后来写作《青春之歌》的女作家杨沫。有人说，《青春之歌》里有张中行的影子，形象不是正面，让人嫌恶。可张中行并不在乎。他说，小说毕竟是小说，不必对号入座，自寻烦恼。

张中行在《婚事》一文中回忆说，他有位长兄在香河县立小学任校长，一位熟人请托帮忙给人找工作。在温泉女中高中，有个女生名叫杨成业，“反对包办婚姻，离开住在西城的家，决定不再上学，谋自立，不知香河县立小学是否需要人。”“杨成业”者谁？早年之杨沫也。那时张中行正在幻想维新，对于年轻女性，且胆敢抗婚，自然很感兴趣，愿意见见杨成业。初次见到杨成业，张中行留下的印象是：“她十七岁，中等身材，不胖而偏于丰满，眼睛明亮有神。言谈举止都清爽，有理想，不世俗，像是也富于感情”。张中行了解到，杨成业原籍湖南湘阴，北京生人。“父亲杨震华，据说中过举人，民国二年北京大学商科银行学门毕业，曾创办新华大学；母亲姓丁，湖南平江人，世家小姐；在北京，她还有个哥哥，两个妹妹。”第一次见面，张中行与杨成业有相见恨晚之感，二人相谈甚欢，谈得很多、很久。到中午时，张中行请杨成业及引荐人一起“到东安市场东来顺去吃午饭”。其后，张中行写信致在香河县立小学任校长的长兄，问学校是否缺人，如果缺人，推荐一位过去。长兄很快回信说缺人，欢迎前往。之后，二人关系迅速升温，进展很快。据张中行回忆，第一次见面后，到长途汽车站清晨送行，他们见了几次面，以致上车时都有惜别之意了，双方约定以后常写信。后来果真书信多，收到看完就复。复写三页五页，情意还是不能罄尽。“总之，形势是恨不得立刻化百里外为咫尺，并且不再分离。”张中行记得，是在 1932 年春天，杨成业从香河回到北京，没有回家，直接到了张中行住处，大大方方地住了下来。

那段时间，张中行在沙滩一带租一两间民房，和杨成业住在一起，用煤炉烧火做饭，过起了小两口的日子。对于这段生活，张中行后来写过《沙滩的住》《沙滩的吃》等回忆文字。字里行间，知情人会发现当年杨成业的身影。《沙滩的住》中写道：“我有时步行经过，望望此处彼处，总是想到昔日，某屋内谁住过，曾有欢笑，某屋内谁住过，曾有泪痕。”尤其见到门外那棵仍然枝繁叶茂的大槐树，张中行总是不由得暗诵《世说新语》中的句子："木犹如此，人何以堪！"时过境迁，物是人非。睹物思人，张中行不禁有些伤感。何况，人非草木。

至于后来张、杨二人如何分手，张中行在《婚事》一文中也有交代。1935 年暑后，张中行从北京大学毕业后，"到天津南开中学去混饭吃"。杨成业先在北京，后又到香河去教小学。1936 年早春，张中行在天津收到一位朋友寄自香河的信，"说杨与在那里暂住的马君来往过于亲密，如果还想保全你们的小家庭，最好是把杨接到天津去"。张中行立即警觉起来，听了朋友劝告，很快把杨成业接到了天津。"在南开中学附近租了两间西房，又过起共朝夕的日子"。那时，彼此都觉得有了隔阂，心都不安。学期终了，张、杨二人一起回到北京，投奔住在西城的杨成业哥哥。回京不久，张中行反复衡量当时的情况，头脑忽然清醒起来，理智占了上风，"确认为了使无尽的苦有尽，应该分手，另谋生路"。某天下午在杨成业哥哥家里，张对杨表达了此意，"她面容木然，没说什么"。张即离去，二人就此分手。

20 年后，杨成业一度大红大紫，成为一个时代的名人。彼时，她已不是杨成业了，改名杨沫。"杨沫"之前，曾名"君茉"，后觉脂粉气重又改为"君默"。"君茉"或者"君默"，皆不太为人熟知。世人熟知的，还是女作家杨沫。

在北京西城一别之后，二人很少见面。交往易断，恩怨难断。好在张中行心胸尚宽，处事冷静，不图一时之快。1960 年代，曾有专案组找张中行询问杨沫的一些事情，张中行没有落井下石，而是顶住了巨大的压力，给杨沫出具了一份十分肯定的证词："她直爽、热情，有济世救民理想，并且有求其实现的魄力"。关键时刻，张中行替杨沫说了公道话，大大减轻了杨沫的压力，帮助杨沫度过了一道难关。1995 年杨沫逝世，张中行获得消息后，却出人意料地表示他不参加杨沫的遗体告别仪式。在张中行看来，欲见最后一面，无非因为"或敬重，或情牵"，而他当时两者皆无。故出自以诚相见，这最后一面，张中行还是放弃了。

理解张中行的放弃，他完全出于理性，亦如他当年果断提出分手。曾经夫妻一场，当一方走到人生的终点时，纵有再多的怨愤，也会烟消云散。

阅读了张中行不少回忆文字，始终未见张中行说杨沫的不是。倒是见过张中行曾经借用《诗经》里的句子，衷心祝愿杨沫："出自幽谷，迁于乔木"。

2017 年 9 月 16 日写于合肥